जरा याद
उन्हें भी कर लो

जरा याद उन्हें भी कर लो

भारतवर्ष के अनजाने स्वाधीनता सेनानियों की प्रेरक गाथाएँ

चिरंजीव सिन्हा

प्रकाशक

प्रभात प्रकाशन प्रा. लि.

4/19 आसफ अली रोड, नई दिल्ली-110002

फोन : 011-23289777 • हेल्पलाइन नं. : 7827007777

इ-मेल : prabhatbooks@gmail.com ❖ वेब ठिकाना : www.prabhatbooks.com

संस्करण

2026

पेपरबैक मूल्य

चार सौ रुपए

मुद्रक

श्री साई प्रिंटर्स, साहिबाबाद

———————— ★ ————————

JARA YAAD UNHEN BHI KAR LO
by Shri Chiranjeev Sinha

Published by **PRABHAT PRAKASHAN PVT. LTD.**
4/19 Asaf Ali Road, New Delhi-110002

ISBN 978-93-5521-381-5

₹ 400.00 (PB)

राजनाथ सिंह
RAJNATH SINGH

रक्षा मंत्री
भारत
DEFENCE MINISTER
INDIA

दिनांक : 23.05.2022

संदेश

मुझे यह जानकर हार्दिक प्रसन्नता हुई है कि श्री चिरंजीव नाथ सिन्हा द्वारा स्वतंत्रता संग्राम में भारत के 75 गुमनाम स्वातंत्र्य साधकों की अनसुनी कहानियों पर रचित पुस्तक आजादी के अमृत महोत्सव पर्व के अवसर पर प्रकाशित की जा रही है।

मैं श्री चिरंजीव नाथ सिन्हाजी को उनकी रचित पुस्तक के लिए हार्दिक बधाई देता हूँ तथा इसके सफल प्रकाशन की कामना करता हूँ।

शुभकामनाओं सहित।

(राजनाथ सिंह)

Office : Room No. 104, Ministry of Defence, South Block, New Delhi-110011
Tel : +91 11 23012286, +91 11 23019030, Fax : +91 11 23015403
E-mail : rmo@mod.nic.in

संख्या–

योगी आदित्यनाथ

लोक भवन,
लखनऊ – 226001

मुख्य मंत्री
उत्तर प्रदेश

दिनांक : 23 जून, 2022

संदेश

मुझे यह जानकर अत्यंत प्रसन्नता की अनुभूति हो रही है कि आजादी के अमृत महोत्सव के अवसर पर श्री चिरंजीव नाथ सिन्हा की पुस्तक **'जरा याद उन्हें भी कर लो** : भारतवर्ष के अनजाने स्वाधीनता सेनानियों की प्रेरक गाथाएँ' का प्रकाशन किया जा रहा है।

हम सभी का सौभाग्य है कि जिस स्वतंत्रता के लिए भारत ने सदियों इंतजार किया, उसके 75 वर्ष होने के हम साक्षी बन रहे हैं। आदरणीय प्रधानमंत्री श्री नरेंद्र मोदीजी के मार्गदर्शन में पूरा देश इस ऐतिहासिक अवसर पर आजादी का अमृत महोत्सव मना रहा है।

उत्तर प्रदेश को यह गौरव प्राप्त है कि उसकी धरती से ही सन् 1857 के स्वातंत्र्य समर की शुरुआत हुई थी। स्वतंत्रता आंदोलन एक राष्ट्रीय आंदोलन था, जिसमें देश के सभी वर्गों का योगदान रहा है। समाज के प्रत्येक वर्ग के लोगों ने ब्रिटिश साम्राज्य की दमनकारी नीतियों और गुलामी का प्रतिरोध करके भारतमाता को परतंत्रता की बेड़ियों से आजाद कराया। हमें आजादी का यह महोत्सव मनाने का सौभाग्य स्वतंत्रता के अमर सेनानियों के त्याग और बलिदान से प्राप्त हुआ है।

हम उन महान् क्रांतिकारियों के कृतज्ञ हैं, जो अपने जीवन की अंतिम साँस तक आजादी के लिए संघर्ष करते रहे और आजाद भारत की कल्पना की नींव रखी। इतिहास के पन्नों में आजादी के ऐसे भी नायक हैं, जिन्हें इतिहास के पन्नों में स्थान नहीं मिला है, परंतु उनके योगदान को कभी भुलाया नहीं जा सकता है।

दूरभाष : 0522–2236181/2239396 **फैक्स :** 0522–2239234 **इ–मेल :** cmup@nic.in

लेखक ने भारतवर्ष के 75 अनजाने स्वाधीनता सेनानियों की पुस्तक **'जरा याद उन्हें भी कर लो'** तथा उत्तर प्रदेश के 75 स्वातंत्र्य साधकों की पुस्तक **'रक्त का कण-कण समर्पित'** लिखकर अभिनंदनीय कार्य किया है। मुझे आशा है कि ये कृतियाँ इतिहासविदों एवं शोधार्थियों के साथ-साथ युवाओं के लिए विशेष रूप से उपयोगी सिद्ध होंगी।

पुस्तक के सफल प्रकाशन हेतु मेरी हार्दिक शुभकामनाएँ।

(योगी आदित्यनाथ)

अवनीश कुमार अवस्थी
आई.ए.एस.
अपर मुख्य सचिव

फोन : 0522-2289291, 0522-2226091
0522-2226092
अर्द्धशा. पत्र सं. 556/ए.सी.एस. डी.ओ./2022
इ-मेल : pshomelko@gmail.com
दिनांक : 31.05.2022
गृह, गोपन, वीजा, पासपोर्ट, सतर्कता, कारागार
एवं धर्मार्थ कार्य विभाग
लोक-भवन, उत्तर प्रदेश शासन

संदेश

मुझे यह जानकर अत्यंत प्रसन्नता हुई कि उत्तर प्रदेश पुलिस सेवा के अपर पुलिस अधीक्षक, जो वर्तमान समय में लखनऊ पुलिस कमिश्नरेट में अपर पुलिस आयुक्त के रूप में कार्यरत हैं, के द्वारा आजादी के अमृत महोत्सव के अवसर पर इस महायज्ञ में अपना योगदान देनेवाले वीर स्वाधीनता सेनानियों के गौरवमयी इतिहास को कलमबद्ध कर वर्तमान में भावी पीढ़ी के लिए प्रेरणाबद्ध गाथाओं का संकलन किया है।

आजादी के अमृत महोत्सव में 'जरा याद उन्हें भी कर लो : भारतवर्ष के अनजाने स्वाधीनता सेनानियों की प्रेरक गाथाएँ' शीर्षक से इनकी रचनाओं के संकलन का प्रकाशन समाज व जनमानस के लिए अत्यंत महत्त्वपूर्ण जानकारियों से भरपूर व प्रेरणादायक कृति है। इसके माध्यम से स्वतंत्रता संग्राम में अप्रतिम योगदान देनेवाले भारतवर्ष के 75 गुमनाम स्वातंत्र्य साधकों की अनसुनी कहानियों का चित्रण किया गया है।

भारत के स्वाधीनता संग्राम में अपना अद्वितीय योगदान देनेवाले प्रसिद्ध व गुमनाम स्वाधीनता सेनानियों के कृतित्व का विवरण अत्यंत लगन, निष्ठा व परिश्रम से तैयार किया गया है। इस संग्रह में वर्ष 1525 से 1947 तक, 422 वर्षों के दौरान चले स्वतंत्रता संग्राम के नायकों एवं नायिकाओं की वीरगाथाओं का सजीव वर्णन किया गया है। पुलिस की प्रशासनिक सेवा में रहकर इस प्रकार का लेखन एक अत्यंत सराहनीय कदम है।

मुझे आशा ही नहीं अपितु विश्वास है कि श्री चिरंजीव सिन्हा द्वारा भारत के स्वतंत्रता सेनानियों के संबंध में ज्ञात व अज्ञात तथ्यों को विशेष प्रयास करके तैयार किया गया यह संकलन लोगों के ज्ञानवर्धन के साथ-साथ लंबे समय तक प्रेरणा भी प्रदान करेगा।

इस प्रकाशन की सफलता हेतु मेरी हार्दिक शुभकामनाएँ।

(अवनीश कुमार अवस्थी)

श्री चिरंजीव सिन्हा
अपर पुलिस आयुक्त
लखनऊ कमिश्नरेट

दो शब्द

हमारी मातृभूमि को गुलामी की बेड़ियों में जकड़ने की कुचेष्टा करनेवाले विदेशियों से लोहा लेनेवाले स्वातंत्र्य साधकों के कृतत्व को शब्दों का जामा पहनाने का कार्य जितना रोमांचकारी है, उतना ही कठिन है उनके अमर कार्यों के लिखे जाने की भूमिका को अक्षरों की माला पहनाना। एक या दो निमित्त हों तो आसानी से इसे शब्दों में पिरोया जा सकता है, लेकिन जब वे अशेष और अनंत हों तो शब्दों की सीमा बेमानी हो जाती है। तथापि इस पुस्तक के लिखे जाने की पटकथा को आपके सामने लाना लाजिमी है, इसलिए आप सुधी पाठकों का आशीर्वाद पहले से माँगते हुए मैं यह दुस्साहस कर रहा हूँ।

सर्वप्रथम भारत के यशस्वी प्रधानमंत्री आदरणीय श्री नरेंद्र मोदीजी को नमन एवं हार्दिक आभार, जिनके द्वारा आजादी के 75वीं सालगिरह को एक महान् पर्व 'आजादी का अमृत महोत्सव' के रूप में मनाने का अविस्मरणीय कार्य प्रारंभ किया गया। अनेकानेक प्रभावोत्पादक कार्यक्रमों व प्रेरणादायी संभाषण के माध्यम से इसे जन-जन तक पहुँचाने वाले श्लाका पुरुष उत्तर प्रदेश के आदरणीय मुख्यमंत्री श्री योगी आदित्यनाथजी को हार्दिक नमन, जिनके आशीर्वाद से इतिहास को संयोजित करने का यह कार्य संभव हो सका। इन दो महापुरुषों के सत्संकल्पों ने मेरे उस सपने को पूरा करने की राह दिखाई, जिसे मैं बरसों से खुली आँखों से देखता आ रहा था और वह सपना था भारतवर्ष के छोटे-बड़े हर शहर, गाँव और कस्बे तथा वन क्षेत्रों के उन मलंग स्वतंत्रता सेनानियों के बारे में आमजन, विशेषकर देश के युवकों और बच्चों को बताना कि किस प्रकार बिना किसी अभिलाषा और उपेक्षा देश को आजाद कराने के लिए उन वीरों और वीरांगनाओं ने न तो अपनी जान की परवाह की और न ही विदेशी आक्रांताओं की विशाल फौज तथा उनके भारी-भरकम संसाधनों, यथा—रुपया-पैसा, असलहा, घोड़ा-गाड़ी के सामने अपने न के बराबर भौतिक संसाधनों को लेकर विचलित हुए, वरन् इसके ठीक विपरीत उन्होंने अपने मनोबल को सदैव ऊँचा बनाए रखा, साथ ही

परवर्ती पीढ़ियों को भी वे अमर संदेश देने में कामयाब हुए, जिसे बाद में कवि दुष्यंत कुमार ने इस प्रकार पंक्तिबद्ध किया—

"कौन कहता है कि आसमाँ में सुराख नहीं हो सकता,
एक पत्थर तो तबियत से उछालो यारो।"

लेकिन तत्कालीन परिस्थितियों में इतिहास के पन्नों में उन्हें वह जगह नहीं मिल पाई, जिसके वे हकदार थे। निश्चित ही ऐसी कोई आकांक्षा उनकी भी नहीं रही होगी, लेकिन स्वतंत्र भारत में साँस लेनेवाले हर भारतीय को ऐसे वीर पुरुषों एवं महिलाओं के बारे में अवश्य जानना चाहिए और वह भी बिना उन प्रयासों की गुरुता को मापे, क्योंकि प्रयास चाहे लघु हो या वृहद्, उसके आकार से सहस्र गुणा ज्यादा महत्त्वपूर्ण होती है—उसकी प्रकृति और नीयत। यदि यों दोनों सच्ची भावना से ओत-प्रोत हों तो हर प्रयास रामसेतु रूपी सत्य के पथ के निर्माण में उसी प्रकार महत्त्वपूर्ण एवं अपरिहार्य हो जाता है, जिस प्रकार उस नन्ही गिलहरी का सत्प्रयास, जो अपने मुख और पंजों में भरकर रेत के महीन कणों को गरजते हुए समुद्र से बिना घबराए, विशालकाय वानरों और भालुओं के पैरों के बीच से अपना रास्ता बनाते हुए निष्काम भाव से बड़े-बड़े पत्थरों के खाली स्थान के मध्य उन्हें डालकर, उन्हें आपस में जोड़कर उसे अजर-अमर मजबूती प्रदान करने का कार्य पूर्ण निष्काम भाव से कर रही थी। उसे इस बात की चिंता नहीं थी कि लोग उसके प्रयास पर हँसेंगे या उसका नाम होगा। उसका लक्ष्य बस इतना सा था कि वह इस धर्मयुद्ध में प्रभु श्रीराम का अपने सामर्थ्य भर सहयोग कर सके। यही लौ उस समय भारत माँ के हर सच्चे सपूत के मन में जल रही थी।

उस वक्त देश-प्रेमियों के दिल में जल रही ज्वाला की ऊष्मा को आज का युवा वर्ग अनुभूत करे, यही इस पुस्तक का एकमात्र उद्देश्य है, क्योंकि आज भी इस राष्ट्र को निरंतर संगठित व सशक्त बनाने की आवश्यकता है और इसकी शुभ प्रेरणा के लिए इन महान् स्वातंत्र्य वीर साधकों के जीवन-वृत्त से बेहतर शायद कुछ और नहीं हो सकता। लगभग साढ़े चार-पौने पाँच सौ वर्ष पहले अग्निबाण चलाकर रानी अब्बक्का ने दक्षिण भारत से जो मशाल जलाई, वह बिना रुके, बिना बुझे उत्तर में कश्मीर, पूर्व में असम, मणिपुर, पश्चिम में राजस्थान और गुजरात तथा संपूर्ण भारत तक रिले रेस की तरह एक से दूसरे जोशीले हाथों तक अनवरत जाती रही और अंततोगत्वा 15 अगस्त, 1947 को स्वाधीनता के भुवन भास्कर की स्वर्ण रश्मियाँ से नहलाकर ही उसने विराम लिया।

मुझे विश्वास है कि उजास की ये कतरा-कतरा कथाएँ आपके अंदर ऊर्जा एवं नवोन्मुख का नवसंचार करेंगी और हमारा भारतवर्ष पूर्णरूपेण अच्युत, अखंड सुरक्षित एवं समृद्धिशाली होगा। यहाँ इस बात का उल्लेख करना अत्यंत आवश्यक है कि हमारे अरण्यवासी भाई-बहनों ने भी इस विशाल यज्ञ में अपनी अप्रतिम आहुतियों का दान दिया

है। उनको सादर नमन करते हुए इस संग्रह में उन्हें यथासंभव श्रद्धापूर्वक स्मृतियों में संयोजित करने का प्रयत्न किया गया है।

इस पुस्तक की रचना के लिए मैं सर्वप्रथम भारत के राष्ट्रपति महामहिम श्री रामनाथ कोविंद का विशेष रूप से अनुगृहीत हूँ, जिनकी एक सभा के दौरान कही गईं पक्तियाँ, 'कानपुर में 1857 के स्वाधीनता संग्राम का नेतृत्व करनेवाले नानाजी पेशवा, तात्या टोपे और अजीमुल्लाह खान की वीरता की गाथा सभी ने सुनी होगी, लेकिन अजीजनबाई और मैनावती जैसों के योगदान से लोग अच्छी तरह परिचित नहीं हैं। वर्तमान और भावी पीढ़ियों के समक्ष स्वाधीनता संग्राम की इन वीरांगनाओं के त्याग और बलिदान की प्रेरक गाथा रची जानी चाहिए,' ने मुझे इस कार्य के लिए प्रेरणा दी। शिष्य एकलव्य (चिरंजीव) का गुरु द्रोणाचार्य (श्रीयुत रामनाथ कोविंदजी) को सादर प्रणाम।

भारत के ऊर्जावान रक्षामंत्री माननीय श्री राजनाथ सिंहजी को दिल से नमन, जिन्होंने इस पुस्तक के लिए न केवल अपनी शुभेच्छाएँ दीं, वरन् इस पुस्तक के लेखन एवं प्रकाशन में अमूल्य सहयोग भी दिया।

मैं उत्तर प्रदेश के यशस्वी मुख्यमंत्री माननीय श्री योगी आदित्यनाथजी को हार्दिक नमन करता हूँ, जिनके सत्प्रयास से उत्तर प्रदेश में वृहद स्तर पर मनाए जा रहे 'आजादी के अमृत महोत्सव' कार्यक्रम से मुझे इस अद्‍भुत संग्रह के रचनाकर्म की प्रेरणा मिली।

मैं इस रचना-क्रम में सतत उत्साहवर्धन एवं मार्गदर्शन हेतु श्री अवनीश कुमार अवस्थी, अपर मुख्य सचिव गृह, उ.प्र. शासन का आभारी हूँ, जिन्होंने इसकी पांडुलिपि का गहन अध्ययन कर अनेक सारगर्भित सुझाव दिए, जिससे इसकी समृद्धि में गुणात्मक वृद्धि हुई।

मैं पुलिस आयुक्त लखनऊ श्री ध्रुवकांत ठाकुर एवं पुलिस उपायुक्त पश्चिमी श्री सोमेन बर्मा का हार्दिक धन्यवाद ज्ञापित करता हूँ, जिनके आशीर्वाद से यह संग्रह आकर्षक एवं मनोहारी बन सका। श्री शिशिर (आई.ए.एस.) सूचना निदेशक, उ.प्र. सरकार का हार्दिक आभार, जिन्होंने इस पुस्तक के प्रकाशन में अतुलनीय सहयोग प्रदान किया।

माता-पिता को सादर प्रमाण करते हुए इस कार्य में मैं अपनी पत्नी श्रीमती रश्मि का स्नेहसिक्त आभार जिसके द्वारा शहीद स्मृति दिवस पर की जानेवाली कंपेयरिंग के दौरान कवि श्री रामावतार त्यागी की रचित कविता 'मन समर्पित, तन समर्पित और यह जीवन समर्पित, चाहता हूँ देश की धरती तुझे कुछ और भी दूँ' के ओजपूर्ण वाचन ने मुझे भारतवर्ष के अनजाने स्वाधीनता सेनानियों की अमर गाथाओं को लिखने के लिए भावभूमि प्रदान किया। मैं अपनी बेटियों पावनी और लहर की आँखों में तिर आनेवाले उन भावपूर्ण अश्रुबिंदुओं का भी शुक्रगुजार हूँ, जो एन.सी.ई.आर.टी. की कक्षा दस की हिंदी की पाठ्यपुस्तक क्षितिज में सम्मिलित स्वनामधन्य लेखक स्वयं प्रकाश की कहानी

'नेताजी का चश्मा' को उन्हें पढ़ाते-समझाते समय कैप्टन चशमेवाला की मृत्यु के बाद सूने पड़े नेताजी की मूर्ति के आँखो पर किसी बच्चे द्वारा पहनाए गए चश्मे के प्रसंग के समय सहज ही उभर आते हैं और मेरे अंतस में नवीन राष्ट्र शक्ति भर देते हैं। दीदी प्रतिमा सिन्हा, मेरे सहयोगी राजेश कुमार दीक्षित, विनय कुमार मिश्रा, सुश्री भावना चौहान, मनोज कुमार, राम प्रकाश, बड़े भाई सरीखे मित्र श्री सिद्धार्थ सिंह, श्री मनीष त्रिपाठी, श्री समीर का हार्दिक आभार व्यक्त करता हूँ, जिन्होंने इसके लिए सामग्री जुटाने हेतु अन्यान्य पुस्तकालयों, स्टेट आर्काइव्स से लेकर उन प्रदेशों की असंख्य यात्राएँ कीं, जहाँ उन वीर स्वतंत्रता सेनानियों ने जन्म लिया या जो उनकी कर्मभूमि रही थी। उनके बहुविध और अहर्निश प्रयास के परिणामस्वरूप ही यह कार्य संभव हो पाया है।

इस कार्य में लेखन योग्य तथ्यपरक सामग्री के संग्रहण और टीम प्रबंधन हेतु आवश्यक संसाधनों की निरंतर जरूरत थी, जिसके लिए मैं अपने शुभेच्छुगणों श्री दिवाकर त्रिपाठीजी, पूर्व सूचना निदेशक, उ.प्र. सरकार; डॉ. राघवेंद्र कुमार शुक्ला, पी.आर.ओ. माननीय रक्षा मंत्रीजी, भारत सरकार; श्री प्रभात श्रीवास्तव, सूचना अधिकारी, मीडिया सेल, गृह विभाग, उ.प्र.; श्री विपिन मिश्रा, सहायक निदेशक मीडिया सेल, गृह विभाग, उ.प्र.; श्री कृष्ण कुमार साहू, निजी सचिव, अपर मुख्य सचिव गृह, उ.प्र.; श्री अतुल कुमार तिवारी, निरीक्षक/सी.एस.ओ., अपर मुख्य सचिव गृह, उ.प्र.; श्री टी.पी. हवेलिया; श्री पुरुषोत्तम गुप्ता; श्री मनोज सिंह चंदेल और श्री प्रमोद कुमार वर्माजी के सतत सहयोग के लिए आभार सहित निःशब्द हूँ।

आप सभी से अनुरोध है कि इन महान् स्वातंत्र्य वीरों एवं वीरांगना के अनमोल कृतत्वों को यों पढ़ें, जैसे वे अपने पुरखे हों। हर रचना आपके दिल में विदेशी अत्याचार के खिलाफ दुंदुभि का नाद गुँजा दे। एक करबद्ध अनुरोध अपने घर के सदस्यों, मित्रों तथा युवा पीढ़ी को एक प्रेरणादायी स्रोत के रूप में इसे पढ़ने के लिए आप प्रोत्साहित करने की कृपा करिएगा।

शुभाशीर्वाद की आकांक्षा लिये आजादी का अमृत महोत्सव दिग-दिगंतकारी हो, इस मंगलकामना के साथ।

आपका स्नेहकांक्षी

—चिरंजीव सिन्हा

लखनऊ

अनुक्रम

1

रानी अब्बक्का चौटा

(अग्निबाण का प्रयोग करनेवाली अंतिम योद्धा)

वर्ष 2009 में भारतीय तटरक्षक बल के एक गश्ती पोत का नाम रानी अब्बक्का रखा गया है। आमतौर पर 'रानी' शब्द सुनते ही रानी लक्ष्मीबाई का खयाल आता है या फिर रानी अवंतिबाई और रानी दुर्गावती के नाम दिमाग में आते हैं। लेकिन रानी अब्बक्का? आखिर यह रानी अब्बक्का कौन हैं, जिनके नाम पर इस पोत का नाम रखा गया है? लेकिन जब आप रानी अब्बक्का के बारे में जानेंगे तो आश्चर्यचकित रह जाएँगे।

अब्बक्का का जन्म उल्लाल (कर्नाटक में स्थित एक नगर) के चौटा राजघराने में हुआ था। चौटा वंश मातृवंशीय परंपरा का पालन करता था। जाहिर है कि मातृवंशीय परंपरा एक ऐसी सामाजिक व्यवस्था थी, जिसमें परिवार की स्त्रियों का ओहदा प्रमुख होता था और संपत्ति व शासन का हक बेटों के बजाय बेटियों को दिया जाता था। इसी परंपरा के मुताबिक अब्बक्का के मामा तिरुमला राय ने उन्हें उल्लाल नगर की रानी घोषित किया। रानी अब्बक्का को युद्ध लड़ने और शासन-व्यवस्था सँभालने का अच्छा-खासा प्रशिक्षण दिया गया था।

उनके शासन में जैन, हिंदू और मुसलिम धर्म के लोग समान रूप से रहते थे। उनकी सेना में भी सभी धर्मों, जातियों और समुदायों के लोग थे। लोककथाओं की मानें तो वे एक न्यायप्रिय रानी थीं और इसी कारण उनकी प्रजा उन्हें बहुत पसंद भी करती थी। ऐसा भी माना जाता है कि रानी अब्बक्का लड़ाई में अग्निबाण का उपयोग करनेवाली आखिरी योद्धा थीं। उनकी अच्छाइयों और वीरता के कारण ही उन्हें 'अभया रानी' भी कहा जाता था। मतलब एक ऐसी बहादुर रानी, जो किसी से नहीं डरती।

रानी अब्बक्का के मामा तिरुमला राय ने उनकी शादी मंगलुरु की बंगा रियासत के राजा लक्ष्मप्पा अरसा के साथ करवाई। लेकिन शादी के कुछ ही समय बाद रानी अब्बक्का अपने पति से अलग हो गईं और वापस उल्लाल आ गईं। उनके राजसिंहासन

पर बैठने के समय तक पुर्तगाली भारत के इस सुदूर छोर पर अपना प्रभाव जमा चके थे और उनका कुत्सित साम्राज्यवादी चेहरा सामने आ चुका था। उन्हें शायद अंदाजा भी नहीं था कि आनेवाले समय में उनके पति लक्षमप्पा इस बात का बदला लेने के लिए उनके खिलाफ लड़ाई लड़ने में पुर्तगालियों का साथ देंगे।

साल 1525 में पुर्तगालियों ने दक्षिण कन्नड़ के तट पर हमला किया और मंगलुरु के बंदरगाह को तबाह कर दिया। लेकिन वे उल्लाल पर कब्जा नहीं कर पा रहे थे। रानी अब्बक्का की रणनीतियों से परेशान होकर पुर्तगालियों ने उन पर यह दबाव बनाने की कोशिश की कि रानी उन्हें 'कर' (टैक्स) चुकाए। लेकिन रानी अब्बक्का ने समझौता करने से साफ इनकार कर दिया। जिसके बाद साल 1555 में पुर्तगालियों ने लड़ाई लड़ने की कोशिश की, लेकिन रानी अब्बक्का ने उन्हें बुरी तरह हरा दिया।

साल 1557 में पुर्तगालियों ने मंगलुरु को लूटकर बरबाद कर दिया। साल 1568 में वे उल्लाल पर हमला करने के लिए आए, लेकिन रानी अब्बक्का ने फिर से जोरदार विरोध किया। पर इस बार पुर्तगाली सेना उल्लाल पर कब्जा करने में सफल रही और राजदरबार में घुस आई। रानी अब्बक्का वहाँ से बचकर निकलीं और उन्होंने एक मसजिद में शरण ली, फिर एक ऐसी जबरदस्त रणनीति बनाकर ऊपर आक्रमण किया कि सभी दंग रह गए। उसी रात करीब 200 सैनिकों को इकट्ठा करके रानी अब्बक्का ने पुर्तगालियों पर धावा बोल दिया और उस लड़ाई में पुर्तगाली सेना का जनरल मारा गया, कई पुर्तगाली सैनिक बंदी बना लिये गए और कई पुर्तगाली सैनिक लड़ाई से पीछे हट गए। उसके बाद रानी अब्बक्का ने अपने साथियों के साथ मिलकर पुर्तगालियों को मंगलुरु का किला छोड़ने पर मजबूर कर दिया। लेकिन साल 1569 में पुर्तगालियों ने धोखे से मंगलुरु के किले पर कब्जा कर लिया और कुंदपुरा (कर्नाटक के एक नगर) पर भी कब्जा कर लिया। पर इन सबके बावजूद रानी अब्बक्का पुर्तगालियों के लिए एक बड़ा खतरा बनी हुई थीं।

इस दौरान रानी अब्बक्का के पति लक्षमप्पा ने उनसे बदला लेने के लिए पुर्तगालियों की मदद की और पुर्तगाली सेना उल्लाल पर फिर हमला करने लगी। लेकिन रानी अब्बक्का अब भी मोर्चे पर डटी रहीं। उन्होंने साल 1570 में पुर्तगालियों का विरोध कर रहे अहमदनगर के सुल्तान और कालीकट के राजा के साथ गठबंधन कर लिया। कालीकट के राजा के जनरल ने रानी अब्बक्का की ओर से लड़ाई लड़ी और मंगलुरु में पुर्तगालियों का किला तबाह कर दिया। लेकिन वहाँ से लौटते वक्त जनरल पुर्तगालियों ने उन्हें धोखे से घेर लिया और वे शहीद हो गए। इन सब नुकसानों और अपने पति लक्षमप्पा के धोखे के चलते रानी अब्बक्का लड़ाई हार गईं और उन्हें कैदी बना लिया गया। लेकिन ऐसा कहा जाता है कि कैद में भी रानी अब्बक्का विद्रोह करती रहीं और लड़ते-लड़ते ही उन्होंने आखिरी साँस ली।

रानी अब्बक्का चौटा का स्थान न सिर्फ इतिहास में महत्त्वपूर्ण है, बल्कि वे आज के समय में भी एक सशक्त महिला के रूप में बेहतरीन उदाहरण हैं। राजनीति और शासन व्यवस्था सँभालने की उनकी काबिलीयत उन्हें एक सफल शासक तो साबित करती ही है, इसके साथ ही उनके शासन और सेना में सभी धर्मों एवं जातियों के लोगों की भागीदारी होने से यह कहा जा सकता है कि वे सार्वकालिक समभाव को माननेवाली एक लोकप्रिय दूरदर्शी एवं बहादुर शासिका थीं।

यह उनके प्रभावशाली व्यक्तित्व के कारण ही है कि पीढ़ी-दर-पीढ़ी लोककथाओं और लोकगीतों के द्वारा उनकी कहानी सुनाई जाती रही है। 'यक्षगान'—जोकि कर्नाटक की एक पारंपरिक नाट्य शैली है—के जरिए भी रानी अब्बक्का की बहादुरी के किस्सों को बताया जाता रहा है। इसके अलावा 'भूतकोला', जोकि एक स्थानीय पारंपरिक नृत्य शैली है, में भी रानी अब्बक्का को अपनी प्रजा का ध्यान रखनेवाली और इनसाफ करनेवाली रानी के रूप में दिखाया जाता है।

आज भी रानी अब्बक्का चौटा की याद में उनके नगर उल्लाल में उत्सव मनाया जाता है और इस 'वीर रानी अब्बक्का उत्सव' में प्रतिष्ठित महिलाओं को 'वीर रानी अब्बक्का प्रशस्ति' पुरस्कार से अलंकृत किया जाता है।

पुर्तगालियों से लोहा लेनेवाली रानी अब्बक्का चौटा को भारत की 'पहली महिला स्वतंत्रता सेनानी' माना जा सकता है। भारतीय इतिहास के इतने राजाओं के बारे में हमें पढ़ाया जाता रहा है।

साल 2009 में भारत सरकार ने रानी अब्बक्का के प्रति श्रद्धासुमन अर्पित करते हुए एक गश्ती पोत का नामकरण उनके नाम पर किया और इस पोत को भारतीय तटरक्षक बल में शामिल किया गया है।

□

2

महाराजा छत्रसाल

'बुंदेलखंड केसरी' के नाम से विख्यात महाराजा छत्रसाल का नाम जुबान पर आते ही बुंदेलों के चेहरे चमक उठते हैं। मध्य प्रदेश का छतरपुर नगर एवं बछतरपुर जिला उनके नाम पर है। छतरपुर जिले के धुबैला में महाराजा छत्रसाल संग्रहालय तथा दिल्ली का छत्रसाल स्टेडियम उनकी गौरवगाथा का बोध कराता है।

'इत यमुना, उत नर्मदा, इत चंबल, उत टौस। छत्रसाल सौ लग्न की रही न काहू हौस॥' यह बुंदेल शूरमा महाराजा छत्रसाल के बारे में यह उक्ति आज भी वहाँ की हवाओं में गूँजती है। मुगल शासकों के खिलाफ बगावत का झंडा बुलंद करनेवाले उनके पिता चंपतराय और माँ सारंधा को प्राणों की आहुति देनी पड़ी थी। बालक छत्रसाल के लिए यह सदमे से कम नहीं था, लेकिन वे न रुके और न झुके। मुगल सत्ता के खिलाफ संघर्ष और बुंदेलखंड की स्वतंत्रता को स्थापित करने में उनका बचपन गुजरा। मुगल शासक औरंगजेब को युद्ध में पराजित करके बुंदेलखंड में अपना राज्य स्थापित कर उन्होंने 'महाराजा' की पदवी पाई।

असाधारण शौर्य का प्रदर्शन 11वीं शताब्दी में वाराणसी से पंचम सिंह गहरवार का राज्य जब उनके अपने लोगों ने ही छीन लिया, तब व्यथित होकर मीरजापुर के पास विंध्यवासिनी के दरबार में आकर उन्होंने छिना राज्य वापस दिलाने की प्रार्थना की। किंवदंती है कि यही गहरवार बाद में बुंदेला कहलाए, जबकि एक अन्य मत के अनुसार, विध्य पर्वत क्षेत्र के निवासी विंधेला कहलाए, जो बाद में बुंदेला हो गया। इसी वंश में चंपतराय के पाँच पुत्रों में छत्रसाल हुए।

ज्येष्ठ शुक्ल तृतीया संवत् 1706 को वर्तमान टीकमगढ़ के अंतर्गत ककर, कचन नामक स्थान पर विध्य वनों की मोर पहाड़ियों में जनमे छत्रसाल को माँ वीर क्षत्राणी सारंध्रा ने बाल्यकाल से ही शौर्य का पाठ पढ़ाया था। युद्ध के दौरान अपनों के विश्वासघात के कारण शत्रु मुगल सेना से घिरे माता-पिता चंपतराय व सारंध्रा ने परस्पर ही वार करके प्राण त्याग दिए थे। लगभग 12 वर्ष की अवस्था में अनाथ हुए बालक

छत्रसाल ने अपना मार्ग स्वयं चुना। वनभूमि की गोद में जनमे, वनदेवों की छाया में पले, वनराज से इस वीर का उद्गम ही तोप, तलवार और रक्त-प्रवाह के बीच हुआ। पाँच वर्ष की आयु में ही पिता के दोस्त राज सिंह की सेना में उन्होंने आधुनिक सैन्य प्रशिक्षण लेना प्रारंभ कर दिया। राजा जयसिंह दिल्ली सल्तनत के लिए कार्य कर रहे थे, इसलिए औरंगजेब ने जब उन्हें दक्षिण विजय का कार्य सौंपा तो छत्रसाल को इसी युद्ध में शौर्य दिखाने का पहला मौका मिला। वर्ष 1665 के मई माह में छत्रसाल ने बीजापुर युद्ध में असाधारण वीरता दिखाई और देवगढ़ (छिंदवाड़ा) के गोंड राजा को पराजित करने में अपनी जिंदगी दाँव पर लगा दी। उनका घोड़ा 'भलेभाई' यदि उनकी रक्षा न करता तो वे शायद जीवित न बचते। इतने पर भी जब विजयश्री का सेहरा उनके सिर पर न बाँधकर मुगल भाई-भतीजावाद में बँट गया तो छत्रसाल का स्वाभिमान आहत हुआ। उन्होंने मुगलों की बदनीयती समझकर दिल्ली सल्तनत की सेना की सेवा छोड़ दी।

छत्रपति शिवाजी से आशीर्वाद के रूप में मिला स्वराज का मंत्र—छत्रसाल वर्ष 1668 में शिवाजी महाराज से मिले तो उन्होंने बुंदेला को स्वतंत्र राज्य स्थापना का मंत्र दिया। वर्ष 1670 में छत्रसाल वापस मातृभूमि लौट आए, लेकिन बुंदेलखंड की स्थितियाँ बिल्कुल भिन्न थीं और प्रतिकूल दतिया नरेश शुभकरण ने छत्रसाल का सम्मान तो किया, पर बादशाह से बैर न करने की सलाह दी। छत्रसाल के बड़े भाई रतन शाह ने भी साथ नहीं दिया, तब उन्होंने जनोन्मुखी होकर काम शुरू किया, छत्रसाल ने पाँच घुड़सवार और 25 पैदलों की सेना तैयार कर ज्येष्ठ सुदी पंचमी रविवार विक्रम संवत्सर 1728 के शुभ मुहूर्त में औरंगजेब के विरुद्ध विद्रोह का बिगुल फूँककर स्वराज्य स्थापना का बीड़ा उठाया। छत्रसाल को मालूम था कि मुगल छलपूर्ण घेराबंदी करते हैं, इसलिए अपने रणकौशल व छापामार युद्ध नीति के बल पर उन्होंने मुगलों के छक्के छुड़ा दिए। छत्रसाल ने मुगल सेना से अनेक लड़ाइयाँ लड़ीं। उनके शौर्य और पराक्रम से घबराए मुगल सरदार तहवर खान, अनवर खान, सहरुदीन, हमीद बुंदेलखंड छोड़ दिल्ली भाग गए। कई सिपहसालार बुंदेला वीरों से पराजित होकर रण छोड़ भाग गए। बुंदेलखंड से मुगलों का सफाया होने के बाद कहा जाने लगा था कि 'छत्ता तोरे राज में, धक-धक धरती होय। जित-जित घोड़ा मुख करे, उत-उत फतह होय।' छत्रसाल ने जैतपुर, चरखारी, सरीला, पन्ना सहित कई रियासतें स्थापित कीं।

राष्ट्र-प्रेम, वीरता और हिंदुत्व के रक्षक होने के कारण छत्रसाल को भरपूर जनसमर्थन मिला। 5 घोड़े, 25 पैदल सैनिकों को लेकर युद्ध करनेवाले छत्रसाल के पास 42 हजार पैदल सैनिक, 12 हजार घुड़सवार और 300 तोपें थीं। इसमें 72 प्रमुख सरदार थे। बसिया के युद्ध के बाद मुगलों ने उसाल को 'महाराजा' की मान्यता दी थी। उसके बाद उन्होंने कालिंजर का किला भी जीता और मांधाता को किलेदार घोषित

किया। वर्ष 1683 में महाराजा छत्रसाल को मऊ के जंगल में स्वामी प्राणनाथ मिले, उनसे प्रभावित होकर वे उनके शिष्य बन गए। किंवदंती है कि एक वरदान के अनुसार, जहाँ तक छत्रसाल के घोड़े की टापों की पदचाप बने, यह धरा धन-धान्य और रत्न संपन्न हो गई। पोसी साहित्य की बेल महाराजा छत्रसाल ने तलवार के साथ लेखनी भी थामी। उन्होंने श्रीकृष्ण कीर्तन, नीति मंजरी सहित कई कृतियाँ लिखी हैं। वे राधा-कृष्ण के उपासक थे और पत्र की शुरुआत राधाकृष्ण से करते थे। उन्होंने बुंदेली बोली में पत्र लिखे। संवत् 1788 में कवि के आगे मऊ से लिखा पत्र छत्रसाल की हस्तलिपि में है। उनके छंदों के एक संकलन को प्रख्यात साहित्यकार वियोगी हरि ने 'रामयश चंद्रिका' नाम दिया है। गोरेलाल कवि ने छत्रसाल पर केंद्रित 'छत्रच्छाया', 'छत्र प्रशस्ति', 'छत्र कीर्ति', 'छत्रछंद', 'छत्रसाल शतक', 'छत्र हजारा', 'छत्र दंड', 'छत्र प्रकाश' कृतियाँ लिखी हैं। इनमें 'छत्र प्रकाश' ऐतिहासिक है। शूरवीर, संगठक, कुशल और प्रतापी राजा छत्रसाल को जीवन की संध्या में भी आक्रमणों से जूझना पड़ा। वर्ष 1729 में मुहम्मद शाह के शासनकाल में प्रयाग के सूबेदार बंगश ने छत्रसाल पर आक्रमण किया। छत्रसाल को मुगलों से लड़ने में दतिया, सेवा के राजाओं ने सहयोग नहीं दिया। तब उन्होंने बाजीराव पेशवा को संदेश भेजा। छत्रसाल और बाजीराव ने बंगश को 30 मार्च, 1729 को पराजित किया। 81 वर्ष की अवस्था में नौगाँव छतरपुर मार्ग पर मऊ सहानिया समीप धुबैला स्थित महल से निकल 4 दिसंबर, 1731 को सरोवर की ओर जाकर राजसी वस्त्र छोड़कर छत्रसाल गायब हो गए। एक दिन प्रतीक्षा करने के बाद 5 दिसंबर को उनकी प्रतीकात्मक अंत्येष्टि कर दी गई। यहाँ बाजीराव पेशवा ने छतरी बनवाई, जो अभी तक अधूरी है। उनके 10 पत्र और भूमिदान के ताम्रपत्र भी सुरक्षित रखे गए हैं। वर्तमान में महोबा के कुलपहाड़ के पास ग्राम सतारी में श्रीधरनीधर गोसाई को संवत् 1764 (सन् 1707) को महाराजा छत्रसाल ने दो ताम्रपत्र दिए थे। गोसाईजी के वंशज आज भी उन्हें सुरक्षित रखे हैं।

□

3

वीरापांड्या कट्टाबोम्मन

वीरापांड्या कट्टाबोम्मन भारत के एक महान् स्वतंत्रता सेनानी रहे हैं। वे 18वीं शताब्दी में पलायककर और तमिलनाडु में पांचालंकुरिची के सरदार थे। उन्होंने ब्रिटिश ईस्ट इंडिया कंपनी की संप्रभुता को स्वीकार करने से साफ इनकार कर दिया और उसके खिलाफ अंतिम साँस तक युद्ध किया, जिसे आगे चलकर 'पॉलीगर का पहला युद्ध' कहा गया। उन्हें पुदुकोट्टाई, विजया रघुनाथ टोंडाइमन राज्य के शासक की सहायता से अंग्रेजों ने बंदी बना लिया था और 16 अक्तूबर, 1799 को कायथार में फाँसी दी गई।

भारत के पूर्व तिरुनेलवेली साम्राज्य के पॉलीगर्स (पल्लियाकर) और ब्रिटिश ईस्ट इंडिया कंपनी बलों के बीच, 17 मार्च से मई 1802 या जुलाई 1805 के बीच भीषण युद्ध लड़े गए। अंग्रेजों ने अंतत: पॉलीगर सेनाओं के खिलाफ चले लंबे जंगल अभियान के बाद उन्हें हरा दिया। दोनों पक्षों को काफी क्षति उठानी पड़ी और पॉलीगर्स पर जीत के साथ ही तमिलनाडु का बड़ा हिस्सा ब्रिटिश नियंत्रण में आ गया, जिससे उन्हें दक्षिणी भारत में मजबूत पकड़ मिल सकी।

तत्कालीन तिरुनेलवेली के पांचालंकुरिची पलायम के कट्टाबोम्मन नायक और ब्रिटिश के बीच हुए युद्ध को प्रथम पॉलीगर युद्ध के रूप में जाना जाता है। 1799 में कट्टाबोम्मन और अंग्रेजों के बीच एक संक्षिप्त बैठक (लंबित करों पर) खूनी मुठभेड़ में बदल गई, जिसमें ब्रिटिश सेना का अंग्रेज कमांडर किसानों के हाथ मारा गया। कट्टाबोम्मन को इसका जिम्मेदार मानते हुए उसके सिर पर इनाम रखा गया, जिसके कारण कई पॉलीगर्स खुले विद्रोह के लिए प्रेरित हुए।

पांचालंकुरिची किले में कई लड़ाई लड़ने के बाद तिरुचिरापल्ली से अतिरिक्त राहत सेना आई और कट्टाबोम्मन पराजित हो गए, लेकिन वे अंग्रेजों के हाथ नहीं लगे और पुदुकोट्टाई राज्य के जंगलों में चले गए। पुदुकोट्टाई राजा के साथ हुए एक गुप्त समझौते के बाद अंग्रेजों ने एटप्पन की मदद से कट्टाबोम्मन को पकड़ लिया। दिखावे

के लिए किए गए संक्षिप्त दायित्व के बाद कयाथारू में जनता को डराने के लिए उन्हीं के सामने कट्टाबोम्मन को फाँसी दे दी गई।

कट्टाबोम्मन के करीबी सहयोगी सुब्रमण्यया पिल्लई को भी सार्वजनिक रूप से फाँसी दी गई थी और सार्वजनिक दृश्य के लिए पांचालंकुरिची में उनके सिर को सूली पर लटका दिया गया। एक अन्य विद्रोही नेता साउंड्रा पांडियन को गाँव की दीवार से उसका सिर पटककर क्रूरता से मार दिया गया था। कट्टाबोम्मन के भाई ओमायदाराई को पलायमकोट्टई जेल में कैद कर लिया गया, जबकि किले को सैनिकों द्वारा लूटकर धराशायी कर दिया गया।

1799 और 1800–1805 के पॉलीगर विद्रोहों के दमन के परिणामस्वरूप सरदारों के प्रभाव का परिसमापन हुआ। कर्नाटक संधि (31 जुलाई, 1801) की शर्तों के तहत अंग्रेजों ने तमिलनाडु पर प्रत्यक्ष नियंत्रण किया। पॉलीगर प्रणाली, जो ढाई सदियों से चली आ रही थी, का हिंसक अंत हुआ और कंपनी ने उसकी जगह पर जमींदारी व्यवस्था शुरू की। लेकिन कट्टाबोम्मन लोगों के दिलों में कभी नहीं मरे। बाद के वर्षों में, इससे जुड़ी पौराणिक और लोककथाओं में कट्टाबोम्मन और उनके साथी आज भी जीवित हैं।

इतिहासकार सुसान बेली का मानना है कि स्थानीय लोककथाओं में कट्टाबोम्मन को रॉबिन हुड जैसा हीरो माना जाता है और यह कम्मी कविता रूप में कई पारंपरिक कथाओं के गीतों का विषय है। कायथार में उनके शहीद स्थान पर एक 'भव्य स्थानीय मंदिर' का निर्माण हुआ है। तमिलनाडु सरकार ने कयाथार में एक स्मारक बनाया है और पांचालंकुरिची में उनके पुराने किले के अवशेषों को भारतीय पुरातत्त्व सर्वेक्षण द्वारा संरक्षित किया है। 2006 में तिरुनेलवेली जिला प्रशासन ने उनकी जयंती पर पांचालंकुरिची में एक कार्यक्रम आयोजित किया।

कट्टाबोम्मन की शहीद जयंती के द्विशताब्दी के अवसर पर भारत सरकार ने 16 अक्तूबर, 1999 को उनके सम्मान में एक डाक टिकट जारी किया। विजयनारायणम में भारतीय नौसेना संचार केंद्र का नाम आई.एन.एस. कट्टाबोम्मन रखा गया है। शिवाजी गणेश अभिनीत तमिल भाषा की फिल्म वीरापांड्या कट्टाबोम्मन उनके जीवन पर ही आधारित है।

□

4

मधुकर शाह बुंदेला (द्वितीय)

ऊँची-नीची पहाड़ियों, हरे-भरी जंगल-झाड़ियों, खनिज-संपदाओं से भरपूर एवं दस अविरल नदियों (नर्मदा, बेतवा, धसान, केन, चंबल, पहूच, टौंस, सिंध, मंदाकिनी और यमुना) के प्रवाह-क्षेत्र को बुंदेलखंड कहते हैं। यह शौर्य एवं पराक्रम की धरा कहलाने के साथ ही अपनी विशेष संस्कृति के लिए भी जानी-पहचानी जाती है। यहाँ की बोली-बानी, लोगों का सरल-सहज स्वभाव एवं अपनी आन-बान-शान पर मर-मिटने का अदम्य साहस जग-प्रसिद्ध रहा है। झाँसी, कालिंजर, दतिया, जबलपुर, सागर, जालौन, हमीरपुर, महोबा, चित्रकूट इत्यादि अनेक विश्वप्रसिद्ध स्थानों के साथ ही ओरछा का नाम भी भारत के गौरवपूर्ण अतीत का साक्षी है।

मधुकर शाह बुंदेलखंड केसरी महाराजा छत्रसाल के वंशज और सागर राज्य की नारहट जागीर के जागीरदार थे। नारहट भौगोलिक रूप से सागर-ललितपुर के मध्य में स्थित है। नारहट वर्तमान में उत्तर प्रदेश के महरौनी क्षेत्र से प्रभावित था। यद्यपि महाराज छत्रसाल ने यह क्षेत्र पेशवा बाजीराव द्वितीय को दे दिया था। सन् 1802 में मराठों ने अंग्रेजों से 'बेसिन की संधि' की। लेकिन बुंदेलखंड के राजाओं और जागीरदारों ने उस संधि का विरोध किया। इनमें नारहट के मधुकर शाह 'चंद्रपुर के जवाहर सिंह' गुना के गनेशजू, हीरापुर के हृदयशाह लोधी, ढिल्लनशाह, जैतपुर के राजा परीक्षित तथा चिरगाँव के राजा बरुत सिंह शामिल थे।

अंग्रेजों ने राठ पनवाड़ी के पास कैथा में अपनी छावनी बना रखी थी। वहाँ से वे बुंदेलखंड में गतिविधियाँ चला रहे थे। इधर बुंदेलखंड के राजा और जागीरदारों ने अंग्रेजों की नीतियों का विरोध जारी रखा, उधर अंग्रेज अपना दमनकारी शिकंजा कसने में लगे थे। अंग्रेजों ने जमीन पर करों की दरें बीस गुना बढ़ा दीं तथा जमा न करने की स्थिति में चल-अचल संपत्ति कुर्क करने लगे। नारहट के जागीरदार मधुकर शाह ने अंग्रेजों का विरोध किया तथा कर जमा नहीं किया।

अंग्रेजों ने सन् 1842 में मधुकर शाह के विरुद्ध सागर की दीवानी अदालत में डिक्री

उन्होंने फौरन सभी अंग्रेजों एवं उनके कारिंदों को नोंगख्लो खाली करने को कहा। मगर ब्रिटिशों ने इसे नजरअंदाज कर दिया।

तिरोत सिंग इस नाफरमानी से नाराज हो गए। इसके बाद उन्होंने अपने कुछ अधिकारियों के साथ मिलकर अंग्रेजों पर 4 अप्रैल, 1829 को हमला किया। उधर ब्रिटिशों ने भी तिरोत सिंग की नाराजगी देखकर खुद को बचाने के लिए अपने सैनिकों को सिलहट व कामरूप से बुला लिया और उनकी आवाज दबानी चाही। किंतु तिरोत सिंग के नेतृत्व में खासी चुप न बैठे, उन्होंने अंग्रेजों के खिलाफ जंग छेड़ने की पेशकश की।

तिरोत सिंग के सिर्फ पारंपरिक युद्ध के सामान, जैसे तीर, भाला, तलवार आदि थे। अंग्रेजों की बंदूक और युद्ध की रणनीति के खिलाफ असरदार नहीं थे। इसके बावजूद तिरोत सिंग के नेतृत्व में खासी समुदाय के लड़ाकों ने हार नहीं मानी।

चार साल तक अंग्रेजों से उनका युद्ध चला। तिरोत सिंग की ताकत लगातार क्षीण हो रही थी। लेकिन वे अंग्रेजों के सामने झुकने को तैयार नहीं हुए। घायल हालत में उन्होंने गुफाओं में जाकर शरण ली। दुर्भाग्यवश उनके किसी अपने ने ही ब्रिटिशों के साथ मिलकर छल कर दिया और 9 जनवरी, 1833 को उनका आत्मसमर्पण करवाया गया।

इसके बाद उन्हें ढाका भेजा गया। जहाँ कैद में रहने के दौरान उन्होंने 17 जुलाई, 1835 में अपनी आखिरी साँस ली। उन्हें वहाँ पेट की तकलीफ शुरू हो गई, लेकिन उनके इलाज की उचित व्यवस्था नहीं की गई, जिसके कारण उनकी मृत्यु हुई। आज तिरोत सिंग को भारत के उन शूरवीरों के साथ याद किया जाता है, जिन्होंने ब्रिटिशों के आगे कभी अपना सिर नहीं झुकाया और परिस्थितियाँ विपरीत होने के बावजूद मैदान में अड़े रहे।

मेघालय के इस जाँबाज का उल्लेख ब्रिटिश इतिहासकार सर एडवर्ड गेट की पुस्तक 'The History of Assam' और प्रो. पी.एन. दत्ता की '1886 में असम शिलांग के इतिहास की झलक' में भी मिलता है।

□

कर दी तथा एक एजेंट सैनिकों की पूरी टुकड़ी लेकर उनकी कुर्की करने पहुँच गया। क्षेत्र में मुनादी कराई गई कि जो संपत्ति नारहट में मधुकर शाह की है, उसे नीलाम किया जा रहा है, जो खरीदना चाहे, वह खरीद ले। यह समाचार जब मधुकर शाह ने सुना तो वे आग-बबूला हो गए। उन्होंने वसूली एजेंट एवं उसकी टुकड़ी के सदस्यों को घेरकर जमकर पिटवाया। झगड़ा यहाँ तक बढ़ा कि कर वसूली टुकड़ी के तीन सदस्य भी मारे गए।

अंग्रेज पनवाड़ी के पास कैंथा नामक स्थान पर उत्सव मना रहे थे। कैंथा के उत्सव में पहुँची इस सूचना ने आग में घी का काम किया। उन्होंने मधुकर शाह दरबार की नर्तकी को उठवा लिया। मधुकर शाह ने कैंथा के उत्सव पर धावा बोलकर उपस्थित सभी अंग्रेजों तथा उनके साथी सैनिकों को मौत के घाट उतार दिया और कैंथा छावनी को लूट लिया।

इस खबर से अंग्रेज मधुकर शाह पर बहुत क्रोधित हुए और उनको गिरफ्तार करने की योजना बनाने लगे। मधुकर शाह भी प्रबल उत्साह के साथ अंग्रेजों से लोहा लेने की ठान चुके थे। मधुकर शाह के भाई चंद्रपुर के जागीरदार जवाहर सिंह ने भी मधुकर शाह के पदचिह्नों का अनुसरण किया तथा मालगुजारी वसूलने के विरोध में युद्ध छेड़ दिया। अंग्रेजों ने दमन के लिए पूरी शक्ति झोंक दी। बदले में जवाहर सिंह ने वहाँ आकर समस्त अंग्रेज सैनिकों को मार डाला।

मधुकर शाह, जवाहर सिंह, नरसिंहपुर के डेलनशाह, सुआताल के राजा रणजीत सिंह, हीरापुर के नरेश हृदयशाह, गणेशजू आदि बुंदेलखंड के राजा और जागीरदारों ने एकजुट होकर अंग्रेजों के विरुद्ध विद्रोह कर दिया। उनके साथ बुंदेलखंड अंचल के लोधी, ठाकुर, अहीर, गोंड सरदार भी एकजुट हो गए। मधुकर शाह ने मालथौन पर आक्रमण कर अंग्रेजी खजाना लूट लिया तथा सैनिकों को मार डाला। इस विजय ने मधुकर शाह का उत्साह और अधिक बढ़ा दिया। उन्होंने खिमलासा के दुर्ग पर आक्रमण कर उसे अपने कब्जे में कर लिया। इसके बाद खुरई को जीतकर उन्होंने अंग्रेजी कैंप को पूरी तरह नष्ट कर दिया और जो बच गए, वे जान बचाकर वहाँ से भाग खड़े हुए।

डेलनशाह ने चाँवर पाठा पर आक्रमण कर विजय प्राप्त की। सुआताल के राजा रणजीत सिंह ने देवरी दुर्ग, नरियावली और बिनैका में भी कब्जा कर भारतीय ध्वज लहरा दिया। हीरापुर के राजा हृदयशाह तेजगढ़ के दुर्ग पर धावा बोल अपने कब्जे में ले लिया। मधुकर शाह के नेतृत्व में पूरा-का-पूरा बुंदेलखंड अंग्रेजों के विरुद्ध संघर्ष के लिए खड़ा हो गया। मधुकर शाह ने धमौनी पर चढ़ाई की, खजाना लूटा और अंग्रेज सैनिकों को मार डाला। इस प्रकार सागर छावनी के चारों ओर बुंदेली वीरों ने अंग्रेजों को लगभग नेस्तनाबूद कर दिया।

इधर जैतपुर के राजा परीक्षित तथा उनकी रानी गजमाला देशपथ आदि अंग्रेजों जूझ रहे थे। परीक्षित के ससुर, टटम के राजा राय बहादुर प्राण सिंह भी झुमर से सेना लेकर मदद करने चल दिए। महोबा और ज्योराह के बीच भीषण युद्ध हुआ। मधुकर शाह ने प्राणसिंह की सहायता की तथा अंग्रेजी सेना को तबाह कर डाला। राजा परीक्षित, रानी गजमाला, दीवान देशपथ तथा मधुकर शाह ने मिलकर मझगुवाँ और बमीठा अंग्रेजों से छीन लिया।

बारीगढ़ में पुनः युद्ध छिड़ गया। अंग्रेजों की हार हुई, बहुत से सैनिक मारे गए तथा जो बचे, वे प्राण बचाकर भागे। मधुकर शाह नारहट वापस आ गए। संपूर्ण मध्य भारत में स्वतंत्रता संघर्ष की आग फैल गई। अंग्रेज इसे साम, दाम, दंड और भेद से शांत करने में लगे रहे। इसी के तहत फ्रेजर ने राव विजयबहादुर सिंह को जेल से मुक्त कर दिया, लेकिन मधुकर शाह तो क्रांति के पथ पर बहुत आगे बढ़ चुके थे, जहाँ से अब लौटना आसान नहीं था। ललितपुर और झाँसी के जंगलों में रोज मधुकर शाह की फौज एवं अंग्रेजी फौज की मुठभेड़ होने लगी। अंग्रेजों ने उनके ऊपर भारी इनाम की राशि घोषित कर दी और वे उनका बराबर पीछा करते रहे। अंग्रेज मधुकर शाह को घेरने का ताना-बाना बुन रहे थे, किंतु उनसे प्रत्यक्ष युद्ध करने का साहस नहीं कर पा थे। अंग्रेजों ने कूटनीति का सहारा लिया और मधुकर शाह के पीछे गुप्तचर लगाकर घोषणा की कि जो भी मधुकर शाह को गिरफ्तार करवाएगा, उसे नकद इनाम तथा जागीर दी जाएगी।

मधुकर शाह जीत की खुशी मनाने अपनी बहन के घर कुलगवाँ गए। ललितपुर के अंग्रेज डिप्टी कमिश्नर हैमिल्टन को 23 जनवरी, 1844 को एक देशद्रोही ने इसकी सूचना दे दी। इस सूचना पर उसने कुलगवाँ पर गुप्त रूप से घेरा डाल दिया। मधुकर शाह बहन के घर पर भोजन करके सोए हुए थे। 24 जनवरी, 1844 को मधुकर शाह को गिरफ्तार कर लिया गया। 28 जनवरी, 1844 को उन्हें डिप्टी कमिश्नर, सागर के समक्ष उपस्थित किया गया। अंग्रेज मधुकर शाह से इतना भयाक्रांत थे कि उन पर मुकदमा चलाने का नाटक किया गया। अंततः केवल 21 वर्ष की आयु में सागर की खुली जेल में उन्हें फाँसी दे दी गई। स्वतंत्रता-प्राप्ति के बाद जनमानस ने इस बलिदान को जीवंत रखने के लिए सागर में समाधि-स्थल बनवाया, जो आज भी राजा मधुकर शाह के बलिदान की कहानी कह रहा है।

इस प्रकार देश का महान् क्रांतिकारी देश पर अपना सर्वस्व अर्पण करके हमेशा के लिए बुंदेलखंड की वीरभूमि पर अमर हो गया।

□

5

वेलुथंपी दलवा

उत्तर भारत में जैसे राजस्थान है, दक्षिण भारत में उसी प्रकार केरल भूमि भी वीरप्रसूता कहलाती आई है। केरल के नायर तलवार के धनी योद्धा थे। उनका इतिहास अत्यंत गौरवमयी और स्वाभिमानपूर्ण है। देशभक्ति में अपना सर्वस्व समर्पित करनेवाले वीर और वीरांगनाएँ इस पुण्यभूमि में जन्म लेते रहे हैं। उस समय आज के केरल में अनेक राज्य थे।

इन राज्यों में प्रमुख था—दक्षिण केरल का त्रावणकोर। अठारहवीं शताब्दी के प्रारंभ से लेकर उन्नीसवीं शताब्दी के अंतिम चरण तक का काल उस राज्य के लिए अनेक दृष्टियों से महत्त्वपूर्ण रहा है। इस समय के त्रावणकोर राज्य के इतिहास में दो नाम स्वर्णाक्षरों में अंकित हैं—पहला, इस राज्य के प्रधानमंत्री राजा केशवदास का और दूसरा, उनके शिष्य वीर वेलुथंपी दलवा का।

केशवदास और वेलुथंपी अपने-अपने समय में डूबती हुई त्रावणकोर राज्य की नौका के कर्णधार थे। वे दोनों गुरु-शिष्य थे। जिस जननी-जन्मभूमि के लिए गुरु ने जीवन और मरण को अपनाया, उसे नई ऊँचाई देने के लिए शिष्य वेलुथंपी दलवा भी उसी रास्ते पर चलते रहे और प्राणों की बलि चढ़ाई।

प्रजावत्सल धर्मराजा के मरते ही वंचि की राज्यलक्ष्मी का ह्रास शुरू हो गया। उसके बाद बलराम वर्मा महाराज राजगद्दी पर बैठे। शासन के दाँव-पेंच न जाननेवाले उस भोले राजा को जयंत शंकरन् नंपूतिरि आदि कुछ कुचक्रियों ने वश में कर लिया। विशुद्ध चरित्र वाले प्रधानमंत्री राजा केशवदास को जेल में डाल दिया गया और स्वयं जयंत शंकरन् नंपूतिरि मंत्री बन बैठा। फिर कुचक्र कर राजा केशवदास की हत्या करवा दी। उसको मंत्री पद से हटाने और राज्य से निकाल बाहर करने एवं प्रजा के कल्याण के लिए पहला कदम वेलुथंपी ने उठाया। वेलुथंपी उस समय करयाकर जिले के तहसीलदार थे। उन्हें नंपूतिरी ने 3,000 रुपए तत्काल राजकोष में जमा करने का आदेश दिया। यह धन जनता से उगाही कर ही इकट्ठा किया जा सकता था, जो वेलु को अस्वीकार था।

इसलिए वेलु ने तीन दिन का समय माँगा और अपने जिले में वापस आकर लोगों को इकट्ठा किया तथा नंपूतिरी के विरुद्ध विद्रोह कर दिया। जनता इतनी गुस्से में थी कि उसने नंपूतिरी के देश निकाले एवं उसके दो मंत्रियों को सार्वजनिक रूप से कोड़े मारने की माँग की। वेल ने दोनों मंत्रियों को उसी तरह सजा दी और जनता की माँग पर खुद दलवा बने।

किसी समय धन की कमी हो जाने से सेना को वेतन नहीं दिया जा सका तो सेना ने विद्रोह कर दिया। सेना ने राजद्रोहियों के कारागृह को तोड़ डाला, जिससे वेलुथंपी के घोर शत्रु मेजर पद्मनाभ चंपकरामन् पिल्लै और अन्य कैदी भी मुक्त हो गए। शंकरनारायण चेट्टी तथा मात्तुतकरन के साथ मिलकर वेलुथंपी दलवा की हत्या का षड्यंत्र रचने लगे। इस समय तिरुवितांकूर का अंग्रेज रेजिडेंट कर्नल मैकाले था। पहले वह दलवा के अनुकूल था। परंतु धीरे-धीरे दलवा के शत्रुओं द्वारा कान भरे जाने और वेलुथंपी दलवा की अडिग देशभक्ति तथा कर्तव्यनिष्ठा के कारण वह उनका घोर विरोधी बन गया। राजमंदिर के अंदर भी उम्मिणित्तंपी मुरली भागवतर आदि महाराजा के मन में दलवा के विरुद्ध विष भरने में लगे रहते थे। दिवंगत महाराजा और गुरु राजा केशवदास अंग्रेजों की शक्ति और कुटिलता को भलीभाँति जानने के कारण वेलुथंपी को उनकी मित्रता बनाए रखने का आदेश दे गए थे। उनके आदेश का पालन दलवा ने अपनी शक्ति भर किया। किंतु अंग्रेज रेजिडेंट मैकाले ने 1805 की पुरानी संधि को बदलकर नई संधि करने का दवाब डाला और बेतहाशा कर बढ़ाने लगा। यह संधि इतनी क्रूर थी कि अंग्रेजी इतिहासकारों ने भी इसके नवीनीकरण की इन शब्दों में निंदा की है—

> *"भारत में अंग्रेजी शक्ति बढ़ाने और साम्राज्य का विस्तार करने के लिए किए गए आपत्तिजनक कार्यों में सबसे अन्यायपूर्ण तिरुवितांकूर के साथ की गई द्वितीय संधि थी।"*

महाराजा और जनता ने एक साथ इसके विरोध में आवाज उठाई, परंतु बेचारगी में उन्हें यह संधि स्वीकार करनी पड़ी। परंतु वह क्रूर अंग्रेज अधिकारी इतने से भी संतुष्ट नहीं हुआ। वह राज्य और प्रजा की परवाह किए बिना अधिक-से-अधिक कर देने के लिए दलवा को तंग करने लगा। आंतरिक शासन में हस्तक्षेप करने की चेष्टा भी उसने शुरू कर दी। इतना ही नहीं, वह दलवा को खुल्लम-खुल्ला धमकी और गालियाँ देने पर भी उतर आया। इन चतुर्मुखी आक्रमणों को रोकते और सहते हुए दलवा ने किसी तरह दो वर्ष बिता दिए, परंतु रेजिडेंट का व्यवहार बिगड़ता ही गया और वह सामान्य शिष्टाचार का भी उल्लंघन करने लगा। इसी समय राजा केशवदास के हत्यारों का नेता मात्तूतरकन भी छह वर्ष की कैद के बाद जेल से बाहर आ गया। वह प्रतिकार की भावना से विरोधी लोगों के साथ जा मिला। अंग्रेजों को बकाया कर देने के लिए वेलुथंपी ने तरकन से

भी छह वर्षों का बकाया कर माँगा। उसके इनकार करने पर दलवा ने उसकी जमीन-जायदाद जब्त करने की आज्ञा दे दी, जिसके कारण तरकन ने रेजिडेंट की शरण ली।

दुष्ट रेजिडेंट दलवा को हटाकर राजा और राज्य को अपनी मुट्ठी में करने के लिए बहाना ढूँढ़ ही रहा था। उसने दलवा को जब्ती की काररवाई रोकने का आदेश दिया और धमकी दी कि यदि उसने उसकी आज्ञा का उल्लंघन किया तो उसे पछताना पड़ेगा। राजकाज में इस हस्तक्षेप से दलवा तिलमिला उठे। शांति से काम करना असंभव देखकर उन्होंने राजा और प्रजा की इच्छा का स्वागत किया। 1809 में सारे राज्य में अंग्रेजों के विरुद्ध विप्लव हो गया। सारी प्रजा दलवा के आह्वान पर एक होकर उठ खड़ी हुई। अंग्रेजों के साथ भयंकर युद्ध हुआ। वेलुथंपी दलवा अपने दोनों हाथों में तलवारें लिये, अपने छोटे भाई पद्मनाभ थंपी के कंधे-से-कंधा लगाए लड़ रहे थे और शत्रुओं के सिर काट-काटकर गिरा रहे थे।

शत्रुसेना बिल्कुल पास पहुँच गई थी। उन्होंने जान की परवाह न करते हुए राजा को सुरक्षित किया और फिर अपने भाई को साथ ले मण्णटी की ओर चल पड़े, जहाँ उनकी इष्ट भद्रकाली का मंदिर था। वहाँ उन्होंने शक्ति की आराधना और याचना की।

यहाँ भी शत्रुसेना ने वेलुथंपी का पीछा नहीं छोड़ा। वे मंदिर की दीवारें फाँदने और दरवाजे तोड़ने लगे। शत्रुओं की सेना बहुत अधिक थी। थंपी अकेले लड़ नहीं सकते थे, इसलिए उनके हाथ में पड़कर अपमानित होने से पहले उस देशभक्त वीर महापुण्य ने कण्णमूला भद्रमहाकाली को अपनी बलि चढ़ा दी।

इस प्रकार जब वीर पुरुष वेलुथंपी दलवा जीते-जी अंग्रेजों के हाथ न लगे, तब उन्होंने कण्णमूला में उनके शव को ही फाँसी के तख्ते पर लटकाकर अपनी खीझ का इजहार किया, लेकिन उनके द्वारा जलाई गई लौ को अंग्रेज कभी बुझा नहीं सके। अंततोगत्वा भारत की आजादी में दक्षिण से जली यह चिनगारी निरंतर प्रदीप्त होती रही।

नेताजी सुभाष चंद्र बोस ने रंगून में बनी बहादुरशाह की कब्र पर फूल चढ़ाते हुए एक बार भारत की स्वतंत्रता के लिए लड़नेवाले वीरों की प्रशंसा में कहा था—"भारत को विदेशियों के चंगुल से छुड़ाने के प्रयास में कई वीरांगनाएँ और वीर पुरुष शहीद हुए हैं। उन महान् आत्माओं में झाँसी की रानी लक्ष्मीबाई और त्रावनकोर के वेलुथंपी का स्मरण मैं बड़ी भक्ति और श्रद्धा के साथ कर रहा हूँ।"

14 जनवरी, 1965 को देशाभिमानी वीर वेलुथंपी की प्रतिमा केरल की राजधानी तिरुवनंतपुरम के सरकारी कार्यालय में स्थापित की गई। केरल की भाषा मलयालम में इस महापुरुष को आधार बनाकर कुछ नाटकों की भी रचना हुई, जिनमें से सुप्रसिद्ध नाटककार पद्नाभ पिल्लै के 'वेलुथंपी दलवा' नाटक का हिंदी अनुवाद भी हो चुका है। □

6

जगबंधु बख्शी

जगबंधु विद्याधर महापात्र भ्रामरबार राय, जिसे 'बक्शी जगबंधु' या 'पाइका बख्शी' के नाम से जाना जाता है, वे खुर्दा की सेना के सेनापति (बख्शी) थे। बख्शी की उपाधि खुर्दा (उड़ीसा) के राजा ने उनके पूर्वज को दी थी। वे भारत के शुरुआती स्वतंत्रता सेनानियों में से एक हैं। उनका पूरा नाम 'जगबंधु' विद्याशर महापात्र था।

इस प्रकार जगबंधु विद्याधर को अपने पूर्वजों से विरासत में 'बख्शी' की उपाधि मिली थी, जो खुर्दा के राजा की सेना के सेनापति के पद का प्रतिनिधित्व करता है। यह राजा के बाद पदानुक्रम में दूसरे स्थान पर आता था।

यह ब्रिटिश शासन के खिलाफ आम लोगों के समर्थन से पाइका (ओडिशा के सैनिकों) का पहला विद्रोह था। अंग्रेजों की भू-राजस्व नीति ने उड़ीसा में उथल-पुथल मचा दी थी। सैनिकों को उनकी सैन्य सेवा के लिए वंशानुगत आधार पर प्रदान की गई किराया-मुक्त भूमि का कार्यकाल मेजर फ्लेचर द्वारा बंदोबस्त में ले लिया गया था, क्योंकि अंग्रेजी सेना को उनकी सेवा की आवश्यकता अब नहीं रह गई थी। इस नीति के परिणामस्वरूप बख्शी जगबंधु को भी खुर्दा से अधिकारविहीन कर दिया गया। इस नीति ने जमींदारों के साथ-साथ रैयतों को भी प्रभावित किया। इस महान् घटना का एक अन्य महत्त्वपूर्ण कारण नमक की कीमत में वृद्धि भी था।

सन् 1803 में मराठों से कटक लेने के बाद अंग्रेजों ने खुर्दा के राजा को जेल में डाल दिया और उनके दीवान को फाँसी दे दी। जगबंधु की भी एक अपनी छोटी सी रियासत थी। अंग्रेजों ने उसे भी छीन लिया। उन पर पिंडारियों के साथ मिलकर विद्रोह करने का अभियोग लगाया था। इस पर जगबंधु ने बलपूर्वक अंग्रेजों को उड़ीसा से निकाल देने का निश्चय किया, जिससे खुर्दा के राजा को फिर गद्दी पर बिठाया जा सके।

मार्च 1817 में जगबंधु बक्शी ने महान् सशस्त्र पाइका विद्रोह प्रारंभ किया। उन्होंने बानापुर एवं घुमसुर के आदिवासियों को संगठित किया और औपनिवेशिक सत्ता के

खिलाफ लड़ने के लिए बहादुरी से खुर्दा की ओर बढ़े। इस विद्रोह को आम लोगों का व्यापक समर्थन मिला। बानापुर के कांधा ने भी अपनी क्रांतिकारी गतिविधियों से उन्हें पर्याप्त सहयोग दिया। विद्रोह पूरे राज्य में फैल गया और काफी लंबे समय तक जारी रहा। हालाँकि पाइका संख्या में कम होने के कारण सुसज्जित ब्रिटिश सेना को भले ही हरा नहीं सके और जंगलों में चले गए। क्रूर अंग्रेजों ने उनका वहाँ भी पीछा नहीं छोड़ा और उनके उन्मूलन हेतु पाइका का शिकार किया गया। कई पाइका लोगों की बेरहमी से हत्या कर दी गई। शुरुआत में उनके साथ लगभग 400 व्यक्ति थे। शीघ्र ही उनके समर्थकों की संख्या 5 हजार तक पहुँच गई। उन्होंने पुरी तथा कुछ अन्य स्थानों पर अधिकार करके वहाँ अंग्रेजों की सत्ता समाप्त कर दी। लेकिन विदेशियों की संगठित शक्ति के सामने वे अधिक दिन टिक नहीं सके और यह 'पाइका विद्रोह' दबा दिया गया। जगबंधु अपने बचे सहयोगियों के साथ जंगलों में चले गए और वहाँ से समय-समय पर विदेशियों पर आक्रमण करते रहे। इससे तंग आकर अंग्रेजों ने उन्हें पेंशन देकर शांति के साथ कटक में रहने के लिए आमंत्रित किया। किंतु उन्होंने इस आमंत्रण को ठुकरा दिया। अंत में अपने साथियों की परेशानियाँ देखकर वे जंगल से बाहर आ गए। यद्यपि उनका विद्रोह सफल नहीं हो सका, किंतु इससे सिद्ध हो गया कि जगबंधु में कितनी संगठन क्षमता थी। उन्होंने निकटवर्ती रियासतों से ही नहीं, नागपुर के राजा तक से सहायता माँगी थी। कटक में पैर रखते ही इस विद्रोही ने अंग्रेजों को भी यह चेतावनी दे दी कि जनता की उचित माँगों की उपेक्षा करना उनके लिए खतरे से खाली नहीं है।

24 जनवरी, 1829 को जगबंधु का देहांत हो गया। भुवनेश्वर का 'जगबंधु विद्याधर कॉलेज' उनकी यादों को समर्पित एक श्रद्धांजलि है।

□

7

रानी चेन्नम्मा

(राज्य हड़प नीति के विरुद्ध आवाज उठाने और अंग्रेजों को धूल चटानेवाली कित्तूर की रानी)

अंग्रेजों की राज्य हड़प नीति के विरुद्ध शस्त्र उठानेवाली पहली महिला क्रांतिकारी हैं कित्तूर की रानी चेन्नम्मा। कर्नाटक में जनमी चेन्नम्मा बचपन में ही घुड़सवारी, तलवारबाजी एवं तीरंदाजी के साथ-साथ युद्ध-कला में भी निपुण हो गई थी।

चेन्नम्मा का जन्म 23 अक्तूबर, 1778 को काकतीय राजवंश में कर्नाटक राज्य के बेलगावी जिले के काकती ग्राम में हुआ था। पिता धूलप्पा एवं माता पद्मावती ने उनका पालन-पोषण युवराज की भाँति किया। महज 15 वर्ष की आयु में ही ग्रामीणों को बचाने के लिए उन्होंने बाघ का शिकार किया। इससे प्रभावित होकर कित्तूर राज्य के राजा मल्लसर्ज देसाई ने चेन्नम्मा से विवाह का प्रस्ताव भेजा। उनका विवाह हुआ और चेन्नम्मा कित्तूर की रानी बन गईं।

राजा मल्लसर्ज शासन संबंधी कार्यों में रानी की राय लिया करते थे। कुछ समय पश्चात् चेन्नम्मा ने एक पुत्र को जन्म दिया, जिसका नाम रुद्रसर्ज रखा गया। उन दिनों ब्रिटिश ईस्ट इंडिया कंपनी भारतीय राज्यों को हड़पने के लिए षड्यंत्रों में लगी थी। उन्हीं में से एक षड्यंत्र था—'डॉक्ट्रिन ऑफ लैप्स', अर्थात् जिन राजाओं का कोई पुत्र नहीं होता था, उन्हें ईस्ट इंडिया कंपनी ब्रिटिश साम्राज्य में जबरदस्ती विलय कर लेती थी। यहाँ तक कि कंपनी दत्तक पुत्र को भी मान्यता नहीं देती थी।

दुर्भाग्य से सन् 1824 में राजा मल्लसर्ज का देहावसान हो गया। तब रानी चेन्नम्मा शासन करने लगीं, लेकिन इसी दौरान राजकुमार रुद्रसर्ज की तबीयत खराब होने से मृत्यु हो गई। डॉक्ट्रिन ऑफ लैप्स नीति के तहत अंग्रेज कित्तूर साम्राज्य को हड़पने के लिए अपनी योजना बनाने लगे, किंतु रानी चेन्नम्मा अंग्रेजों की धूर्त चालों से भलीभाँति परिचित थीं। अत: उन्होंने बड़ी रानी रुद्रम्मा के पुत्र शिवलिंगप्पा को गोद लेकर सिंहासन पर बिठा दिया और संरक्षिका के रूप में कार्य करने लगीं।

अंग्रेजों को यह बात नागवार गुजरी और लॉर्ड एल्फिंस्टन ने दत्तक पुत्र शिवलिंगप्पा को राजा की मान्यता देने से मना कर दिया। इसके साथ ही रानी चेन्नम्मा को आत्मसमर्पण करके कित्तूर को अंग्रेजी साम्राज्य में विलय करने को कहा। इसके प्रत्युत्तर में चेन्नम्मा ने संदेश भिजवाया कि जब तक मेरे शरीर में रक्त की एक भी बूँद शेष है, कित्तूर साम्राज्य को दासता की बेड़ियों में जकड़ने नहीं दूँगी। राज्य के उत्तराधिकारी का निर्णय राज्य का आंतरिक विषय है।

रानी चेन्नम्मा ने संदेश भिजवाने के साथ ही युद्ध की रणनीति तैयारी शुरू कर दी। राज्य के देशभक्त रणबाँकुरों—बालण्र्या, रायण्र्या, गजवीर और चेन्नवासप्पा आदि के हाथों में सेना की कमान सौंप दी। 23 सितंबर, 1824 को अंग्रेजों की सेना ने कित्तूर के किले के बाहर अपना पड़ाव डाल दिया। अचानक किले का द्वार खुला और रानी चेन्नम्मा अंग्रेजी सेना पर टूट पड़ी, उनके पीछे दो हजार रणबाँकुरों की फौज थी। 20 हजार से अधिक सिपाहियों और चार सौ से अधिक बंदूकों के बल पर लड़ने आई अंग्रेजी सेना बुरी तरह से तहस-नहस हो गई।

ब्रिटिश आयुक्त चैपलिन ने युद्धविराम का प्रस्ताव रखा और कुछ समय के लिए शांति हो गई, किंतु चैपलिन शांत नहीं बैठा, उसने कंपनी से और सेना बुलाकर पुनः कित्तूर पर हमला कर दिया। 12 दिन तक घनघोर युद्ध चला। एक बार फिर रानी की सेना अंग्रेजों पर कहर बरसाने लगी, किंतु दो देशद्रोहियों ने तोपों में इस्तेमाल होनेवाली बारूद में मिट्टी और गोबर मिला दिया। इससे रानी को हार का सामना करना पड़ा। उन्हें गिरफ्तार कर बेलहोंगल किले में कैद करके रखा गया। गिरफ्तारी के 5 वर्ष पश्चात् इस वीरांगना ने 21 फरवरी, 1829 को बेलहोंगल में अपने प्राण त्याग दिए।

□

8

यू तिरोत सिंग सियाम

(तीर, भालों और तलवारों से अंग्रेजों की ईंट से ईंट बजानेवाला राजा)

मेघालय के इस योद्धा पर पूरे नॉर्थ-ईस्ट को गर्व होता है। तिरोत सिंग ने बहुत छोटी उम्र में ब्रिटिश साम्राज्य के खिलाफ विद्रोह का बिगुल फूँक दिया। अपने करीब 10,000 लड़ाकों के साथ उनकी ईंट से ईंट बजा दी। वैसे तो खासी समुदाय से आनेवाले तिरोत सिंग खडसॉफ्रा सियामेशिप (Khadsawphra Syiemship) के राजा थे। वे भले ही राजा थे, लेकिन उनका जज्बा किसी योद्धा जैसा था।

राजा तिरोत सिंग स्वयं भी अपनी प्रजा की भलाई के बारे में दिन-रात सोचते थे। इसी कारण जब ईस्ट इंडिया कंपनी के डेविड स्कॉट के नेतृत्व में ब्रिटिशों ने उनके सामने प्रस्ताव रखा कि वे गुवाहाटी को सिलहट से जोड़ने के लिए सड़क निर्माण करना चाहते हैं तो उन्होंने उस विचार का स्वागत किया।

तिरोत सिंग को लगा कि इससे उनके समुदाय को सुविधा होगी और वे अपने व्यापार को विस्तार दे पाएँगे। उन्होंने साल 1827 में डेविड स्कॉट के साथ अपने दरबार में बैठक की। इस बैठक में लंबी चर्चा के बाद गुवाहाटी के नजदीक रानी से नोंगख्लो होते हुए सुरमा घाटी तक सड़क-निर्माण को मंजूरी दी गई।

सड़क बनने का काम शुरू हुआ तो उन लोगों के बँगले भी नोंगख्लो में आ गए। लगभग 18 महीनों के लिए कार्य सुचारु रूप से आगे बढ़ा और अधिकारियों ने स्थानीय आदिवासियों के साथ स्वतंत्र रूप से मिलकर सौहार्दपूर्ण संबंध बनाए रखे। मगर एक दिन एक बंगाली सेवक ने तिरोत सिंग को यह बताया कि अंग्रेज इस सड़क को बनाने के साथ स्थानीय लोगों पर कर लगाने की योजना बना रहे हैं और सड़क पूरी होते ही उन्हें अपने अधीन कर लेंगे।

तिरोत सिंग को ब्रिटिशों की जालसाजी समझने में देर न लगी। उन्हें मालूम चल गया कि इस सड़क के जरिए ब्रिटिश किस घिनौनी मंशा को अंजाम देना चाहते हैं।

9

चानकू महतो

(आपोन माटी, आपोन दाना, पेट काटी निही देबज खजाना)

झारखंड के कई आदिवासी देशभक्तों की तरह चानकू महतो भी अज्ञात क्रांतिकारी ही हैं। गाँव-गाँव जाकर वनवासी लोगों को संगठित करनेवाले हूल क्रांति के इस नायक ने तथाकथित सभ्य और शहरी सभ्यता वाले अंग्रेजों को किस प्रकार धूल चटाई, यह जानकर आप हैरत में पड़ जाएँगे।

चानकू महतो प्राचीन राड़ प्रदेश सभ्यता के एक गुमनाम राष्ट्रभक्त हैं। राड़ प्रदेश, वृहद बंगाल के चार भूभागों में से एक है। जंगल तराई, यानी वर्तमान झारखंड के संथाल परगना प्रमंडल के गोड्डा जिले के रंगमटिया गाँव में 9 फरवरी, 1816 को जनमे चानकू महतो बचपन से साहसी और विलक्षण प्रतिभा वाले थे। नाना धनीराम महतो के बहुत लाड़ले होने की वजह से उनकी शिक्षा-दीक्षा नाना के पास बाड़ेडीह गाँव में ही हुई। बीमारी से माँ की असमय मृत्यु हो गई, तब चानकू अपने घर रंगमटिया में रहकर पिता के साथ खेती में हाथ बँटाने लगे। अपने हुनर और प्रतिभा के कारण गाँव के प्रधान बने और फिर कुड़मि स्वशासन व्यवस्था के परगना के 'परगनैत' भी बने। गोड्डा इलाके में भी कंपनी सरकार का प्रवेश हो चुका था। यहाँ अंग्रेजों ने गोड्डा में भूमि-कर में अप्रत्याशित वृद्धि कर दी। जो कर देने में आनाकानी करते या गरीबी अथवा कम उपज के कारण असमर्थ होते तो उनको तरह-तरह की यातनाएँ दी जातीं, उनकी जमीन छीनकर बाहरी रैयत को दे दी जाती। रैयत इस नई व्यवस्था से अपरिचित थे। जमीन उनकी थी, जंगल उनका था, जल उनका था। अब तक वे सामूहिक और सह-अस्तित्व के साथ जीते आए थे, लेकिन अब नई व्यवस्था में यह सब उनसे छीना जा रहा था या उसके लिए कर की व्यवस्था थोप दी गई। चानकू महतो इस अत्याचार को देख रहे थे।

अंग्रेजों ने उनके पारंपरिक स्वशासन पर भी हमला बोल दिया था। गाँव की एक अलग वैकल्पिक सरकार खड़ी कर दी गई। आदिवासियों पर इन पदधारियों के माध्यम से शासन चलाने के लिए कर वसूली होने लगी। ब्रिटिश सत्ता के साथ-साथ उनके

अत्याचार और मनमानी बढ़ती गई। तब आदिवासियों-मूलवासियों ने अंग्रेजों को जवाब देने की ठानी। विद्रोह ही एकमात्र रास्ता था। इसके लिए गाँव-गाँव बैठकें होने लगीं और लोग एकजुट होने लगे। चानकू महतो ने नेतृत्व सँभाला। इसके बाद चानकू महतो ने अपने स्तर से लोगों को एकजुट कर अंग्रेजी सत्ता के खिलाफ विद्रोह कर दिया और नारा दिया—'आपोन माटी, आपोन दाना। पेट काटी निही देबज खजाना।' अपना पेट काटकर भला कंपनी का खजाना क्यों भरें? इस तरह गाँव-गाँव जाकर चानकू महतो ने लोगों को जाग्रत् किया और सैकड़ों युवा उनके साथ आते गए। हूल क्रांति से पहले 1853-54 में अपने प्रमुख सहयोगियों राजवीर सिंह, बेजल सोरेन, भागीरथ माँझी, हुघली महतो, बुधु राय, बलुआ महतो, रामा गोप, चालो जोलहा, गांदो, हरदेव सिंह के साथ जमींदारों और कंपनी सरकार के खिलाफ आंदोलन छेड़ दिया।

इधर संथाल भी कंपनी सरकार के शोषण से परेशान थे। वे भी व्यापक आंदोलन छेड़ने की योजना बना रहे थे। चानकू महतो इस आंदोलन में अपने सब साथियों के साथ शामिल हो गए। सिदो-कान्हू ने 30 जून, 1855 को विशाल सभा या कहिए कि विद्रोह की तिथि निर्धारित की। सभा में पूरे संथाल परगना से लोग एकत्र हुए और विद्रोह कर दिया। इस आंदोलन की बौद्धिक अगुवाई शाम परगना कर रहे थे। इस विद्रोह में हजारों आदिवासी मारे गए। आंदोलन के कई अगुवा बच गए। चानकू महतो भी पुलिस की पकड़ में न आ सके। हूल क्रांति में संथाली, महतो व तमाम स्थानीय जातियों ने योगदान दिया था और हजारों आदिवासी शहीद हो गए थे।

चानकू महतो को पुलिस पागलों की तरह खोज रही थी। महीनों तक पुलिस और चानकू के बीच लुका-छिपी का खेल चलता रहा। सन् 1855 के अक्तूबर महीने में सोनार चक में जनसभा थी। उसमें चानकू शामिल हुए और लोगों को संबोधित कर रहे थे कि एक गद्दार नायब प्रताप नारायण ने अंग्रेजी सरकार को उनकी उपस्थिति की सूचना दे दी। अंग्रेजी सेना ने तेजी से कारखाई करते हुए चानकू महतो को चारों तरफ से घेर लिया और आक्रमण शुरू कर दिया। इस हमले में चानकू घायल हो गए, लेकिन उनके साथी उन्हें सुरक्षित स्थान पर लेकर चले गए। चानकू महतो एक बार फिर पुलिस की पकड़ में नहीं आ सके। अब पुलिस का गुस्सा सातवें आसमान पर था। पुलिस को किसी ने सूचित कर दिया कि चानकू महतो अपने ननिहाल बाड़ेडीह गाँव में हैं। पुलिस यहाँ चुपके से पहुँची और उन्हें गिरफ्तार कर लिया। इसके बाद 15 मई, 1856 को गोड्डा के राजकचहरी स्थित कझिया नदी के किनारे उन्हें फाँसी दे दी गई। अंग्रेजी सेना इतने गुस्से में थी कि बाड़ेडीह महतो टोले को पूरी तरह उजाड़ दिया।

पहाड़िया आंदोलन के बाद झारखंड का यह दूसरा संगठित विद्रोह था, जिससे ब्रिटिश सत्ता हिल उठी थी। इसके बाद ही संथाल परगना अस्तित्व में आया। नया

कानून बना और उन्हें सहूलियत दी गई, लेकिन हूल के नायक चानकू महतो को देश के इतिहास में अरसे तक समुचित स्थान नहीं प्राप्त हुआ। झारखंड के कई आदिवासी देशभक्तों की तरह चानकू महतो भी गुमनाम क्रांतिकारी ही हैं, लेकिन स्थानीय व कई सामाजिक संगठनों द्वारा उन्हें श्रद्धापूर्वक याद किया जाता रहा है। जयंती, बलिदान व हूल दिवस पर झारखंड और आसपास के राज्यों में भी चानकू महतो याद किए जाते हैं। उनके वंशज और ग्रामीण प्रत्येक वर्ष उनकी याद में कई आयोजन करते हैं। कई घरों में तो उस दिन आज भी एक वक्त का चूल्हा नहीं जलता है। पिछले दिनों इस क्रांतिकारी के आँगन की मिट्टी एकत्र कर स्मारक बनवाया गया तथा उनकी आदमकद प्रतिमा लगाई गई।

□

10

वीरांगना मालतीबाई लोधी

मालतीबाई उन सैकड़ों बलिदानियों में से एक हैं, जिन्हें प्रत्यक्ष रूप से इतिहास में स्थान नहीं मिला। उनमें से अधिकांश का नाम जनश्रुति तथा लोक-साहित्य ने जीवित रखा है। उनकी गाथाएँ जनपदों में वहाँ की जनभाषाओं में सुरक्षित हैं।

विंध्य प्रदेश में बेतवा नदी के किनारे एक बेनाम से गाँव, जिसमें एक बहुत ही साधारण, निर्धन लोधी वंशीय कृषक परिवार में सन् 1840 के आसपास मालतीबाई का जन्म हुआ। वह अपने माता-पिता की पहली संतान थीं, उसके बाद दो भाई हुए। मालती अभी पंद्रह-सोलह वर्ष की ही थी कि माता का निधन हो गया। लड़की और वह भी बड़ी होने के कारण घर की देखभाल का दायित्व मालती पर आना ही था। दोनों भाइयों की देखभाल कर खेतों की रखवाली करना भी उसकी दिनचर्या थी। 1855-56 में क्रांति की आग सुलग उठी थी। सारे देश में सुगबुगाहट हो रही थी। विंध्य प्रदेश के जनपद में भी क्रांति और क्रांतिकारियों की चर्चा होने लगी थी। किशोरी मालती के मन में उन कहानियों को सुनकर क्रांतिकारी बनने की उमंग उठने लगती थी। वह भी बंदूक चलाने, घोड़े पर सवार होकर तलवार आदि चलाने के सपने देखने लगी। लेकिन उस निर्धनता में यह सब कहाँ संभव था ? मालती अपनी उन इच्छाओं को पूरा करने के लिए खेतों की रखवाली करते हुए गुलेल, गोफन तथा साधारण तीर-कमान चलाने लगी। धीरे-धीरे वह निशाना लगाने में बहुत ही निपुण हो गई। 'जहाँ चाह, वहाँ राह' की उक्ति चरितार्थ करते हुए एक शुभ दिन एक घटना घट ही गई।

झाँसी की महारानी लक्ष्मीबाई देश की स्थिति से परिचित थीं। अंग्रेजों की नीति और चालों को समझती थीं। अतः महल में रहते हुए भी रानी सैनिक गतिविधियों पर दृष्टि रखती थीं। राज्य की रक्षा की दृष्टि से राज्य की सीमा का भौगोलिक ज्ञान प्राप्त करने के लिए वे प्रायः भ्रमण करती रहती थीं। एक बार भ्रमण करते हुए लक्ष्मीबाई की दृष्टि किशोरी मालती पर पड़ गई, जो उस समय खेतों पर रखवाली करते हुए साधारण से तीर-कमान से अचूक निशाना लगा रही थी। यह देखकर रानी चकित रह गईं। रानी रुकी

तो रानी ने मालती को और मालती ने रानी को देखा। मालती ने रानी को पहचानते हुए आगे बढ़कर रानी का अभिवादन किया। मालती की सहजशीलता देखकर रानी और भी प्रभावित हुईं। वे घोड़े से उतरीं और मालती को प्यार से पुचकारते हुए उसके सिर पर स्नेह का हाथ रखा।

महारानी लक्ष्मीबाई ने उसके तीर चलाने तथा निशाना लगाने की प्रशंसा की और कहा कि वे झाँसी जाकर उसे वहाँ बुला लेंगी। झाँसी में उसे बंदूक, तीर, तलवार चलाना तथा घुड़सवारी करना सिखाकर अपनी सहेली और अंगरक्षक बना लेंगी। महारानी के इन शब्दों से मालती आनंदित हो उठी, उसे बचपन से देखे सपने पूरे होते दिखाई देने लगे, किंतु अपनी विवशता देखते हुए वह दुविधा में पड़ गई। महारानी की कृपा और अपना सौभाग्य मानते हुए उसने मातृविहीन अपने दोनों छोटे-भाइयों की जिम्मेदारी बताई। किंतु कुछ समय पश्चात् भाइयों के थोड़ा सा सँभलने पर महारानी की सेवा में स्वयं पहुँचने की बात कही। रानी ने उसकी भावना तथा कर्तव्य-परायणता को देखते हुए आश्वासन दिया कि वे झाँसी पहुँचकर घोड़ा, अच्छे तीर-कमान तथा तलवार भेजेंगी, जिनसे वह कुछ समय तक यहीं अभ्यास करती रहे। समय आने पर वे उसे बुला लेंगी।

कुछ ही दिन बाद रानी की भेजी सभी चीजें मालतीबाई को मिल गईं। इससे गाँव की युवतियों में मालती का अनुकरण करने की इच्छा पैदा हुई। मालतीबाई स्वयं अभ्यास करने के साथ दूसरे युवक-युवतियों को भी शस्त्राभ्यास कराने लगी। इस प्रकार उसने लगभग पाँच सौ स्वतंत्रता सेनानियों की टुकड़ी तैयार कर ली। उधर अंग्रेजों की कूटनीति की शिकार हुई रानी ने झाँसी में क्रांति का शंख फूँका और यह समाचार मिलते ही मालतीबाई अपनी टुकड़ी को लेकर झाँसी पहुँच गई। इस टुकड़ी में युवक और युवतियाँ दोनों ही थे, जिन्हें मालतीबाई ने स्वयं प्रशिक्षित किया था।

रानी ने सभी का उचित सम्मान किया और उनकी सैनिक शिक्षा की समुचित व्यवस्था की। मालतीबाई को वे पहली भेंट में ही अपनी सखी और अंगरक्षक बनाने की बात कह चुकी थीं। रानी ने वही बात दोहराते हुए मालती को हमेशा अपने साथ रखने की बात की, जिसे सुनकर मालती आत्मविभोर होकर कह उठी कि रानीजी, मैं भी अब आप से दूर नहीं रह सकती। उसने माँ भवानी को साक्षी मानकर प्रतिज्ञा की कि जब तक हमारी जीत नहीं होगी, मैं आपके साथ रहूँगी और आजादी न मिलने तक न शादी करूँगी, न घर लौटकर जाऊँगी। इस प्रकार मालतीबाई महारानी लक्ष्मीबाई की अंतरंग सैनिक टुकड़ी की सदस्य बन गई।

झाँसी पर हुए आक्रमण के समय मालतीबाई रानी की छाया बनी बराबर युद्ध करती रही। अंतिम क्षणों में भी वह उनके साथ थी। जिस समय रानी लक्ष्मीबाई दामोदर राव को पीठ पर बाँधे चली जा रही थीं, नया घोड़ा नाले पर अचानक से अड़ गया। रानी घायल

हो गई थीं, उस संयम मालतीबाई रानी लक्ष्मीबाई की अभेद्य ढाल बन गई और उन्हें बचाते हुए लगातार लड़ती रही। अचानक अंग्रेज सैनिक की गोली ने उसका वक्ष भेद दिया। इस प्रकार अपने कर्तव्य तथा वचन-पालन करते हुए मालतीबाई ने रानी से पूर्व ही स्वाधीनता की वेदी पर अपनी आहुति दे दी। कवि खेम सिंहजी के शब्दों में मातृभूमि के लिए मालती ने अपने अनुजों को छोड़ा—"छोड़ा अपने पूज्य पिता को, परिणय बंधन से मुख मोड़ा। याद रहेगी झाँसी रानी, संग मालती याद रहेगी। भूल 'खेमसिंह' कैसे होगी, तू बलिदानी याद रहेगी।"

□

11

वासुदेव बलवंत फड़के

1857 के प्रथम स्वातंत्र्य समर के बाद अंग्रेजों की सत्ता का क्रूर चेहरा और अधिक खौफनाक हो चला था। चारों ओर दहशत का आलम था। लेकिन क्रांति के महानायकों ने जो लौ जलाई थी, वह अंग्रेजों की संगठित सैन्य शक्ति के आगे ऊपरी तौर पर भले ही बुझ गई थी, परंतु उसकी राख में चिनगारियाँ अभी भी सुलग रही थीं। ऐसी ही एक जबरदस्त चिनगारी 1870 के दशक में पुणे की गलियों में भड़क उठी थी। उस समय की गलियों में एक व्यक्ति को अकसर एक थाली और चम्मच हाथों में लेकर दौड़ते हुए देखा जा सकता था। चम्मच से थाली को बजाते हुए वह अपने अगले भाषण के बारे में घोषणा करता रहता था। वह अनुरोध करता था—"सभी को शाम को शनिवार को वाड़ा मैदान में आना है। हमारे देश को आजाद होना ही चाहिए। अंग्रेजों को भगाया जाना चाहिए। मैं अपने भाषण में बताऊँगा कि यह कैसे किया जाना है।" सिंह गर्जन करनेवाले इस महान् स्वतंत्रता सेनानी का नाम था—वासुदेव बलवंत फड़के। ठाणे जनपद के शिर्दों में 4 नवंबर, 1845 को जनमने वाले वासुदेव का परिवार कोंकण के एक गाँव केल्शी का रहनेवाला था। सन् 1862 में वे बंबई विश्वविद्यालय के शुरुआती स्नातकों में थे। वे पुणे में सैन्य वित्त विभाग के एक कर्मचारी थे। वर्ष 1865 में पुणे आने से पहले उन्होंने ग्रांट मेडिकल कॉलेज एवं मुंबई के सेना रसद विभाग में कार्य किया था। वे एक पारिवारिक व्यक्ति थे। यह लगभग असंभव था कि उनके जैसा व्यक्ति सरकार के प्रति अलगाव को प्रचारित करे, किंतु वे दिन-दहाड़े ऐसा कर रहे थे। उन दिनों वे स्पष्टतः एकमात्र ऐसे व्यक्ति थे, जो अंग्रेजों को बाहर का रास्ता दिखाने की बात कर रहे थे। पश्चिम भारत में बॉम्बे प्रेसिडेंसी एसोसिएशन एवं पूना सार्वजनिक सभा आदि से प्रकट होता नया-नया सार्वजनिक जीवन केवल संवैधानिक राजनीति तक ही सीमित था।

वासुदेव के भाषणों ने पुणे में जबरदस्त असर दिखाया। लोग उनको सुनने के लिए जुटने लगे। जनता को संबोधित करने के लिए उन्होंने पनवेल, पलास्पे, तासगाँव और

नरसोबची वाड़ी में रविवार के दिनों का उपयोग किया। राजनीतिक प्रचार-प्रसार के लिए दौरे करनेवाले वे स्पष्ट रूप से पहले भारतीयों में से एक थे। हालाँकि उनके भाषणों से इच्छित परिणाम नहीं मिले। उनकी आशा के विपरीत लोग विद्रोह के लिए खड़े नहीं हुए। इसके पश्चात् उन्होंने सार्वजनिक रूप से भाषण देना बंद कर दिया। उन्होंने गुप्त संस्था बनाने के बारे में सोचना शुरू किया। स्वयं को मजबूत बनाने के लिए अखाड़ों में जाना शुरू कर दिया। पुणे में मराठा इतिहास से संबंधित स्थानों की भरमार थी। शिवाजी द्वारा सर्वप्रथम जीते गए किलों में से एक तोरना या प्रचंडगढ़ शहर से अधिक दूर नहीं था। फड़के ने पुणे के निकट गुलटेकड़ी पहाड़ी पर शारीरिक प्रशिक्षण शुरू कर दिया।

भली प्रकार से गठित क्रांतिकारी संस्था फड़के की प्राथमिकता थी। उन्होंने चार समूह बनाए—पहले समूह ने विद्यालयों से बाहर गुप्त स्थानों पर अध्यापकों को बताए बगैर स्कूली छात्रों की बैठकें आयोजित कीं। फड़के की संस्था के एक प्रवक्ता ने छात्रों के बीच आजादी का संदेश प्रचारित किया। दूसरे समूह में घूमने-फिरनेवाले जत्थे थे, जो सुबह-सुबह देशभक्ति के गीत गाते हुए शहर भर में घूमते थे। तीसरा समूह शाम के समय घूमनेवाली गायक-मंडली का था, जो ब्रिटिश राज पर तंज कर भारत के दर्द को उभारनेवाले गीत गाता था। चौथे और सबसे अहम समूह में क्रांतिकारी गतिविधियाँ तय करनेवाले सदस्य थे। फड़के ने जनता से संवाद का एक नया तरीका ईजाद किया। उन्होंने लोगों में अंतर्निहित देशभक्ति की भावना उभारने के लिए भावनात्मक और आध्यात्मिक संयोजन पर ध्यान दिया।

इस समय तक फड़के ने स्वयं को एक पथ-प्रदर्शक साबित कर दिया था। उन्होंने तिलक, लाला लाजपत राय एवं बिपिन चंद्र पाल से काफी पहले देशभक्ति की एक सार्वजनिक संस्कृति विकसित कर ली थी। तत्पश्चात् 1876-77 में महाराष्ट्र भारी दुर्भिक्ष का शिकार हुआ। फड़के ने अपनी आँखों से विनाश का मंजर देखने के लिए गुप्त रूप से प्रभावित जिलों की यात्राएँ कीं। उन्होंने लोगों की कठिनाइयों के लिए गलत ब्रिटिश नीतियों को जिम्मेदार ठहराया और क्रांति का रास्ता अपनाने का निर्णय लिया।

यहाँ भी वे पथ-प्रदर्शक साबित हुए। भारतीय क्रांति के जनक 20 फरवरी, 1879 को फड़के ने अपने साथियों—विष्णु गदरे, गोपाल साठे, गणेश देवधर एवं गोपाल हरी कर्वे के साथ पुणे से आठ मील उत्तर लोनी के बाहर 200 मजबूत योद्धाओं वाली फौज की घोषणा कर दी। यह संभवत: भारत की पहली क्रांतिकारी जनसेना थी। फड़के ने स्वीकार किया कि अपने विद्रोह को जारी रखने के लिए डकैती को एक आवश्यक बुराई के तौर पर अपनाना होगा। उन्होंने कहा कि संघर्ष में शामिल होने के लिए अपने घरों को छोड़ने का उनका समय आ गया है। इस अवसर पर उन्होंने कहा, “हम अपने पहले हमले से और अधिक हथियार एवं ज्यादा धन एकत्र करेंगे। हम पुलिस एवं सरकार के विरुद्ध संघर्ष करेंगे।”

इस दौरान उन्होंने लगातार बहुत खतरा उठाया। धन एवं हथियार एकत्र करने के लिए फड़के के दल ने मुंबई और बाद में कोंकण क्षेत्र के निकट लूट की कुछ घटनाओं को अंजाम दिया। इससे अंग्रेज थर्रा उठे। पूरे क्षेत्र में फड़के के नाम की धाक जम गई। मई 1879 में फड़के ने चेतावनी देते हुए सरकार की शोषण करनेवाली आर्थिक नीतियों की कड़ी भर्त्सना की। उनकी इस घोषणा की प्रतियाँ गवर्नर, जिलाधीश एवं अन्य सरकारी अधिकारियों को भेजी गईं। इससे संपूर्ण भारत में सनसनी फैल गई। उनके विद्रोह ने बंकिम चंद्र चट्टोपाध्याय के उपन्यास आनंदमठ (1882) के कथानक को तर्क-साध्य और अप्रत्यक्ष तौर पर प्रभावित किया।

फड़के पर 3 जून, 1879 को लंदन से प्रकाशित होनेवाले 'द टाइम्स' ने एक लंबा संपादकीय प्रकाशित किया। इसने कृषि-क्षेत्र में फैलती बेचैनी के समाधान के लिए सरकार को अपनी भू-निर्धारण नीतियाँ संशोधित करने की सलाह दी। अंग्रेज हालाँकि अपनी पकड़ मजबूत बना रहे थे। फड़के का अल्पकालिक कॅरियर लगभग पूरा हो चुका था। वे आंध्र प्रदेश के कुरनूल जनपद में स्थित ज्योतिर्लिंग श्री शैल मल्लिकार्जुन महादेव मंदिर जाने के लिए महाराष्ट्र से चले गए। 25 अप्रैल, 1879 को समाप्त अपनी आत्मकथा के दूसरे भाग में उन्होंने अपनी असफलता के लिए समस्त भारतीयों से क्षमा-याचना की। फड़के इस पवित्र स्थान में, जहाँ उनके आदर्श छत्रपति शिवाजी महाराज भी एक बार आए थे, अपने जीवन का बलिदान करना चाहते थे, लेकिन पुजारी ने उन्हें ऐसा करने से रोक दिया।

उन्होंने रोहिल्ला, सिखों और निजाम की सेना में कार्यरत अरबों के साथ मिलकर एक नई क्रांति का पुनर्गठन करने की कोशिश की। उन्होंने भारत के विभिन्न भागों में अपने संदेशवाहक भेजे। किंतु भाग्य को उनकी योजनाओं की सफलता स्वीकार नहीं थी। देवार नवदगी नामक गाँव में 20 जुलाई, 1879 को उनकी गिरफ्तारी के साथ यह ध्येय समाप्त हुआ।

पुणे की अदालत में चले मुकदमे के बाद उन्हें आजीवन कारावास की सजा मिली। इस अवसर पर उनके समर्थन में आए लोगों ने विषाद एवं गर्व से भरे कर्णभेदी नारे लगाए। बंदीगृह में उनको तपेदिक से पीड़ित पाया गया, जिसका उन दिनों कोई इलाज नहीं था। फड़के ने आजीवन कारावास की बजाय मृत्यु को चुना। एक स्वतंत्रता सेनानी से इससे अधिक और क्या अपेक्षा की जा सकती है ? 17 फरवरी, 1883 को 37 वर्ष की आयु में उनकी मृत्यु हुई। बाद में महाराष्ट्र में इसी वर्ष वीर सावरकर का जन्म हुआ।

फड़के का क्रांतिकारी जीवन भले ही अल्पकालिक रहा हो, किंतु भारत की स्वतंत्रता के लिए हथियारबंद आंदोलन की आधारशिला रखने में वे हर तरह से कामयाब हुए। □

12

नीलांबर-पीतांबर

(वीरता की आदर्श जोड़ी)

नीलांबर-पीतांबर ने अपनी वीरता से अंग्रेजों के छक्के छुड़ा दिए थे। पराक्रमी व गुरिल्ला युद्ध में माहिर इन भाइयों के नेतृत्व को बहुत बड़ी संख्या में ग्रामीणों ने सहज स्वीकार कर अंग्रेजों को धूल चटा दी थी। वे सब अंग्रेजों के खिलाफ हो गए थे। उनके बलिदान की स्मृति में आजादी के अमृत महोत्सव के अवसर पर इन दो जाँबाज भाइयों को याद किया जाना हमारा फर्ज बनता है।

1857 का सिपाही विद्रोह वस्तुत: ब्रितानी साम्राज्यवाद के विरुद्ध भारत का पहला मुक्तिकामी महासंग्राम था। अकादमिक इतिहास की पुस्तकों में इस महासमर में पलामू की जनजातियों के योगदान को बहुत महत्त्व नहीं दिया गया, जबकि नवीनतम शोध और दस्तावेजी सच्चाइयों से यह रहस्य उद्घाटित होने लगा है कि 1857 के संघर्ष के दो वर्ष तक पलामू की जनजातियाँ लगभग हारी हुई लड़ाई को लगातार लड़ती रही थीं। इस जनयुद्ध के नायक भोगता जनजाति के दो सहोदर भाई पीतांबर साही और नीलांबर साही थे।

मंगल पांडेय की फाँसी की खबर जब झारखंड तक पहुँची तो पठार सुलग उठा। हजारीबाग जेल ढहा दी गई। इधर बड़कागढ़ के विश्वनाथ शाहदेव और भंवरी के पांडेय गणपत राय के नेतृत्व में हुए 'हटिया युद्ध' में अंग्रेजी पलटन की अपराजेयता का मिथक टूट चुका था। अंग्रेजी राजसत्ता का मान, शक्ति, सम्मान और अहंकार सबकुछ छोटानागपुर खास में मटियामेट हो चुका था। छोटानागपुर में अंग्रेजी सत्ता ध्वस्त हो चुकी थी और कानून-व्यवस्था विश्वनाथ शाहदेव के हाथों आ गई थी। तब पलामू के 12 गाँवों की छोटी सी जागीर 'चेमो-सनैया' के भोगता जागीरदार पीतांबर साही राँची में थे। सूचना थी कि विद्रोह का यह चक्रवात राँची तक ही नहीं रुकनेवाला था। हजारीबाग जेल से मुक्त हुए कैदियों की स्वतंत्र पलटन राँची विजय के बाद बाबू कुँवरसिंह की सेना से जुड़ने के लिए रोहतास कूच करनेवाली थी। पीतांबर भी अविलंब चेमो संनेया के लिए निकल पड़े।

पीतांबर के पिता भोगता के मुखिया चेमू सिंह की 12 गाँवों की पुश्तैनी जमींदारी थी। कोल विद्रोह में अंग्रेजी सरकार के विरुद्ध सक्रियता के आरोप में अंग्रेजों ने चेमू सिंह की जमींदारी जब्त कर उन्हें निर्वासन में धकेल दिया था। इसी दौरान चेमू सिंह का निधन हो गया। पिता की अपमानजनक मृत्यु और अब फिरंगियों की गुलामी पीतांबर-नीलांबर के कलेजे में शूल की भाँति धँस चुकी थी। भोगता समाज के भीतर अंग्रेजी दासता के प्रति आक्रोश और प्रतिशोध का लावा उबल रहा था। अंग्रेजों ने पलामू के चेरो राजा चुरामन राय को राजगद्दी से धकेलकर पलामू परगना को नीलाम कर खरीद लिया था। चेरो लोग भी औपनिवेशिक व्यवस्था की हड़प नीति के कारण भीतर-भीतर उबल रहे थे, परंतु सक्षम नेतृत्व के अभाव में अंग्रेजी राज के विरुद्ध मुँह खोलने का साहस नहीं कर पा रहे थे। तब नीलांबर-पीतांबर ने चेरो लोगों के साथ मिलकर खरवार लोगों को भी अपने साथ जोड़ा। इस तरह अंग्रेजी सत्ता के विरुद्ध पलामू में चेरो-खरवार भोगता गठबंधन तैयार हो गया।

पलामू की ओर अग्रसर आजाद देसी पलटन और अंग्रेजी फौज के बीच चतरा में घमासान युद्ध हुआ था, जिसमें देसी पलटन की करारी हार हुई थी। पलामू अभियान की कमर टूट चुकी थी, लेकिन नीलांबर-पीतांबर परचम उठाए लोगों में स्वाधीनता का स्वाभिमान जगाते अंग्रेजी सत्ता से दो-दो हाथ करने निकल पड़े थे। नीलांबर के नेतृत्व में 10 हजार विद्रोहियों ने डाल्टनगंज से दो मील दक्षिण-पश्चिम स्थित ठकुराई रघुवर दयाल सिंह की चैनपुर स्थित हवेली को घेर लिया था। दोनों ओर से चार-पाँच घंटे तक बेनतीजा गोलाबारी के बाद आक्रोशित विद्रोहियों ने कोयल नदी के तट पर स्थित शाहपुर किले पर धावा बोल दिया। किले के आग्नेयास्त्र लूट लिये। शाहरपुर थाना जला दिया गया था। नीलांबर के नेतृत्व में विद्रोही दल लेस्लीगंज पर कहर बनकर टूटा था। लेस्लीगंज के तमाम सरकारी भवन फूँक दिए गए। पलामू में नीलांबर-पीतांबर के आंदोलन की हाहाकारी शुरुआत हो चुकी थी। सीधी लड़ाई से बचते हुए नीलांबर-पीतांबर गुरिल्ला युद्ध लड़ रहे थे। नीलांबर के बेटे कुमार शाही ने सरदार परमानंद और भोज-भरत के साथ पलामू किले पर भी कब्जा कर लिया था। तिलमिलाए अंग्रेजों ने पूरी ताकत के साथ पलामू किले पर हमला बोल दिया। पलामू किले पर पुनः कब्जा करने के बाद डाल्टन ने लेस्लीगंज को मुख्यालय बनाकर नीलांबर-पीतांबर के दमन की तैयारी की। कर्नल टर्नर पलामू के जंगलों की खाक छानता रहा, पर नीलांबर-पीतांबर का कोई सुराग नहीं मिल रहा था। खीज और क्रोध से उबलते टर्नर ने चेमोसनेया पर आक्रमण कर दिया, लेकिन गुरिल्ला लड़ाकों के सामने कोई टिक नहीं सका। मनिका, छतरपुर, लातेहार, महुआडांड़, छेच्छारी जैसे महत्त्वपूर्ण अंग्रेजी ठिकानों पर नीलांबर-पीतांबर के आक्रमणों ने अंग्रेजी कानून व्यवस्था की धज्जियाँ उड़ा दी थीं।

विश्वनाथ शाहदेव और पांडेय गणपत राय को फाँसी हो चुकी थी। लाल किले पर अंग्रेजी ध्वज अभी भी था, परंतु पलामू में नीलांबर-पीतांबर की तूती बोल रही थी, जो अंग्रेजी राज के लिए बड़ी अपमानजनक थी। अंग्रेजों ने 'फूट डालो, राज करो' की नीति अपनाई। सबसे पहले खरवारों को बरगलाया। भ्रमित खरवार आंदोलन से अलग हो गए। फिर अंग्रेजों ने चेरो जागीरदार भवानीबख्श राय का भयदोहन कर शपथ-पत्र पर हस्ताक्षर करवा लिये। भवानीबख्श राय के टूटते ही पूरा चेरो समाज गठबंधन से अलग हो गया और दोनों भाई अकेले पड़ गए। अंग्रेजों ने अब चेमो सेनेया की सख्त नाकेबंदी कर एड़ी-चोटी का जोर लगा दिया, फिर भी दोनों भाई पकड़ में नहीं आए। लेकिन जब सनेगा गाँव के भूखा साह और शिवचरण माँझी जैसे विश्वस्त साथी अंग्रेजों के मुखबिर बन गए तो दोनों भाई टूट गए। अंग्रेजों ने एक और चाल चली। उन्होंने सार्वजनिक माफी और विस्मरण की घोषणा की। यह तय समय-सीमा के भीतर आत्मसमर्पण करनेवाले विद्रोहियों को क्षमा करने की कूटनीति थी। पीतांबर और कुमार शाही ने आत्मसर्पण कर दिया, जिसके बाद उद्विग्न नीलांबर ने भी समर्पण कर दिया।

लेस्लीगंज की अदालत में विद्रोहियों पर लूट, हत्या, आगजनी, राजद्रोह आदि आरोपों के लिए मुकदमे चलाए। हालाँकि अंग्रेजी सरकार एक भी महत्त्वपूर्ण गवाह नहीं जुटा सकी थी, फिर भी परिस्थितिजन्य सबूतों और खरीदी गई गवाहियों के आधार पर अभियुक्तों की सजाएँ निर्धारित की गईं। पीतांबर के मामले में नरमी बरतते हुए आजीवन निर्वासन, यानी कालापानी, कुमार शाही को 14 साल सश्रम कारवास की सजा मिली और नीलांबर को फाँसी की सजा हुई। मार्च 1859 को नीलांबर को फाँसी दे दी गई, लेकिन उनके देहावसान के बावजूद उनका दृष्टिबोध झारखंड में अमर रहा और यह न कभी थका, न कभी झुका। महान् क्रांतिकारी इन दो भाइयों की स्मृति में डाल्टनगंज में नीलांबर-पीतांबर विश्वविद्यालय की स्थापना की गई है।

स्रोत : साभार राकेश सिंह, दैनिक जागरण

□

13

महाराणा बख्तावर सिंह

(जिनके भय से अंग्रेजों ने नियम बदल दोबारा फाँसी पर लटका दिया)

वर्ष 1857 के स्वतंत्रता संग्राम में क्रांति की ज्वाला बन गए थे बलिदानी महाराणा बख्तावर सिंह। मालवा क्षेत्र में क्रांति का बिगुल फूँकनेवाले महाराणा बख्तावर ने कई अंग्रेज अधिकारियों को मौत के घाट उतारा था और मात्र 34 वर्ष की अवस्था में 10 फरवरी, 1858 को शहीद हो गए थे।

हमारे देश के हर कोने में वीरों की मौजूदगी गौरव के किस्से गढ़ती आई है। ऐसे ही एक वीर का नाम है मालवा के महाराणा अमर बलिदानी बख्तावर सिंह। मालवा, यानी वर्तमान मध्य प्रदेश के उज्जैन, इंदौर के आसपास का में करीब 200 वर्ग किलोमीटर का क्षेत्र मालवा के इस महान् महाराणा ने 1857 में हुए प्रथम स्वतंत्रता संग्राम के दौरान संपूर्ण मालवा व समीपस्थ गुजरात से अंग्रेजों को खदेड़ने के लिए क्रांति कर दी थी। वर्तमान मध्य प्रदेश के जिला धार में स्थित अमझेरा कस्बे में 14 दिसंबर, 1824 को महाराजा अजीत सिंह व महारानी इंद्रकुँवर की संतान के रूप में जनमे महाराणा बख्तावर सिंह को मात्र सात वर्ष की छोटी सी उम्र में रियासत की बागडोर थामनी पड़ी। वे बचपन से ही अंग्रेजों से बदला लेने के लिए आतुर रहते थे।

यह वह दौर था, जब देश में अंग्रेजों के विरोध का स्वर मुखर हो रहा था और 1857 के महान् विद्रोह की तैयारी हो रही थी। क्रांतिकारियों की तैयारी की गुप्त सूचनाएँ रियासतों के राजाओं तक भी पहुँच रही थीं। इसी दौरान बख्तावर सिंह ने भी अंग्रेजों को खदेड़ने की योजना बनाई। 3 जुलाई, 1857 को सूर्य की पहली किरण के साथ महाराणा बख्तावर सिंह व उनकी क्रांति सेना ने 'हर-हर महादेव' के जयकारे के साथ अंग्रेजों की भोपावर छावनी पर हमला कर दिया। अमझेरा की सेना के भय से अंग्रेज सैनिक बिना लड़े भाग खड़े हुए। सैनिकों ने शस्त्रागार व कोषागार को कब्जे में लिया और छावनी से अंग्रेजों का झंडा उतारकर फाड़ डाला। इसके बाद उन्होंने सरदारपुर और मानपुर-गुजरी

जैसी रणनीतिक महत्त्व वाली अंग्रेजों की छावनी पर हमला कर वहाँ मौजूद अधिकारियों को पराजित कर सैकड़ों अंग्रेज सैनिकों को मौत के घाट उतार दिया। महाराजा बख्तावर सिंह के इस शौर्य से गाँव-गाँव में फैले क्रांतिकारियों और आम भारतीय जनता का मनोबल आसमान छूने लगा। उन्होंने आसपास के 200 किलोमीटर के क्षेत्र में स्थित महू, आगर, नीमच, महिदपुर, मंडलेश्वर आदि सैन्य छावनियों को तबाह कर दिया। इन छावनियों के सैनिक भी अमझेरा के महाराणा के समर्थन में विद्रोह को तैयार हो गए। इससे मालवा क्षेत्र में ब्रिटिश सत्ता की प्रतिष्ठा को गहरा सदमा पहुँचा और अंग्रेजों की इंदौर स्थित बड़ी छावनी में भी भय की लहर दौड़ गई।

अंग्रेज समझ चुके थे कि यदि महाराणा बख्तावर सिंह को नहीं रोका तो मालवा व निमाड़ हाथ से निकल जाएँगे। तब उन्होंने अन्य छावनियों से सैन्यबल बुलाया और 31 अक्तूबर, 1857 को धार किले पर आक्रमण कर दिया। महाराणा इस हमले के समय धार से कुछ दूर स्थित अमझेरा किले में थे। अंग्रेजों को महाराणा के न होने का लाभ मिला और वे धार किले पर कब्जा करने में सफल हो गए। 5 नवंबर, 1857 को कर्नल डूरंड ने अमझेरा पर आक्रमण की योजना बनाई, किंतु ब्रिटिश सेना के सैनिकों में अमझेरा की क्रांति सेना का इतना खौफ था कि आदेश के बावजूद सेना भोपावर से आगे नहीं बढ़ी और लौट गई। हालाँकि बाद में लेफ्टिनेंट हचिसन के नेतृत्व में अंग्रेज सेना की पूरी बटालियन को अमझेरा भेजने की योजना बनी। इसी दौरान धार में रह रहे कर्नल डूरंड को सूचना मिली कि महाराणा बख्तावर सिंह समीपस्थ कस्बे लालगढ़ में हैं। डूरंड जानता था कि बख्तावर सिंह को सीधे गिरफ्तार करना खतरे से खाली नहीं, इसलिए उसने कुटिल चाल चलते हुए अमझेरा रियासत के कुछ प्रभावशाली लोगों को जागीर देने का लालच देकर अपने साथ मिला लिया। उनके जरिए डूरंड ने महाराणा बख्तावर सिंह के पास संधिवार्त्ता का संदेश भेजा। कुटिल मध्यस्थों ने वीर, किंतु भोले महाराणा को भ्रमित कर अंग्रेजों से संधिवार्त्ता करने हेतु मना लिया।

11 नवंबर, 1857 को अपने सैनिकों के मना करने के बावजूद वीर महाराणा बख्तावर सिंह 12 विश्वसनीय अंगरक्षकों को लेकर लालगढ़ किले से धार के लिए निकले। कर्नल डूरंड की योजना के मुताबिक, रास्ते में उन्हें अंग्रेजों को हैदराबाद से आई अश्वारोही सैन्य टुकड़ी ने रोक लिया। महाराणा के अंगरक्षकों ने विरोध किया, किंतु अंग्रेजों की घुड़सवार टुकड़ी महाराणा को पकड़ने में सफल हो गई। इस सूचना ने क्रांतिकारियों व आम जनता का मनोबल तोड़ दिया। यद्यपि राघोगढ़ (देवास) के ठाकुर दौलत सिंह ने महू छावनी पर आक्रमण कर अमझेरा नरेश को छुड़वाने का प्रयास किया, लेकिन सफलता नहीं मिली। महाराणा से भयभीत ब्रिटिश अधिकारियों ने निर्णय लिया कि यदि उन्हें महू में ही रखा तो पूरे मालवा में अंग्रेजों पर हमले शुरू हो जाएँगे, इसलिए उन्हें

इंदौर जेल भेज दिया गया। जहाँ यातना का स्तर दिनोदिन बढ़ता गया, फिर भी भारतमाता का यह वीर सपूत अंग्रेजों के सामने झुका नहीं।

न्याय का दिखावा करने के लिए अंग्रेजों ने 21 दिसंबर, 1857 को इंदौर रेसीडेंसी में प्रमुख राज्यों के वकीलों की उपस्थिति में सुनवाई की। अमझेरा नरेश ने इस नाटकीयता को नकार दिया और बचाव का कोई प्रयास नहीं किया। जिसके बाद रॉबर्ट हैमिल्टन ने बख्तावर सिंह को असीरगढ़ किला (वर्तमान बुरहानपुर जिले में स्थित) में एक बंदी की हैसियत से भेजने का निर्णय लिया, लेकिन फरवरी 1858 के प्रथम सप्ताह में गुपचुप ढंग से कुटिलतापूर्वक यह निर्णय ले लिया गया कि अमझेरा के राजा को फाँसी दे दी जाए, ताकि फिर कोई राजा क्रांति की आवाज न बन सके। अंततः 10 फरवरी, 1858 को 34 वर्षीय अमझेरा नरेश को इंदौर में नीम के पेड़ पर फाँसी दे दी गई। किंतु देह से बलशाली महाराणा बख्तावर सिंह के वजन से फाँसी का फंदा टूट गया। इतिहासकार बताते हैं कि फाँसी देते वक्त फंदा टूटने पर माफी दे दी जाती थी। लेकिन अंग्रेजों में महाराणा बख्तावर सिंह का इतना भय था कि उन्होंने अपने ही नियम को तोड़ दिया और इस वीर योद्धा को दोबारा फाँसी के फंदे पर लटका दिया। महाराणा के साथ उनके विश्वस्त सहयोगी रहे सलकूराम, भवानी सिंह, चिमन लाल, मोहनलाल, मंशाराम, हीरा सिंह, गुल खान, शाह रसूल खान, वशीउल्ला खान, अता मोहम्मद मुंशी नसरुल्ला, वनगाड़ा वादक फकीर को भी फाँसी दे दी गई। महाराणा की मृत्यु के बाद उनकी पत्नी रानी दौलत कुँवर ने भी सैनिकों के साथ अंग्रेजों से लड़ाई लड़ी और वे भी वीरगति को प्राप्त हुईं। महाराणा को इंदौर में जिस नीम के पेड़ पर फाँसी दी गई थी, वह पेड़ आज भी लहलहा रहा है, मानो बलिदानी महाराणा ने अपने रक्त से सींचकर उसे हमेशा हरा-भरा रहने का वरदान दे दिया हो।

स्रोत : साभार श्री ईश्वर शर्मा

□

14

सूबेदार नादिर अली और जयमंगल पांडेय की बलिदानी जोड़ी

1857 में अपने अप्रतिम शौर्य से भारत के इतिहास में स्वर्णिम अध्याय लिख दिया था सूबेदार नादिर अली और जयमंगल पांडेय ने।

जयमंगल पांडेय और नादिर अली शूरवीर सूबेदार थे। वे 1857 के प्रथम स्वाधीनता संग्राम के समय रामगढ़ बटालियन की 8वीं नेटिव इन्फैंट्री में तैनात थे। दोनों ने अंग्रेज सैनिकों से लोहा लेते हुए हँसते-हँसते बलिदान दिया था। यों तो दोनों सामान्य परिवार से थे, ज्यादा साधन-संपन्न नहीं थे, लेकिन उन्होंने अपने शौर्य से स्थानीय लोगों का दिल जीत लिया था। सामान्य कद-काठी के उन दोनों क्रांतिवीरों का बलिदान आज एक मिसाल है।

चतरा झारखंड का एक छोटा सा जिला है। अंग्रेजों के जमाने में कमिश्नरी था। बाद में सब-डिवीजन, फिर जिला बना। उन दिनों यहाँ बाघ, चीतल, सांभर, जंगली सूअर, हिरण जैसे अनगिनत जीव-जंतु थे। अंग्रेज अफसर अपने लाव-लश्कर के साथ चतरा के गहन जंगलों में अकसर शिकार खेलने आया करते थे। इस लगभग अज्ञात वनाच्छादित स्थान पर 1857 के प्रथम स्वाधीनता संग्राम के समय नादिर अली और जयमंगल पांडेय ने 150 सिपाहियों के साथ देश की स्वाधीनता के लिए आत्म-बलिदान किया था।

अजब संयोग है कि महानायक मंगल पांडे और जयमंगल पांडेय दोनों के नामों में साम्य है। प्रथम स्वाधीनता संग्राम के महानायक मंगल पांडे द्वारा अंग्रेजों के विरुद्ध बैरकपुर में विद्रोह का बिगुल बजाते ही पूरे देश में गुलामी से मुक्ति के लिए सैनिकों के बीच विद्रोह की जो ज्वाला भड़की, उसमें संकल्पित क्रांतिकारी सिपाहियों के साथ तत्कालीन बिहार के रामगढ़ बटालियन में भी ज्वार उठा था।

यहाँ के सैनिकों ने भी आहुति देने के लिए कमर कस ली थी। 30 जुलाई, 1857 को रामगढ़ बटालियन की 8वीं नेटिव इन्फैंट्री के जवानों ने दोनों सूबेदारों के नेतृत्व में राँची के लिए कूच किया। उधर जगदीशपुर के वीर कुँवरसिंह भी गुलामी की खिलाफत

का झंडा उठाए हुए थे। सितंबर के मध्य में वीर कुँवरसिंह की सेना से मिलने के लिए जयमंगल पांडेय एवं नादिर अली के नेतृत्व में 150 जवान जान हथेली पर लेकर निकल पड़े।

विद्रोह की भनक लगते ही ब्रिटिश मेजर की हथियारों से लैस विशाल सेना उनका पीछा करने लगी और चतरा में उनके सामने आ धमकी। हथियारों और संख्या बल के सामने कमजोर होते हुए भी नादिर अली और जयमंगल पांडेय मन और संकल्प से कमजोर न थे। दोनों सूबेदारों का मनोबल खूब बढ़ा हुआ था। गुलामी की जंजीरें तोड़ने, आक्रांता को सबक सिखाने का जज्बा नादिर अली और जयमंगल पांडेय में कूट-कूटकर भरा था। उन्होंने पहले भी वीरता का परिचय दिया था। दोनों ने सिपाहियों को ललकारा, इसके बाद चतरा के हरजीवन तालाब के पास भयंकर लड़ाई छिड़ गई। चारों ओर दुर्गम जंगल...गहरा अँधेरा...जंगली जानवरों का आतंक। दूसरी ओर ब्रिटिश मेजर की सेना।

ऐसे में भी निर्भय वीरों ने अंग्रेजों के छक्के छुड़ा दिए थे। दोनों सूबेदारों ने मात्र 150 सैनिकों के सहारे मेजर इंगलिश की विशाल सेना का सामना करते हुए उन्हें परास्त कर दिया था। उनके लिए देश पहले था, स्वाधीनता शीर्ष प्राथमिकता थी। देश के लिए जाति-धर्म से परे एक साथ लड़ते हुए मुट्ठी भर सैनिकों के साहस के सहारे उन्होंने 58 दुश्मनों को मार गिराया था। उन सभी अंग्रेजों की लाशों को एक ही स्थान पर दफना दिया गया था। स्टेट बैंक ऑफ इंडिया, चतरा के पास वह स्थान आज भी है।

नादिर अली और जयमंगल पांडेय की वीरता ने मेजर इंगलिश की सेना को पीछे हटने पर विवश कर दिया था। बाद में नादिर अली और जयमंगल पांडेय सहित सभी वीरों को धोखे से बंधक बना लिया गया। हरजीवन तालाब के चारों ओर के आम्र वृक्षों पर अक्तूबर 1857 में उन सबको फाँसी दे दी गई थी। यहाँ सामूहिक रूप से 150 क्रांतिकारियों को फाँसी दी गई थी। क्रूर अंग्रेजों ने क्रांतिकारियों का मनोबल तोड़ने और सबक सिखाने के लिए देश के अन्य स्थानों पर भी स्वाधीनता की चाह रखनेवाले ऐसे ही वीरों को फाँसी पर लटका दिया था।

झारखंड के लोकगीतों में विभिन्न जीवनानुभवों के साथ बलिदानियों की आहुतियाँ को भी समेट लेने की परंपरा रही है। नादिर अली और जयमंगल पांडेय के बलिदान के बाद एक प्रेरक गीत चतरा के गली-कूचों में गाया जाने लगा, जिसने न जाने कितने देश-प्रेमियों को जागरूक किया था। वह गीत था—

नादिर अली मंगल पांडेय
दोनों सूबेदार रे!
दोनों मिल फाँसी चढ़े
हरजीवन तालाब रे!

तभी से सबके जीवनदायी हरजीवन तालाब का नाम बदलकर 'फाँसी तालाब' हो गया था। इसे 'फाँसीहरी तालाब' या 'मंगल तालाब' का नाम भी उसी बलिदान के कारण मिला। महानायक नादिर अली, जयमंगल पांडेय तथा अन्य वीरों के आत्मोत्सर्ग से प्रभावित होकर बाद में कई चतरावासी और आसपास के युवा तथा प्रौढ़ स्वतंत्रता आंदोलन में कूद पड़े।

उसी स्थल पर बारा समिति ने 1960 में फाँसी तालाब के किनारे एक स्मारक बनवाया। उस पर लिखा है—

"वतन पर मरनेवालों का यही बाकी निशां होगा।"

इस स्मारक का 1979 में जीर्णोद्धार किया गया। जेल रोड, चतरा में अब भी फाँसी तालाब नजर आ जाता है। इसके चारों ओर के कई पुराने वृक्ष अब नहीं रहे, लेकिन अनेक मृतप्राय वृक्ष उन शहीदों की याद दिलाते हैं।

ये 150 क्रांतिकारी प्रथम स्वाधीनता संग्राम के ऐसे रणबाँकुरे हैं, जिन्होंने देश के लिए शहीद हो जाने की परंपरा को जन्म दिया।

स्रोत : सुश्री अनिता रश्मि से साभार

□

15

सतगुरु रामसिंह नामधारी

(गोरक्षा एवं स्वदेशी आंदोलन के अग्रदूत)

भारत के स्वतंत्रता संग्राम में कूका आंदोलन का नाम एक ऐसे बदलाव के रूप में दर्ज है, जो आगे चलकर सामाजिक क्रांति का प्रतीक बन गया। पंजाब से शुरू हुए इस आंदोलन की नींव बहुमुखी व्यक्तित्व के मालिक सतगुरु रामसिंह नामधारी ने रखी थी, जो एक धर्मगुरु, आंदोलन के नेतृत्वकर्ता और महिलाओं का उत्थान करनेवाले संत के रूप में जाने जाते हैं। अपने बहुमुखी व्यक्तित्व के कारण ही वे ब्रिटिश शासन के खिलाफ बड़ा आंदोलन खड़ा करने में कामयाब रहे। उन्होंने 'नामधारी समाज' की स्थापना की और महिलाओं, खासकर बालिकाओं के रक्षक बनकर उभरे। उन्होंने नारी उद्धार, अंतरजातीय विवाह व सामूहिक विवाह के साथ-साथ गोरक्षा के लिए जीवन समर्पित कर दिया। नामधारी सिखों की कुरबानी स्वतंत्रता संग्राम के इतिहास में 'कूका आंदोलन' के नाम से दर्ज है, जिसकी कमान सतगुरु रामसिंह के हाथों में थी। 12 अप्रैल, 1857 को लुधियाना के करीब भैणी साहिब में सफेद रंग का स्वतंत्रता का ध्वज फहराकर कूका आंदोलन की शुरुआत हुई। खास बात यह थी कि सतगुरु रामसिंह के अनुयायी 'नाम सिमरन' में लीन रहते हुए आंदोलन को आगे बढ़ाते थे। अंग्रेजों के खिलाफ हुंकार (कूक) के कारण उन्हें कूका के नाम से जाना जाने लगा। इस आंदोलन में सभी वर्गों के साधारण लोग शामिल थे। उन्होंने लोगों में न सिर्फ आत्मसम्मान, देश-प्रेम और भक्ति भाव जगाया, बल्कि समाज में पनपी बुराइयों के खिलाफ एक जंग भी छेड़ी। उन्होंने लोगों में स्वाभिमान चेतना जाग्रत् की। नामधारी समाज से संबंध रखनेवाले लेखक संत सिंह कहते हैं—"सतगुरु रामसिंह के धार्मिक और सामाजिक सुधार आम लोगों के लिए धार्मिक नेताओं के चंगुल से निकलने की बुनियाद बन गए।"

यह वह दौर था, जब कन्याओं को पैदा होते ही मार देना, उन्हें बेच देना या उनका बाल विवाह कर देना जैसी कुरीतियाँ समाज में गहरी पकड़ बना चुकी थीं। गुरुजी ने इसकी वजह को समझा कि इन सभी का ताल्लुक विवाह में होनेवाले भारी-भरकम खर्च से है। उन्होंने 3

जून, 1853 को फिरोजपुर में छह जोड़ों का सामूहिक विवाह करवाकर सामाजिक बदलाव की शुरुआत की। साथ ही पुरुषों की तरह महिलाओं को भी अमृत छकाकर (अमृतपान) उन्हें सिख पंथ से जोड़ा। उन्होंने महज सवा रुपए में विवाह करने की परंपरा की शुरुआत की, जो आज भी बरकरार है। इससे दहेज जैसी कुरीति पर अंकुश लगा और विवाह समारोहों में बेवजह खर्ज की होड़ भी कम हुई। महाराजा रणजीत सिंह की फौज छोड़ने के बाद सतगुरु रामसिंह ने पंथ से भटके सिखों को श्री गुरु गोविंद सिंह के मार्ग पर चलने के लिए प्रेरित किया।

उनकी बढ़ती लोकप्रियता से अंग्रेजों को अहसास हो गया था कि नामधारी पंथ सिर्फ एक धार्मिक समुदाय नहीं, बल्कि सामाजिक राजनीतिक स्वतंत्रता लानेवाला पंथ है, जो भविष्य में उनके लिए बड़ी चुनौती साबित होगा। यदि इसे तत्काल न कुचला गया तो यह खतरनाक रूप ले सकता है। इसी क्रम में सतगुरु रामसिंह को 1863 में लुधियाना के भैणी साहिब में नजरबंद कर दिया गया। अंग्रेजों ने लोगों को धर्म के नाम पर बाँटने के लिए जब पंजाब में गौमांस के लिए बूचड़खाने खोले तो सतगुरु रामसिंह ने इसका कड़ा विरोध किया। अंग्रेजों की मंशा थी कि इससे हिंदू, मुसलमान और सिख आपस में लड़ेंगे। नामधारियों ने लुधियाना के रायकोट के एक बूचड़खाने से बड़ी संख्या में गायों को मुक्त कराया। उन्होंने गायों की सुरक्षा के लिए अपने अनुयायियों को भी प्रेरित किया। इस बगावत की सजा के तौर पर 5 अगस्त, 1871 को तीन नामधारी सिखों को रायकोट में, दो नामधारी सिंखों को 26 नवंबर, 1871 को लुधियाना में व 15 दिसंबर, 1871 को चार नामधारी सिखों को अमृतसर में पेड़ पर लटकाकर सरेआम फाँसी दे दी गई। नामधारी हँसते हुए फाँसी पर चढ़ गए।

मालेरकोटला में 15 जनवरी, 1872 को गायों को मुक्त करवाने के लिए नामधारियों ने बूचड़खानों पर हमला बोल दिया। 10 नामधारी सिख लड़ते हुए शहीद हो गए। अंग्रेजों ने इस विद्रोह को कुचलने के लिए मालेरकोटला के परेड ग्राउंड में 49 नामधारी सिखों को तोपों के सामने खड़ा करके उड़ा दिया। 18 जनवरी, 1872 को 16 अन्य सिख भी ऐसे ही शहीद हो गए। चार लोगों को कालापानी की सजा हुई। इस घटना का असर यह हुआ कि लोग खुलकर नामधारी समुदाय से जुड़ने लगे और अंग्रेजों के खिलाफ बगावत तेज कर दी। अब वे अंग्रेजों को ललकारने लगे। बड़ी संख्या में लोग सतगुरु रामसिंह के नेतृत्व में नामधारी बन गए और अंग्रेजों के खिलाफ आवाज बुलंद की। सतगुरु उन पहले ऐसे राष्ट्रवादी नेतृत्वकर्ताओं में थे, जिन्होंने असहयोग, अंग्रेजी वस्तुओं व सेवाओं के बहिष्कार को अंग्रेजों के विरुद्ध एक राजनीतिक हथियार के रूप में इस्तेमाल किया। भगत सिंह और उनके साथियों ने भी स्वतंत्रता की लड़ाई में नामधारी समाज के सहयोग की प्रशंसा की थी। भगत सिंह ने सतगुरु रामसिंह को असहयोग आंदोलन और स्वदेशी आंदोलन का अग्रदूत बताया था, जिसे बाद में महात्मा गांधी ने बड़ा रूप दिया।

स्रोत : साभार श्री भूपेंद्र सिंह भाटिया

□

16

महारानी तपस्विनी सुनंदा

(घूमती चपाती से फूँका क्रांति का बिगुल)

महारानी तपस्विनी के नाम से प्रसिद्ध रानी के बचपन का नाम सुनंदा था। वे रिश्ते में महारानी लक्ष्मीबाई की भतीजी थीं। उनका जन्म सन् 1842 में हुआ था। उनके पिता का नारायण राव बेलूर के जमींदार थे। वे एक पेशवा सरदार थे। रानी ने जन क्रांति की पृष्ठभूमि तैयार करने में महत्त्वपूर्ण योगदान दिया। उन्होंने साधुओं, फकीरों तथा मस्त संतों को पूजा-पाठ तथा माला के दाने घुमाने के साथ, भारतमाता को गुलाम बनानेवाले अंग्रेजों के विरुद्ध जन-सामान्य को जगाने तथा आजादी की लड़ाई के लिए अस्त्र-शस्त्र धारण करने की प्रेरणा दी।

सुनंदा बाल्यावस्था में ही विधवा हो गई थी और हिंदू-विधवाओं के समान संयम-नियम, तप, पूजा-पाठ तथा व्रत आदि के साधने में ही अपना जीवन व्यतीत करने लगी। उस दिनचर्या में प्रातः काल पूजा-ध्यान, मातृशक्ति की उपासना के पश्चात् संस्कृत का अध्ययन तथा उपनिषदों और पुराणों का अध्ययन-मनन नियमित कार्यक्रम था। शक्ति की उपासना के परिश्रम स्वरूप किशोरावस्था से ही उन्होंने योगासन के साथ शस्त्र-संचालन तथा घुड़सवारी आदि सैनिक-गुणों का अभ्यास प्रारंभ कर दिया। पिता ने बालिका के किसी भी कार्य में रुकावट नहीं डाली, बल्कि उनका मन लगा रहे और किसी प्रकार के दुःख का अनुभव न करे, इसलिए उन्होंने उनके स्वभाव और इच्छानुसार सभी साधन जुटा दिए।

क्षत्रिय कुल में जनमी और रानी लक्ष्मीबाई की भतीजी होने के साथ पेशवा-खानदान का प्रभाव और देश-प्रेम तो उन्हें नैसर्गिक रूप में प्राप्त ही था। समय के साथ अंग्रेजों से भारतभूमि को मुक्त कराने की उनकी भावना बलवती होती गई और इसके लिए वे अस्त्र-शस्त्र चलाने की अपनी निपुणता बढ़ाती गईं। कुछ समय के पश्चात् उनके सिर से पिताजी का साया अकस्मात् उठ गया। अब उन्हें जागीर का कार्यभार भी सँभालना पड़ा। जागीर की व्यवस्था हाथ में लेते ही उन्होंने किले की मरम्मत कराई, सिपाहियों की

नई भर्ती की तथा स्वयं उनकी कवायद आदि का निरीक्षण करने में विशेष रुचि प्रदर्शित करने लगी। यह सब तैयारी अंग्रेजों को देश से निकालने के लिए थी। लेकिन दुर्भाग्यवश रानी की इन गतिविधियों की सूचना अंग्रेजों को मिल गई। अत: अंग्रेज अधिकारियों ने उन्हें पकड़कर त्रिचनापल्ली के दुर्ग में नजरबंद कर दिया। अंग्रेज अधिकारियों का अनुमान था कि कुछ दिनों में रानी को समझ आ जाएगी और वह भविष्य में ऐसा कुछ नहीं करेगी। थक-हारकर चुपचाप बैठकर शांति से अपनी जिंदगी काटेगी, लेकिन रानी तो किसी और ही मिट्टी की बनी थी।

कुछ समय बाद अंग्रेजों ने उन्हें मुक्त कर दिया। रानी प्रसिद्ध तीर्थ नैमिषारण्य में जाकर रहने लगीं और संत गौरीशंकर की शिष्या बन गईं। अंग्रेज धोखा खा गए, उन्होंने समझ लिया कि रानी को संसार से विरक्ति हो गई है और उसने वैराग्य धारण कर लिया है। वस्तुत: यह रानी की दूरदर्शिता की कूटनीति थी, इस प्रकार अंग्रेजों का ध्यान उनकी ओर से पूरी तरह हट गया। शक्ति की उपासना के साथ अब उन्होंने शिव की उपासना भी शुरू कर दी। धीमे, किंतु गंभीर स्वर में तांडव स्रोत का पाठ करने लगीं। इस प्रकार उनमें शरीरिक शक्ति के साथ मानसिक और आत्मिक शक्ति का भी अद्‌भुत विकास होता गया। मस्तिष्क में नई-नई योजनाएँ आने लगीं।

रानी की साधना की चर्चा होने लगी। आसपास के ग्रामीण श्रद्धा के साथ उनके दर्शनों को आने लगे और सुनंदा से रानी सुनंदा बनी, अब सुनंदा रानी तपस्विनी बन गईं। कुछ समय पश्चात् रानी तपस्विनी के स्थान पर वे 'माता तपस्विनी' कहलाने लगीं, ताकि किसी को उनके अतीत का ज्ञान ही न हो। अपने दर्शनार्थियों को वे आध्यात्मिक उपदेश देने के साथ-साथ देश-प्रेम का उपदेश भी देतीं और उन्हें भारत माँ की मुक्ति के लिए संघर्ष करने की प्रेरणा देतीं। उन्होंने विद्रोह के प्रतीक रूप में 'लालकमल' हाथ में देकर साधुओं की क्रांतिकारी सेना बनाई। वे साधु स्वाभाविक रूप से घूमते और लोगों को क्रांति का संदेश देते। वे लोगों को समझाते कि ये अंग्रेज तुम्हारा देश और धन हड़पकर ही संतुष्ट नहीं हो रहे, वे तुम्हारा धर्म भी भ्रष्ट करना चाहते हैं। धीरे-धीरे सभी को ईसाई बना लेंगे। तुम्हें गंगा मैया की सौगंध, माता तपस्विनी की सौगंध, जाग उठो और इन कुचक्रियों को देश से बाहर निकालने के लिए तैयार हो जाओ। साधु-संतों के प्रति भारतीय जनमानस हमेशा से विश्वासी और श्रद्धालु रहा है। अत: लोगों ने क्रांति के समय देशभक्तों का साथ और सहयोग देने की सौगंध ली।

विद्रोह का बिगुल बज जाने के बाद भी रानी द्वारा तैयार क्रांतिकारी साधुओं की गुप्त टोलियाँ छावनियों में सहज प्रवेश कर जाती थीं, क्योंकि अंग्रेज अधिकारी सैनिकों की धार्मिक भावनाओं का ध्यान रखते हुए उन्हें आने देते थे। रानी के धनी-मानी भक्त और शिष्य, जो भी भेंट आदि चढ़ाते, वे उन्हें गाँवों में अस्त्र-शस्त्र

बनवाने में लगा देती थीं। गाँव-गाँव जाकर अपने भक्त-शिष्यों को क्रांतिकारियों की सहायता करने के साथ उन्हें क्रांतिकारी आंदोलन में शामिल होने की प्रेरणा देतीं। माता-तपस्विनी के इन क्रियाकलापों से प्रभावित होकर साधारण आदमी भी अपने तन-मन-धन की आहुति देने को तैयार होने लगे। माता तपस्विनी के शिष्य वे साधु और फकीर जन क्रांति का संदेश घर-घर पहुँचाने में महत्त्वपूर्ण भूमिका निभा रहे थे। 'लाल कमल' द्वारा सैनिकों को और जनसाधारण में संदेश के प्रतीक स्वरूप चपाती एक हाथ से दूसरे हाथ तक घूमती चलती। उन्हें माता तपस्विनी के आशीर्वाद के रूप में बाँटा जाता था।

युद्ध के समय माता तपस्विनी स्वयं घोड़े पर सवार हो, शत्रुओं से टक्कर लेते हुए, सभी मोर्चों का निरीक्षण करती थीं और अवसर मिलते ही अपने छापामार दस्तों के साथ अंग्रेजों के सैनिक ठिकानों पर आक्रमण करती थीं। उनके दल में केवल पूजा-पाठ कर आत्म-शुद्धि करनेवाले कोरे साधु ही नहीं थे, बल्कि अस्त्र-शस्त्र से सुसज्जित, उन्हें चलाने में निपुण, प्राणों की बाजी लगानेवाले देशभक्त भी थे। इस शक्ति-सामर्थ्य का मूलाधार था—माता तपस्विनी द्वारा गीता के संदेशानुसार शरीर की नश्वरता तथा आत्मा की अजर-अमरता का विश्वास, जिसने उन्हें मृत्युंजयी बना दिया था।

अंग्रेजों की सुसंगठित शक्ति के सामने साधुओं का छापामार विद्रोह सफल न हो सका। अंग्रेजी सरकार ने अपनी अमानवीय दमन-नीति का सहारा लेकर उन्हें गद्दार करार देते हुए, पकड़-पकड़कर पेड़ों पर लटकाकर फाँसी देना शुरू कर दिया। पेड़ों पर लटकाने का उद्देश्य था—आम जनता के मन में भय उत्पन्न करना। अंग्रेज जासूस माता तपस्विनी के पीछे लगे हुए थे, लेकिन वे ग्रामीण जनता की श्रद्धा के कारण अभी तक बंदी बनने से बची हुई थीं। अंत तक वे पकड़ी न जा सकीं और विद्रोह के असफल होने पर नेपाल प्रस्थान कर गईं।

नेपाल पहुँच जाने पर उन्होंने भारतीय जनता के नाम सांत्वना देते हुए संदेश भेजे कि उन्हें घबराना नहीं चाहिए, 'महिषासुर की भाँति अंग्रेज हुकूमत का भी नाश होगा। क्रांति की दुर्गा फिर प्रकट होगी।' नेपाल में रहते हुए उन्होंने अनेक मंदिर बनवाए, जो धार्मिक चर्चा और क्रियाकलापों के साथ धीरे-धीरे क्रांति-संदेश के केंद्र बन गए। नेपाल छोड़ने का कारण बना—माता तपस्विनी द्वारा नेपालियों को ब्रिटिश सरकार के खिलाफ राष्ट्रीयता के प्रति जागरूक करना। यहाँ से निकलकर वे किसी प्रकार दरभंगा होते हुए कलकत्ता पहुँचीं।

कलकत्ता प्रवास में उन्होंने 'महाकाली पाठशाला' खोली। पाठशाला की आड़ में उन्होंने पुराने संपर्क सूत्रों को जोड़ा और वे स्वतंत्रता-यज्ञ का श्रीगणेश करने के लिए सक्रिय हो गईं। 1901 में यहीं पर बालगंगाधर तिलक से भेंट की और उनके सामने नेपाल

में शस्त्र-कारखाना खोलकर पुनः क्रांति का शंखनाद करने की अपनी गुप्त योजना का उद्घाटन किया।

खाडिलकर ने नेपाल पहुँचकर नेपाल के प्रधान सेनापति चंद्र शमशेर जंग से संपर्क किया और उसके साथ मिलकर जर्मन, फर्म क्रुप्स के सहयोग से टाइल बनाने का कारखाना खोला, किंतु इस कारखाने में टाइलों की जगह हथियार बनाए जाने लगे। खाडिलकर ने यहाँ अपना नाम 'कृष्णराव' प्रचलित कर रखा था। कारखाने में बनी बंदूकें नेपाल सीमा पर लाकर बंगाल के क्रांतिकारियों को सौंप दी जाती थीं। काम बहुत ही सुचारु रूप से चल रहा था, क्योंकि कृष्णराव ने वहाँ के उच्चाधिकारियों से निकटतम संबंध स्थापित कर लिये थे। लेकिन एक विश्वासघाती ने धन के लोभ में आकर इसकी सूचना अंग्रेज अधिकारियों तक पहुँचा दी। अंग्रेजी आदेश से सैनिकों ने कारखाना घेर लिया, तलाशी में हथियार बरामद हो गए। कृष्णराव यानी खाडिलकर को बंदी बना लिया गया। असहनीय यातनाएँ सहकर भी उन्होंने माता तपस्विनी के हाथ होने का संकेत तक नहीं दिया। इस प्रकार उन्होंने पहले महाराष्ट्र और बंगाल के बीच संपर्क स्थापित किया और फिर बंगाल तथा नेपाल के मध्य, लेकिन किसी को कानोकान खबर तक नहीं होने दी। यह माता के तपस्विनी दृढ़ निश्चय तथा बुद्धिचातुर्य का प्रत्यक्ष प्रमाण है।

1905 के बंगभंग आंदोलन के समय विदेशी वस्तुओं के बहिष्कार आंदोलन में माता तपस्विनी की प्रेरणा से ही साधु-संन्यासियों ने एक बार फिर हिस्सा लिया। आध्यात्मिक चिंतन-मनन के साथ अंतिम समय तक देश की आजादी के लिए वे क्रांति का संदेश फैलाती रहीं। सन् 1907 में कलकत्ता में उनका देहावसान हो गया। उनके निधनोपरांत भी उनकी भावना बंगाल के क्रांतिकारियों की गतिविधियों में जीवित रही। 1857 की क्रांति के असफल हो जाने पर भी लगभग आधी शताब्दी तक माता तपस्विनी ने क्रांति की ज्वाला को जलाए रखा।

□

17

दीनबंधु मिश्रा एवं मधुसूदन दत्त

उन्नीसवीं शताब्दी में ईस्ट इंडिया कंपनी ने नील के निर्यात से ज्यादा-से-ज्यादा मुनाफा कमाने के लिए बंगाल में इसकी जबरन खेती करवाई गई और किसानों पर असह्य अत्याचार किए। इसके प्रतिरोध का स्वर बना दीनबंधु मित्र लिखित नाटक 'नील दर्पण', जिसने तत्कालीन बांग्ला रंगमंच को सामाजिक आंदोलन का हिस्सा बनाने की मुहिम छेड़ी। राष्ट्रीय उन्मेष और स्वाभिमान जाग्रत् करनेवाली इस कृति का अंग्रेजी अनुवाद मधुसूदन ने किया, जिसका शीर्षक रखा गया—'द इंडिगो प्लाटिंग मिरर'।

भारत में नील की खेती और नीले रंग का उत्पादन सदियों से होता आया है। वर्ष 1608 में ब्रिटिश व्यापारियों के सूरत बंदरगाह पर उतरने के कुछ समय बाद ही इटली, फ्रांस और ब्रिटेन में भारतीय नील का सीमित मात्रा में निर्यात होने लगा, जिसका इस्तेमाल कपड़ों को रँगने के लिए होता था। यूरोपीय व्यवसायियों के लिए नील का आयात महँगा कारोबार था। वर्ष 1788 में जहाँ 30 प्रतिशत नील का आयात भारत से किया जाता था, वर्ष 1810 तक वह बढ़कर 95 प्रतिशत तक पहुँच गया। जहाँ निर्यात के लिए भारत में नील कम पड़ने लगा, वहीं अन्य देशों से आयात यूरोप को महँगा पड़ता था। ऐसे में भारत में नील की खेती और नील के उत्पादन को बढ़ाना ही एकमात्र उपाय था। यों तो भारत के कई राज्यों में नील की खेती होती थी, पर बंगाल में ईस्ट इंडिया कंपनी होने के कारण सस्ते में नील उत्पादन के लिए यह जगह हर तरह से उपयुक्त थी। ईस्ट इंडिया कंपनी ने पट्टे पर जमीन लेकर नील की खेती करवानी शुरू की। उस युग में नील को 'नीला सोना' कहा जाता था।

उन्नीसवीं शताब्दी में बंगाल में ब्रिटिश शासन के अंतर्गत भारतीय किसानों द्वारा नील की खेती की जाती थी। यह खेती दो स्वरूपों में होती थी—निज-आबाद और रैयती। निज-आबाद प्रणाली में प्लांटर (भूमि और नील कारखानों के मालिक) अपने नियंत्रण वाली जमीनों पर नील का उत्पादन करते थे, जबकि रैयती में किसान प्लांटरों साथ

अनुबंध के तहत अपनी जमीन पर नील की खेती करते थे। अग्रिम भुगतान की व्यवस्था वाली रैयती प्रणाली ज्यादा प्रचलन में थी। अधिकांश बागान फसलों की तरह ही नील की खेती भी क्रूरता, जबरन खेती और किसान के अधिकारों के घोर उल्लंघन वाली थी। शापित किसान इसके कुचक्र में फँसे थे, क्योंकि उन्हें लगान का भुगतान करना था या बाप-दादा द्वारा लिये गए अग्रिम भुगतान का ऋण चुकाना उनकी मजबूरी थी। नील व्यापार से जुड़े उत्पीड़न और अन्याय के खिलाफ वर्ष 1849 में बंगाल के नदिया जिले से शुरू हुआ विद्रोह वर्ष 1859 बंगाल के विभिन्न हिस्सों में फैलकर हिंसक मोड़ ले चुका था। किसानों ने भाले और तलवारों से नील कारखानों पर हमला किया। प्लांटरों ने लगान की माँग करनेवाले किसानों को नाना प्रकार से प्रताड़ित किया। पबना जिले में किसानों ने नील उगाने से मना कर दिया। नील प्लांटर संघ के अनुरोध पर वर्ष 1860 में अधिनियम 11 पारित किया गया, जिसमें किसानों द्वारा 'अनुबंध का उल्लंघन' एक अपराध घोषित कर दिया गया। इस कानून के तहत किसानों के विरुद्ध बड़ी संख्या में मुकदमे दर्ज किए गए; उनका और अधिक शोषण व दमन होने लगा।

नील विद्रोह से उपजी अशांति को देखते हुए मार्च 1860 में नील की खेती से जुड़ी प्रणाली के अपकृत्यों की जाँच के लिए पाँच सदस्यों वाले नील आयोग की स्थापना गई। जाँच में पाया गया कि किसानों का न केवल आर्थिक शोषण किया जाता था, बल्कि उन्हें हर प्रकार से शक्तिहीन करने के लिए प्लांटरों और उनके सेवकों द्वारा उनका अपहरण कर उन पर शारीरिक बल का प्रयोग भी किया जाता था। नील आयोग ने नील की खेती के नियमों में कई सुधारों का प्रस्ताव दिया, जो किसानों के पक्ष में थे और जिसे सरकार को मानना पड़ा, पर बंगाल के किसानों ने नील की खेती न कर अन्य अनाज को उगाना शुरू किया, धीरे-धीरे बंगाल से नील की खेती खत्म हो गई और अंग्रेज उसे बिहार ले गए।

नील की खेती करनेवाले किसानों पर हो रहे अत्याचारों को दरशाता 'नील दर्पण' नाटक वर्ष 1859 में दीनबंधु मित्र द्वारा लिखा गया था, जो ब्रिटिश औपनिवेशिक शासन में डाकघर विभाग में निरीक्षक थे। यह नाटक 1860 में ढाका (अब बांग्लादेश) से छद्म नाम के साथ प्रकाशित और प्रसिद्ध हुआ। नील व्यवसाय को लेकर लिखी गई एक महत्त्वपूर्ण आलोचनात्मक कृति 'नील दर्पण' सबसे महत्त्वपूर्ण नाटकों में से एक बन गई, जो भारत के रंगमंच इतिहास में उपनिवेशवाद के क्रूर चेहरे को दरशाने वाली कृति है। इससे कई अन्य नाटककार प्रेरित हुए। मीर मुशर्रफ ने 'जमींदार दर्पण', जोगेंद्रनाथ घोष ने 'केरानी दर्पण', दक्खिनारंजन चट्टोपाध्याय ने 'जेल दर्पण' और 'चाकर दर्पण' जैसे नाटक लिखे। 'नील दर्पण' नाटक के माध्यम से बंगाली रंगमंच सामाजिक आंदोलन का हिस्सा बन गया। 'नील दर्पण' नाटक का अंग्रेजी में अनुवाद माइकल मधुसूदन दत्त

ने किया, जिसका शीर्षक रखा गया 'द इंडिगो प्लांटिंग मिरर', जिसे रेवरेंडजेम्स लांग ने संपादित किया और कलकत्ता प्रिंटिंग ऐंड पब्लिशिंग प्रेस के मालिक क्लीमेंट हेनरी मैनुअल ने तीन सौ रुपए लेकर प्रकाशित किया। लगभग 500 प्रतियों का प्रकाशन किया गया, जिसमें बतौर अनुवादक माइकल मधुसूदन दत्त का नाम गोपनीय रखा गया, जबकि संयोजक रेवरेंडजेम्स लांग का परिचय जोड़ा गया। अनुवादक की जगह by a native लिखा गया। 19वीं शताब्दी की प्रख्यात अभिनेत्री नटी बिनोदिनी और उनके थिएटर सहकर्मियों द्वारा सन् 1875 में लखनऊ में 'नील दर्पण' नाटक का प्रदर्शन किया गया और यह भारतीय थिएटर इतिहास के सबसे विवादास्पद नाटकों में से एक बन गया। बिनोदिनी ने अपने रंगमंच समूह के साथ 'नील दर्पण' नाटक में शानदार अभिनय किया। मतिलाल सूर ने तोराप और अविनाश कर ने रोग साहेब की भूमिका में ऐसा अभिनय किया कि वह दृश्य देख अंग्रेज अधिकारी नाराज हो गए। इसके बाद अभिनय बंद कर पूरा नाटक दल ही वहाँ से पलायन कर गया। लखनऊ में 'नील दर्पण' के मंचन के बाद ही अंग्रेजों ने मार्च 1876 में ड्रामेटिक प्रदर्शन अधिनियम पारित किया, जिसमें ब्रिटिश विरोधी नाटकों, षड्यंत्रकारी नाटकों और तथाकथित तयशुदा सामाजिक मूल्यों को कम करनेवाले नाटकों के मंचन पर प्रतिबंध लगाया गया। जैसे ही बागान के मालिकों ने नाटक के प्रचलन को देखा, लैंडहोल्डर्स ऐंड कॉमर्शियल एसोसिएशन के सचिव डब्ल्यू. एफ. फर्ग्यूसन ने बंगाल के राज्यपाल को पत्र लिखकर पूछा कि किन पार्टियों ने नाटक के प्रदर्शन को मंजूरी दी थी और क्या बंगाल सरकार ने इसे प्रकाशित करने की अनुमति दी थी? नाटक के प्रसार ने नील बागान मालिकों के विरुद्ध शत्रुता उत्पन्न की, जिन्होंने इस आरोप पर लांग के खिलाफ मुकदमा चलाया। उन पर एक हजार रुपए का जुरमाना लगाया गया और एक महीने के कारावास की सजा सुनाई गई।

□

18

पंडिता रमाबाई

(महिलाओं की शिक्षा के लिए लड़नेवाली अग्रणी समाज-सुधारक)

भारत के इतिहास में कई सामाजिक सुधारक हुए हैं, जिन्होंने देश के उज्ज्वल भविष्य के लिए किए गए महत्त्वपूर्ण कार्यों का नेतृत्व किया। ऐसी ही एक प्रसिद्ध और दृढ़निश्चयी महिला पंडिता रमाबाई थीं, जो उस समय की प्रमुख नारीवादी महिला समाज-सुधारक थीं, जिनकी ख्याति पूरे विश्व में फैली हुई है।

पंडिता रमाबाई का जन्म 23 अप्रैल, 1858 को महाराष्ट्र के गनमाल के जंगल में एक उच्च जाति के हिंदू ब्राह्मण परिवार में हुआ था। उनके पिता अनंत शास्त्री संस्कृत के विद्वान् व शिक्षक थे और अपनी आजीविका के लिए मंदिरों में पुराण आदि का पाठ सुनाया करते थे। वे खुद भी एक समाज-सुधारक थे और लड़कियों को शिक्षा देने में रुचि रखते थे, वह भी उस समय, जब समाज में लड़कियों की शिक्षा निषेध थी। अपनी पत्नी लक्ष्मीबाई को संस्कृत सिखाने की वजह से समाज ने उन्हें निष्कासित कर दिया था। उनके गाँव के सभी ब्राह्मणों ने उन्हें गाँव से निकाल दिया, जिस कारण उन्हें गाँव छोड़कर जंगलों में भटकना पड़ा और वहीं जंगलों में रमाबाई का जन्म हुआ। वह उनके तीन बच्चों में से सबसे छोटी थी। जब वे छोटी थीं, तभी पूरे परिवार ने एक जगह से दूसरी जगह जाना शुरू कर दिया। रमाबाई एक ऐसे परिवार में पली-बढ़ी थीं, जिसने भ्रमण करते-करते भारत के अलग-अलग धार्मिक स्थलों की यात्राएँ कीं, कथाओं का पाठ करके जीविका का प्रबंधन किया। रमाबाई को उनके पिता से संस्कृत की इतनी अच्छी शिक्षा मिली थी कि उन्हें 20 साल की उम्र में ही संस्कृत के लगभग 20 हजार श्लोक रटे हुए थे। वर्ष 1877 में अकाल के कारण रमाबाई के माता-पिता का निधन हो गया और उसी दौरान उनकी बड़ी बहन की भी मौत हो गई।

रमाबाई ने 3 साल में 4,000 किलोमीटर की यात्रा की। जब वे अपने भाई के साथ साल 1878 में कोलकाता पहुँचीं तो उनके पास कन्नड़, मराठी, बांग्ला और हिब्रू जैसी सात भाषाओं का ज्ञान तथा संस्कृत भाषा में तो एक बेहद सधी हुई योग्यता हासिल

थी। उनके इस असाधारण ज्ञान ने विद्वानों को चकित कर दिया और थियोसोफिकल सोसाइटी के केशवचंद्र सेन ने उन्हें 'पंडिता' तथा 'सरस्वती' की उपाधि दी, जिसका अर्थ है—बुद्धिमान व्यक्ति और ज्ञान की देवी। कलकत्ता जाने के कुछ वक्त बाद रमाबाई के भाई का भी देहांत हो गया। जिसके बाद उन्होंने 22 साल की उम्र में शूद्र जाति के विपिन बिहारी मेधावी से विवाह किया, जो पेशे से वकील थे। दोनों ने मिलकर पश्चिमी दर्शन और विचारों का अध्ययन किया। उनकी एक बेटी भी हुई, जिसका नाम उन्होंने मनोरमा रखा, पर शादी के अगले ही साल रमाबाई के पति का भी देहांत हो गया।

पंडिता रमाबाई जीवन के शुरुआती दिनों से ही समाज-सुधार के कार्यों में शामिल रहीं। उन्होंने शिक्षित और सशक्त होने के लिए महिलाओं को संबोधित करते हुए कलकत्ता और बंगाल प्रेसीडेंसी में व्यापक रूप से यात्राएँ कीं और महिलाओं की मुक्ति के लिए सख्ती से काम किया। पुणे आकर उन्होंने वहाँ 'आर्य महिला समाज' की स्थापना की, जहाँ लड़कियों को पढ़ाने की शुरुआत की, साथ ही यह संस्था बाल-विवाह रोकने के लिए भी काम करती थी, जिसने दिखाया कि शिक्षा के प्रति उनका विचार कितना समावेशी था और सामाजिक सुधार के लिए वे कितना प्रतिबद्ध थीं। वे समाज की वास्तविक प्रगति के लिए 'आत्मनिर्भरता' के विचार में विश्वास करती थीं। साल 1882 में ब्रिटिश सरकार ने भारत में एक शिक्षा आयोग गठित किया—'द हंटर एजुकेशन कमीशन'। जिसके लिए रमाबाई ने उनके सामने सुझाव देने से पहले सबूत दिए, उन्होंने लॉर्ड रिपन के सामने रिपोर्ट पेश की कि शिक्षकों को उनकी नौकरी के लिए प्रशिक्षित किया जाना चाहिए और स्कूलों में अधिक महिलाओं को नियुक्त किया जाना चाहिए। उन्होंने यह भी माँग की कि महिलाओं के लिए कुछ उपचारों के लिए चिकित्सा क्षेत्र में महिलाएँ होनी चाहिए।

पंडिता रमाबाई के साक्ष्यों का यह प्रभाव हुआ, जो रानी विक्टोरिया तक पहुँच गया और उनके सुझावों के अनुसार लॉर्ड डफरिन के समय में महिलाओं की शिक्षा पर विशेष रूप से ध्यान दिया गया और 1886 में आनंदीबेन जोशी पहली भारतीय महिला डॉक्टर बनीं, जोकि रमाबाई की चचेरी बहन थीं। अमेरिका में उनके स्नातक समारोह के लिए रमाबाई को भी आमंत्रित किया गया। जिसके एक साल बाद दिसंबर 1887 में बोस्टन में 'अमेरिकन रमाबाई एसोसिएशन' का गठन उनके प्रशंसकों ने किया। उसी दौरान उन्होंने 'द हाई कास्ट हिंदू विमन' नामक पुस्तक लिखी और इसकी दस हजार प्रतियाँ बिकीं। इस पुस्तक में बाल विवाह, सती प्रथा, जाति आदि कुप्रथाओं तथा विशेष रूप से महाराष्ट्र के क्षेत्र में ब्राह्मणवादी पितृसत्ता पर प्रकाश डाला गया था।

साल 1889 में रमाबाई भारत वापस आ गईं और 11 मार्च, 1889 को उन्होंने 20 लड़कियों के साथ मिलकर मुंबई में 'शारदा सदन' खोला। इसके अंतर्गत महिलाओं को

पढ़ना–लिखना, इतिहास, पर्यावरण आदि से जुड़ी जानकारी तथा व्यावसायिक प्रशिक्षण दिया जाता था और महिलाओं को आर्थिक सुरक्षा का आश्वासन तथा आजीविका के लिए सामाजिक स्वीकृति भी प्रदान की जाती थी। साल 1889 में पुणे में अकाल की स्थिति आ गई, जिसको नियंत्रित करने के लिए सरकार ने लोगों के आंदोलन पर रोक लगा दी और शारदा सदन में निवास करनेवाले लोगों की संख्या पर भी एक सीमा लगा दी। रमाबाई पुणे के पास खेड़गाँव गईं, जहाँ उन्होंने 100 एकड़ जमीन खरीदी और 'मुक्ति मिशन' की स्थापना की। इसने स्कूल जानेवाली महिलाओं और बच्चों को आवास प्रदान किए। जहाँ उन्हें शिक्षा और औद्योगिक प्रशिक्षण, मुद्रण, बढ़ईगीरी, सिलाई, चिनाई, लकड़ी काटना, बुनाई और सुईवर्क के साथ–साथ खेती और बागवानी जैसे काम सिखाए जाते थे।

पंडिता रमाबाई वास्तव में एक उल्लेखनीय महिला थीं, जिन्होंने महिलाओं की शिक्षा का बीड़ा उठाया और महिलाओं के अधिकारों तथा सशक्तीकरण के लिए विद्रोह किया। रमाबाई ने जाति को हिंदू समाज में एक महान् दोष और लोकतांत्रिक भावना के विकास में एक रुकावट के रूप में देखा। साथ ही उस समय पर एक उच्च जाति की ब्राह्मण परिवार से होकर शूद्र जाति में अंतरजातीय विवाह करने के कारण भी उनकी काफी आलोचना हुई; हालाँकि इस कार्य को ज्योतिबा फुले तथा उनकी पत्नी सरस्वती फुले का सहयोग प्राप्त हुआ। भारत सरकार ने रमाबाई के नाम पर एक डाक टिकट जारी किया तथा उनका बनाया मुक्ति मिशन आज भी सक्रिय है। पर फिर भी लगता है कि रमाबाई को भारत में वह पहचान नहीं मिली है, जो उनके समकालीन समाज–सुधारकों को मिली। पर यह बात कोई नकार नहीं सकता कि वे महाराष्ट्र और भारत की सबसे प्रमुख नारीवादी समाज–सुधारकों में से एक थीं।

□

19

अंबाप्रसाद

सन् 1858 में उत्तर प्रदेश के मुरादाबाद शहर में महान् सूफी क्रांतिकारी अंबाप्रसाद का जन्म हुआ था।

उल्लेखनीय राष्ट्रवादी उर्दू लेखक, एक सफल पत्रकार व विकलांग विप्लवी सूफी संत अंबाप्रसाद का आविर्भाव उत्तर प्रदेश के मुरादाबाद नगर में हुआ था। एम.ए. तथा बी.एल. तक की उच्च शिक्षा प्राप्त करने के बावजूद वकालती के पेशे की ओर आकर्षित न होकर उन्होंने देश-सेवा का महान् व्रत लिया। साथ ही इस राष्ट्र पुरुष ने अपने लेखों के सहारे ब्रिटिश जुल्मों के खिलाफ आवाज उठानी शुरू कर दी। सन् 1890 में मुरादाबाद से 'जाम्युल उलूम' नामक उर्दू साप्ताहिक अखबार का भी प्रकाशन किया। इतना ही नहीं, 'मुहिब्बाने वतन' नामक एक संगठन की स्थापना की, जिसके चर्चित सदस्यों में भगत सिंह के सगे चाचा अजीत सिंह भी थे। इस सियासी संगठन से जिन पुस्तकों का प्रकाशन किया जाता था, उसके निर्भय एवं उत्साही लेखक तथा पत्रकार अंबाप्रसाद ही हुआ करते थे।

उग्र लेखों के कारण सन् 1897 में उन्हें गिरफ्तार कर लिया गया। डेढ़ वर्ष की सजा के बाद सूफी संत अंबाप्रसाद जब रिहा हुए, तब फिर वही विरोध की प्रवृत्ति अपनाई, जिस कारण इस बार उनकी सारी जायदाद जब्त कर ली गई। सूफी संत अंबाप्रसाद राष्ट्रीय जनजागरण हेतु लाहौर चले गए। भारतमाता सोसाइटी के लिए कार्य करने के कारण उन्हें छह वर्ष के कठोर कारावास का दंड दिया गया। उस सजा को झेलने के बाद क्रांति का अलख जगाने के मकसद से उन्होंने सन् 1909 में 'पेशवा' नामक पत्र निकालना आरंभ किया। उनके नाम पर फिर गिरफ्तारी का वारंट जारी किया गया। तब जेल की चक्की चलाने के बजाय अंग्रेजों के खिलाफ सामरिक एवं आर्थिक सहायता प्राप्त करने के निमित्त अफगानिस्तान होते हुए वे ईरान चले गए। ईरान के शिराज शहर स्थित 'ईरानी मदरसा' में प्रत्यक्ष रूप से प्रधानाध्यापक का कार्य करते हुए परोक्ष रूप से भारत एवं ईरान की सामूहिक आजादी के कार्यों में संलग्न

रहे। वहाँ पर अपार लोकप्रियता हासिल करने के कारण उन्हें 'सूफी संत' के नाम से संबोधित किया जाने लगा।

शिराज में भी 'आबेहयात' नामक राष्ट्रवादी अखबार का प्रकाशन शुरू किया। उस मुल्क में 'गदर पार्टी' की जो शाखा थी, उसके सर्वेसर्वा अंबाप्रसाद को ही बनाया गया। सन् 1919 में ब्रिटिश सरकार ने ईरान में भी उन्हें बंदी बना लिया। कोर्ट मार्शल कर उन्हें गोली मार देने की सजा सुनाई गई। जिस दिन गोली मारी जानी थी, उस रोज जहर खाकर उन्होंने प्राण त्याग किया। पुलिस लाइन बैरक में जिस स्थान पर उन्होंने शहादत प्राप्त की, वहाँ पर ईरानियों ने उनकी समाधि बनाई, जहाँ उनकी निर्वाण तिथि की स्मृति में आज भी उर्स का भारी मेला लगता है, जो उस राष्ट्रानुरागी की अपार लोकप्रियता का परिचायक है।

□

20

टिकेंद्रजीत सिंह

प्राकृतिक सौंदर्य से परिपूर्ण मणिपुर का अपना प्राचीनतम एवं गौरवपूर्ण इतिहास रहा है। इसकी सामाजिक, धार्मिक और सांस्कृतिक परंपराएँ तथा प्राकृतिक सौंदर्य भारतवासियों के लिए गौरव के विषय हैं तो उसका शौर्य, साहस एवं त्याग-बलिदान से परिपूर्ण इतिहास भारतवासियों के लिए प्रेरणास्रोत है। मणिपुर के राजाओं ने सन् 1891 में अंग्रेजों से पराजित होने तक अपनी स्वतंत्रता और संप्रभुता के लिए लगातार संघर्ष किया था। एक लंबे और अनवरत संघर्ष के बाद ब्रिटिश साम्राज्यवादियों ने मणिपुर पर अपना आधिपत्य स्थापित किया। मणिपुर के आंतरिक संकट और उसके बर्मा के साथ चले 18 वर्ष लंबे संघर्ष का लाभ उठाकर वे ऐसा करने में सफल हुए। सन् 1891 के आंग्ल-मणिपुर युद्ध में मणिपुर के बहादुर लोगों ने औपनिवेशिक शक्तियों का प्रतिरोध जिस वीरता और साहस के साथ किया, वह इतिहास में स्वर्णिम अक्षरों में अंकित है।

टिकेंद्रजीत सिंह महाराजा चंद्रप्रकाश सिंह और चोंगथम चानु कूमेश्वरी देवी की चतुर्थ संतान थे। उनका जन्म 29 दिसंबर, 1856 को हुआ था। उन्हें वीर टिकेंद्रजीत और 'कोइरेंग' भी कहते थे, क्योंकि वे बचपन से ही लोकप्रिय तथा स्वतंत्रता-प्रेमी थे। धैर्यवान होने के साथ-साथ वे कुशाग्र बुद्धि वाले थे। बाद में वे मणिपुरी सेना के कमांडर नियुक्त हुए थे।

वे मणिपुरी सेना के कमांडर थे। वे महान् देशभक्त और ब्रिटिश साम्राज्यवादी योजना के घोर विरोधी तथा देश की एकता-अखंडता के प्रबल समर्थक थे। उन्होंने साहसपूर्वक ब्रिटिश साम्राज्यवादी शक्ति के कूटनीतिक और विस्तारवादी कृत्यों से जनमानस को अवगत कराया तथा अदम्य साहस और निर्भीकता के साथ अंग्रेजी साम्राज्यवाद एवं उपनिवेशवाद के विरुद्ध युद्ध किया। इसी कारण उन्हें 'मणिपुर का शेर' कहा जाता है। यहाँ तक कि ब्रिटिश भारत की तत्कालीन सरकार ने उनकी वीरता, निडरता तथा पराक्रम से इतनी डरी हुई थी कि उनकी तुलना एक 'खतरनाक बाघ' से की जाती थी। भारत के स्वतंत्रता-संग्राम में उनका अद्वितीय स्थान है।

उन्होंने 'महल-क्रांति' की, जो मणिपुर रियासत के शासन में अंग्रेजों के परोक्ष हस्तक्षेप के विरुद्ध एक खुला विद्रोह ही था। इसके फलस्वरूप 1819 में आंग्ल-मणिपुर युद्ध शुरू हुआ। बड़े संघर्ष के बाद अंग्रेज विजयी हुए। इस युद्ध में शहीद होनेवाले राज्य के वीर नायकों को श्रद्धांजलि देने के लिए मणिपुर राज्य प्रत्येक वर्ष 13 अगस्त को 'देशभक्त दिवस' मनाता है।

राजपरिवार की दास्तान

राजकुमार गंभीर सिंह के नेतृत्व में प्रथम आंग्ल-बर्मी युद्ध (1824-1826) में मणिपुर ने बर्मा पर विजय प्राप्त की। परिणामस्वरूप मणिपुर तबाही से उबर गया और गंभीर सिंह को मणिपुर का राजा बनाया गया। परंतु उस समय राज्य की सभी महत्त्वपूर्ण शक्तियाँ अंग्रेजों के हाथ में थीं। राजा ब्रिटिश हस्तक्षेप का विरोध नहीं कर सकता था।

राजा चंद्रकांत सिंह के उत्तराधिकारी महाराजा सूरचंद्र सिंह के शासनकाल में अंग्रेजों का हस्तक्षेप बहुत अधिक बढ़ गया था। राजपरिवार का सदस्य होने के नाते टिकेंद्रजीत अंग्रेजों के कूट स्वभाव से परिचित थे। अतः वे मणिपुरवासियों को उनके वास्तविक दृष्टिकोण और दुर्भावनाओं के बारे में सचेत करते रहते थे। महाराज गंभीर सिंह की मृत्यु के उपरांत उनके बड़े बेटे, सूरचंद्र ने मणिपुर के सिंहासन का दायित्व सँभाला। अन्य राजकुमारों को राज्याधिकारी, सेना के जनरल और पुलिस प्रमुख के रूप में नियुक्त किया गया।

बाद में झलकारी की मृत्यु के बाद टिकेंद्रजीत को सेनापति नियुक्त किया गया था, लेकिन राजकुमारों के बीच आपसी गलतफहमी और मनमुटाव पैदा हो गया। इसने अंततः राजपरिवार को दो गुटों में विभाजित कर दिया। एक गुट टिकेंद्रजीत के साथ था तो दूसरा पाकसाना के नेतृत्व में कार्यरत था।

राजा इस स्थिति से अनजान रहे और अराजकता बहुत ज्यादा बढ़ती चली गई। टिकेंद्रजीत को लगता था कि राजा पाकसाना के पक्षधर हैं। अंग्रेज सूदखोरी से अपने साम्राज्य का विस्तार करते थे। वे मोटी ब्याज पर राजा और राजपरिवार को कर्ज देकर धीरे-धीरे उनके राज्य के हिस्सों को हड़पते चले जाते थे। यही नीति उन्होंने मणिपुर के राजपरिवार के प्रति भी अपनाई। इसे राजकुमार टिकेंद्रजीत ने स्वीकार नहीं किया। वे इस तथ्य से भी भलीभाँति अवगत थे कि ब्रिटिश लोग मणिपुर को अपनी एक 'कॉलोनी' बनाने के लिए अवसर की प्रतीक्षा कर रहे हैं। इसलिए उन्होंने अपने राज्य की संप्रभुता तथा स्वतंत्रता की रक्षा हेतु एक योजना बनाई।

राजमहल विद्रोह

22 सितंबर, 1890 को टिकेंद्रजीत ने दो अन्य राजकुमारों एंगुसन और जिलंगंबा के साथ सूरचंद्र सिंह के खिलाफ विद्रोह किया और राजा सुरचंद्र को सिंहासन से हटा दिया। सुरचंद्र सिंह ने ब्रिटिश निवास में शरण ले ली। तब कुलाचंद्र ने राज्यभार सँभाला और टिकेंद्रजीत उसके उत्तराधिकारी बने। इस घटना को मणिपुर के इतिहास में 'राजमहल विद्रोह' के रूप में जाना जाता है।

बाद में पूर्व शासक सूरचंद्र सिंह कलकत्ता के लिए रवाना हुए। लेकिन उन्होंने टिकेंद्रजीत को सूचित किया कि वे धार्मिक यात्रा पर वृंदावन जा रहे हैं। कलकत्ता पहुँचने के बाद उन्होंने मणिपुर राज्य का अपना सिंहासन पुनः पाने के लिए ब्रिटिश सरकार को एक याचिका भेजी। उनकी इस याचिका के परिणामस्वरूप अंग्रेज मणिपुर की आंतरिक फूट और संकट से बखूबी अवगत हो गए। वास्तव में इस याचिका ने ब्रिटिशों को मणिपुर के आंतरिक मामलों में हस्तक्षेप करने का मौका दिया।

भारत के तत्कालीन वायसराय लॉर्ड लैंड्सडाउन ने कुलाचंद्र को राजा बनाए रखने का निर्णय लिया, लेकिन मणिपुर सिंहासन के उत्तराधिकारी पद से टिकेंद्रजीत को हटाने का आदेश दिया गया, क्योंकि अंग्रेज जानते थे कि टिकेंद्रजीत जैसा राष्ट्रवादी उनकी औपनिवेशिक योजनाओं में बहुत बड़ी अड़चन है। उसकी अनुपस्थिति में ही मणिपुर को ब्रिटिश उपनिवेश में रूपांतरित किया जा सकता है।

अतः 22 मार्च, 1891 को मुख्य आयुक्त जे.डब्ल्यू. क्विंटन सैनिकों की टुकड़ी के साथ मणिपुर पहुँचा। टिकेंद्रजीत को गिरफ्तार करने के लिए अंग्रेजों द्वारा एक गुप्त योजना बनाई गई थी। लेकिन उनकी यह गुप्त योजना उजागर हो जाने के कारण विफल हो गई। राजनीतिक एजेंट ग्रिमवुड ने तब राजा कुलाचंद्र को टिकेंद्रजीत को अंग्रेजों को सौंपने के लिए कहा। राजा कुलाचंद्र ने इसके लिए साफ इनकार कर दिया। परिणामस्वरूप अंग्रेजों ने टिकेंद्रजीत को गिरफ्तार करने के लिए बल प्रयोग किया।

24 मार्च, 1891 की शाम को ब्रिटिश सैनिकों ने पैलेस कंपाउंड, विशेष रूप से टिकेंद्रजीत के निवास पर हमला किया। इस हमले में सांस्कृतिक कार्यक्रम देख रहे महिलाओं और बच्चों सहित अनेक निर्दोष नागरिक मारे गए। हालाँकि मणिपुरी सेना अपने आक्रामक प्रतिरोध में सफल रही और अंग्रेजों को पीछे हटना पड़ा।

पाँच अंग्रेज अधिकारियों—क्विंटन, ग्रिमवुड, लेफ्टिनेंट कर्नल सिंपसन, कोसिन और बुलेर को भागकर तहखाने में शरण लेनी पड़ी। जिन मणिपुरवासियों के निर्दोष बच्चे, पत्नियों और रिश्तेदारों को अंग्रेजों द्वारा मार दिया गया था, उनके मन में बदले की भावना इतनी प्रबल हो गई कि उन्होंने इन पाँचों अंग्रेजों को मार डाला।

इसके परिणामस्वरूप 1891 में आंग्ल-मणिपुरी युद्ध हुआ। मणिपुरी लोग बड़ी वीरता से लड़े, किंतु इस भयानक युद्ध में अंग्रेजों ने मणिपुर को तहस-नहस कर दिया। 27 अप्रैल, 1891 को कंगला पैलेस को अंग्रेजों ने अपने कब्जे में ले लिया और मेजर मैक्सवेल मुख्य राजनीतिक एजेंट बन गया। ब्रिटिश भारत सरकार ने जाँच-पड़ताल और सजा-निर्धारण के लिए लेफ्टिनेंट कर्नल जॉन मिशेल के अधीन एक विशेष आयोग का गठन किया। इस जाँच में टिकेंद्रजीत को दोषी ठहराया गया और अंग्रेजी अदालत द्वारा उन्हें मौत की सजा सुनाई गई।

मणिपुरवासियों ने अपने प्रिय राजकुमार की प्राण-रक्षा के लिए उनकी फाँसी का पुरजोर विरोध किया। परंतु लोगों की प्रबल भावना और उनके सक्रिय विरोध के बावजूद अंग्रेजों ने बीर टिकेंद्रजीत को 13 अगस्त, 1891 को आम जनता के सामने एक खुली जगह पर फाँसी दे दी, ताकि लोगों में डर पैदा किया जा सके।

मणिपुर राज्य की महिलाओं ने भी उनके बचाव में एक आंदोलन शुरू किया था, परंतु उनका यह आंदोलन मणिपुर के भविष्य बीर टिकेंद्रजीत को नहीं बचा सका। उनका बलिदान मणिपुर की स्वतंत्रता, सम्मान और जनकल्याण की भावना के लिए था। उन्होंने विदेशी शक्ति का विरोध करते हुए स्वदेश रक्षा हेतु अपने प्राण निछावर किए।

टिकेंद्रजीत अपने विलक्षण युद्ध-कौशल, अद्भुत पराक्रम तथा सक्षम प्रशासन के कारण अत्यंत लोकप्रिय थे। इस महानायक को सम्मानित करते हुए मणिपुर विधानसभा ने अगस्त 2019 में सर्वसम्मति से प्रस्ताव पारित कर तुलीहल अंतरराष्ट्रीय हवाई अड्डे का नाम बदलकर 'बीर टिकेंद्रजीत अंतरराष्ट्रीय हवाई अड्डा' कर दिया है।

स्रोत : साहित्यकार श्री एच. गुनो सिंह द्वारा रचित उपन्यास 'वीर टिकेंद्रजीत सिंह' से साभार

□

21

वामन नारायण जोशी : नासिक षड्यंत्र केस के सूत्रधार

(यातनाएँ सहीं, पर न खोली जुबान)

अंग्रेज कलेक्टर आर्थर एम. जैक्सन की हत्या की योजना बनाने व वध करने का प्रशिक्षण देनेवाले वामन नारायण जोशी का नाम भले ही हमारे समाज ने भुला दिया, मगर अंडमान की सेल्युलर जेल की दीवारें आज भी उनके संघर्ष की गवाह हैं।

यदि आप अंडमान द्वीप पर स्थित सेल्युलर जेल गए होंगे तो वहाँ राजबंदियों (क्रांतिकारियों) के नामों की एक सूची फलक (बोर्ड) पर लगी देखी होगी। यह सूची उन राजबंदियों की है, जिन्हें भारत की स्वाधीनता के लिए अंग्रेजों के विरुद्ध लड़ने के आरोप में बंदी बनाकर यहाँ कैद किया गया था। उसमें दूसरे क्रमांक पर एक नाम दर्ज है—वामन नारायण जोशी। यह वामन नारायण जोशी कौन थे? कहाँ के रहनेवाले थे? भारत को स्वतंत्र करवाने में उनकी संघर्ष-गाथा क्या थी? दुर्भाग्य से इन प्रश्नों के उत्तर कहीं नहीं मिलते। भारत को स्वतंत्रता मिलने के पश्चात् उत्पन्न तत्कालीन व्यवस्था में व्याप्त किंचित् कारणों के कारण वामन नारायण जोशी का नाम और संघर्ष कहीं विलुप्त हो गया। लेकिन आजादी के शोले को राख में कब तक दबाया जा सकता है।

महाराष्ट्र के अहमदनगर की अकोले तहसील के समशेरपुर गाँव में वर्ष 1889 को गरीब परिवार में जनमे थे वामन नारायण जोशी। पिता के देहांत के बाद बालक वामन तथा उनके बड़े भाई ने गाँव में भिक्षावृत्ति कर परिवार का बड़ी कठिनाइयों में लालन-पालन किया। वामन को भिक्षावृत्ति से घृणा थी, लेकिन जीवन-यापन का कोई विकल्प ही नहीं था। इन परिस्थितियों में भी उनके भीतर राष्ट्रभक्ति हिलोरें ले रही थी और वे अंग्रेजों को भारत से खदेड़ देना चाहते थे। वर्ष 1904 में 15 वर्ष की उम्र में ही उन्होंने विदेशी वस्तुओं के बहिष्कार का संकल्प लिया, जो जीवन के अंतिम समय तक निभाया।

आगे की शिक्षा के लिए वर्ष 1907 में वामन नारायण जोशी नासिक आ गए। वहाँ वीर सावरकर व उनके बंधुओं द्वारा स्थापित क्रांतिदल 'मित्र मेला' तथा 'अभिनव भारत' में सक्रिय हो गए। उस दौर में नासिक का कलेक्टर अंग्रेज अधिकारी आर्थर एम. जैक्सन भारतीयों का कट्टर शत्रु था। उसी ने राष्ट्रीय कविताएँ छपवाने पर क्रांतिकारी गणेश दामोदर सावरकर को आजीवन कारावास का दंड देकर अंडमान की सेल्युलर जेल भेजा था। क्रांतिमंत्र 'वंदे मातरम्' कहने पर प्रतिबंध लगा दिया था तथा कीर्तनकार तांबे शास्त्री को बंदी बनाया था। ऐसे क्रूर कलेक्टर जैक्सन का नासिक के एक नाट्यगृह में क्रांतिवीर अनंत लक्ष्मण कान्हेरे, विनायक देशपांडे और कृष्णाजी कर्वे ने वध कर दिया था। यह ब्रिटिश सरकार को खुली चेतावनी थी कि क्रांतिकारी उन अंग्रेज अफसरों को जिंदा नहीं छोड़ेंगे, जो भारतीयों की अस्मिता को खंडित करने का प्रयास करेंगे। जैक्सन के वध में क्रांतिवीर वामन नारायण जोशी की बड़ी भूमिका थी। उन्होंने ही अनंत कान्हेरे को पिस्तौल चलाने का प्रशिक्षण देते हुए जैक्सन की पहचान करवाई थी। जोशी ने ही उसके वध की पूरी योजना एक पत्र में लिखकर कान्हेरे को उनके औरंगाबाद स्थित निवास पर भेजी थी। कान्हेरे ने जोशी के पत्र से योजना समझने के बाद पत्र के टुकड़े करके फेंक दिए थे। बाद में अंग्रेजों ने इसी पत्र के 28 टुकड़ों को जोड़कर वामन नारायण जोशी के विरुद्ध न्यायालय में इसे बतौर साक्ष्य प्रस्तुत किया था।

29 दिसंबर, 1909 को जैक्सन की हत्या के आरोप में वामन नारायण जोशी को बंदी बनाकर उनके पैतृक घर समशेरपुर ले जाया गया। वामन नारायण जोशी के हाथों में हथकड़ी और रस्सियाँ देख उनका परिवार बेहद दुःखी हुआ। मकान की तलाशी ली गई, लेकिन वहाँ कोई अवांछनीय वस्तु नहीं मिली। अध्यापक रहे इस क्रांतिकारी को अंग्रेजों द्वारा जानबूझकर जनता के सामने समशेरपुर से 40 किलोमीटर तक मारते हुए पैदल नासिक ले जाया गया, ताकि जनता में अंग्रेज सरकार का डर बैठे। नासिक जेल में वामन नारायण जोशी को अली खान नामक पुलिस जमादार ने कई दिनों तक अमानवीय यातनाएँ दीं। वामन नारायण जोशी को अपराध स्वीकारने व अपने साथी क्रांतिकारियों, खासकर वीर विनायक दामोदर सावरकर का नाम लेने पर सजा माफ करने का लालच भी दिया, किंतु साहसी वामन नारायण ने सारी यातनाएँ सहकर यही कहा कि 'मुझे मौत स्वीकार है, लेकिन साथियों के बारे में कुछ नहीं बताऊँगा।'

अंततः जैक्सन की हत्या का मुकदमा 'नासिक षड्यंत्र केस' नाम से चला और 21 मार्च, 1910 को न्यायालय ने अनंत लक्ष्मण कान्हेरे, विनायक देशपांडे और कृष्णाजी कर्वे को मृत्युदंड दिया तथा वामन नारायण जोशी व शंकर सोमण को आजीवन कारावास की सजा सुनाई। शंकर सोमण पर ठाणे की जेल में इतने अत्याचार हुए कि उनकी वहीं मृत्यु हो गई, जबकि वामन नारायण जोशी को अंडमान की सेल्युलर जेल में नारकीय

यातनाएँ दी गईं। उन्होंने अन्य राजबंदियों के साथ अन्न त्याग आंदोलन में भाग लिया। 1918 में उन्हें सेल्युलर जेल से निकालकर पुणे की यरवदा जेल में चार वर्ष तक रखा और यहाँ असहनीय यातनाएँ देते हुए हाड़तोड़ काम करवाया गया। कारावास की यातनाओं से उनका शरीर सूखकर कंकाल हो गया था। वर्ष 1922 में सजा काटकर जब क्रांतिवीर वामन नारायण जोशी अपने गाँव पहुँचे तो पाया कि अंग्रेजों के कोप के चलते उनका पूरा परिवार बिखर चुका था। गिरफ्तारी के कुछ दिन बाद ही दु:ख में माताजी का देहांत हो गया था। बड़े भाई केशव ने घर की परिस्थितियों से निराश होकर जल-समाधि ले ली थी। छोटे भाई अध्यापक की नौकरी करते हुए परिवार को बड़ी कठिनाई से पाल रहे थे। गाँव आकर वामन नारायण जोशी ने फिर घर को सँवारा। इधर जेल से रिहाई के बावजूद अंग्रेज अफसर अकसर जोशी के घर पहुँचते और नजर रखने के बहाने यातनाएँ देते व अपमानित करते। इस बीच वह दिन भी आ गया, जब देश को स्वतंत्रता मिली। उस दिन वामन नारायण जोशी घर पर भगवान् सत्यनारायण की पूजा की और समशेरपुर के सरकारी भवन पर राष्ट्रीय ध्वज फहराया। अंतत: 14 जनवरी, 1964 को मकर संक्रांति के दिन उनका स्वर्गारोहण हुआ।

स्रोत : 'शरयु प्रकाश' कुलकर्णी द्वारा लिखित पुस्तक

□

22

कन्हाईलाल दत्त

(अलीपुर बम केस–1908)

यों तो भारत की स्वतंत्रता के लिए अगणित क्रांतिकारियों ने प्राण दिए, लेकिन ऐसे बिरले ही रहे, जिन्होंने देश से गद्दारी करनेवाले अपने ही साथी का वध किया। देश की क्रांति-गाथा में ऐसा ही नाम है कन्हाईलाल दत्त का। भारत के स्वाधीनता संग्राम पर इस एक घटना का इतना असर पड़ा कि जो क्रांतिकारी फाँसी से बचे, उन्होंने बाद में वर्षों तक क्रांति की अलख जगाए रखी।

कहानी वर्ष 1899 से शुरू होती है। तब लॉर्ड कर्जन नया वायसराय और गवर्नर जनरल बनकर भारत आया था। कर्जन ने बंगाल के विभाजन का षड्यंत्र रचा, किंतु 16 अक्तूबर, 1905 को जैसे ही कर्जन की 'बंग-भंग' कुत्सित योजना सार्वजनिक हुई, बंगाल के साथ पूरे देश में आक्रोश की लहर दौड़ गई। बंग-भंग के विरुद्ध जनता का तीव्र आंदोलन प्रारंभ हुआ। उसे कुचलने के लिए सरकार ने भी अत्याचारों की सीमा लाँघ दी। इसी दौरान बंगाल के एक नवयुवक क्रांतिकारी हेमचंद्र दास अपनी पैतृक संपत्ति का एक अंश बेचकर फ्रांस गए। वहाँ उन्होंने श्यामजी कृष्ण वर्मा तथा वीर विनायक दामोदर सावरकर के सहयोग से बम बनाने की कला सीखी और श्रीअरविंद घोष तथा उनके क्रांतिदल के साथ कलकत्ता (अब कोलकाता) के मुरारीपुकुर बगीचे में बम बनाने का कारखाना खोला। इस कारखाने में निर्मित बम से 30 अप्रैल, 1908 को महान् क्रांतिवीर खुदीराम बोस और प्रफुल्ल कुमार चाकी ने कलकत्ता के चीफ प्रेसिडेंसी मजिस्ट्रेट किंग्सफोर्ड पर बम विस्फोट कर देश में तहलका मचाया था। तब पुलिस ने जगह-जगह छापेमारी की और कुछ दिन बाद मुरारीपुकुर बम निर्माण कारखाने पर भी छापा मारकर भारी मात्रा में क्रांतिकारियों के शस्त्र जब्त कर लिये। इसके बाद श्री अरविंद घोष, उनके भाई बारींद्र कुमार घोष, कन्हाईलाल दत्त, सत्येंद्रनाथ बोस सहित 34 क्रांतिकारियों को बंदी बना लिया गया। सभी पर 'अलीपुर बम केस' नाम से अभियोग चला। पकड़े गए क्रांतिकारियों में कन्हाईलाल दत्त भी थे, जिन्हें कारावास में अमानवीय यातनाएँ दी जा रही

थीं, ताकि वह अपराध स्वीकार लें, किंतु किसी भी क्रांतिकारी ने मुँह नहीं खोला, लेकिन अंग्रेज सरकार के लालच और डर से एक कमजोर क्रांतिकारी नरेंद्र गोस्वामी ने गद्दारी करते हुए सरकारी गवाह बनना स्वीकार कर लिया। वह ऐसा बयान देने को तैयार हो गया, जो क्रांतिकारियों को फाँसी दिलवाने के लिए पर्याप्त था।

क्रांतिवीर कन्हाईलाल दत्त और सत्येंद्रनाथ बोस को जैसे ही नरेंद्र गोस्वामी की गद्दारी की जानकारी मिली, दोनों ने निश्चय किया कि गद्दार को मृत्युदंड देना आवश्यक है, वह भी न्यायालय में उसके द्वारा क्रांतिकारियों के खिलाफ बयान देने से पहले। अलीपुर जेल में अंग्रेजों ने गोस्वामी को सुरक्षा की दृष्टि से सामान्य वार्ड से हटाकर अस्पताल के पास बने सुरक्षित यूरोपियन वार्ड में रखा था। इस बीच कन्हाईलाल ने किसी प्रकार एक पिस्तौल प्राप्त कर ली। इस पिस्तौल को बारींद्र कुमार ने जेल से पलायन करने की योजना के तहत मँगवाया था, जो अब कन्हाईलाल के पास थी। कन्हाई ने योजना के मुताबिक पेट दर्द की शिकायत की और जेल के डॉक्टर के पास पहुँचे। डॉक्टर ने उन्हें इलाज के लिए यूरोपियन वार्ड के पास बने अस्पताल में भर्ती करवा दिया। बीमारी के बहाने सत्येंद्रनाथ भी मरीज बनकर अस्पताल में भर्ती हो गए। यहाँ कन्हाईलाल और सत्येंद्रनाथ ने एक नाटक खेला और क्रांतिकारियों के खिलाफ सरकारी गवाह बनने की इच्छा व्यक्त की। यह खबर नरेंद्र गोस्वामी तक पहुँची और वह दत्त व बोस के जाल में फँस गया। उसे इन दोनों पर विश्वास हो गया और वह इनसे बेधड़क मिलने-जुलने लगा।

31 अगस्त, 1908 को सुबह सात बजे सत्येंद्रनाथ अस्पताल की पहली मंजिल के बरामदे में नरेंद्र गोस्वामी की प्रतीक्षा कर रहे थे। हिगिन्स नामक अंग्रेज अधिकारी के साथ नरेंद्र गोस्वामी भी बरामदे में पहुँचा। उसी समय कन्हाईलाल दत्त भी वहाँ पहुँच गए। कुछ देर बाद हिगिन्स वहाँ से चला गया, तब माहौल को भाँपने के बाद दत्त ने गद्दार नरेंद्र गोस्वामी पर गोली दाग दी। नरेंद्र जख्मी हो पाया और 'बचाओ-बचाओ' चिल्लाते हुए भागने लगा। उसकी आवाज सुन अंग्रेज अफसर हिगिन्स सहायता के लिए दौड़ा। उसने नरेंद्र को एक कक्ष में धकेला और कन्हाईलाल तथा सत्येंद्रनाथ का रास्ता रोकने का प्रयास किया। कन्हाईलाल की पिस्तौल छीनने के प्रयास में हिगिन्स भी घायल हो गया। मौका देख नरेंद्र गोस्वामी नीचे की ओर भागा तो कन्हाईलाल और सत्येंद्रनाथ ने भी उसका पीछा किया। तभी एक अन्य अंग्रेज अधिकारी लिंटन ने कन्हाईलाल को पकड़ लिया। कन्हाई ने पिस्तौल की नाल उसके सिर पर मारी और स्वयं को छुड़ाकर नरेंद्र का पीछा करना जारी रखा। अंततः क्रांतिवीर कन्हाईलाल दत्त ने अपनी पिस्तौल में बची हुई आखिरी गोली से गद्दार नरेंद्र गोस्वामी का वध कर दिया। इसके बाद कन्हाईलाल और सत्येंद्रनाथ भाग सकते थे, लेकिन वे स्वेच्छा से गिरफ्तार हो गए। दोनों क्रांतिवीरों

पर मुकदमा चला। कन्हाई ने वकील लेने से मना करते हुए गर्व के साथ नरेंद्र का वध करना स्वीकारा।

कन्हाईलाल को फाँसी की सजा सुनाई गई तो उन्हें मानो वांछित पुरस्कार मिल गया। उन्हें देश के लिए फाँसी पर चढ़ने का इतना गर्व था कि दंड सुननेवाले दिन से लेकर फाँसी के दिन के बीच उनका वजन 16 पौंड बढ़ चुका था। कन्हाईलाल ने मृत्यु को जीत लिया था। जीवन की अंतिम रात कन्हाईलाल इतनी बेफिक्री से सोए कि सुबह वे किसी अन्य व्यक्ति के जगाए जाने पर उठे। 30 अगस्त, 1888 को हुगली में जनमे कन्हाईलाल दत्त को मात्र 20 वर्ष की उम्र में 10 नवंबर, 1908 को अलीपुर की केंद्रीय जेल में फाँसी दे दी गई। लोगों ने कन्हाई का अंतिम संस्कार चंदन की लकड़ियों की चिता सजाकर किया। हजारों लोग उमड़े और चिता की भस्म ठंडी होने पर चुटकी-चुटकी भर अपने घर ले गए और बाद में उसे ताबीज में डालकर स्वयं पहना तथा बच्चों को भी पहनाया।

□

23

यतींद्रनाथ मुखर्जी

(बाघा यतीन)

अंग्रेजों की गोलियों का सामना कर वीरगति पानेवाले यतींद्रनाथ मुखर्जी बंगाल के क्रांतिकारियों में अग्रगण्य थे। उनका जन्म तत्कालीन बंगाल प्रांत के जैसोर जिले के पावना ग्राम में 8 दिसंबर, 1879 को हुआ थे। उनके पिता उमेश चंद्र बनर्जी धर्मशास्त्र के पंडित एवं माता शरत शशि देवी एक धर्म परायणा व समाज-सेविका थीं। तरुणावस्था में एक खूँखार बाघ को मार देने के कारण वे 'बाघा यतीन' के नाम से जाने जाने लगे। इंटरमीडियट की शिक्षा प्राप्ति के उपरांत आशुलिपि का पाठ्यक्रम पूरा कर यतींद्रनाथ मुखर्जी बंगाल सरकार के वित्त सचिव के अधीन क्लर्क के पद पर नियुक्त हुए। शीघ्र ही कुशल स्टेनोग्राफर के रूप में बंगाल के गवर्नर के निजी सचिव के मातहत वे काम करने लगे। पर अपने स्वतंत्र विचारों के कारण उन्होंने सरकारी नौकरी से इस्तीफा दे दिया। स्वामी निरालंब (विप्लवी नेता जितेंद्र नाथ बनर्जी) की प्रेरणा से उन्होंने 'अनुशीलन समिति' की सदस्यता ग्रहण की। बारीसाल (अब बांग्लादेश) में समिति की जो शाखा थी, उसका उन्हें प्रधान बनाया गया। क्रांतिकारी संगठन बनाने में एम.एन. राय तथा अरविंद घोष सरीखे क्रांतिकारियों के वे सहयोगी रहे।

उन्हीं दिनों 'युगांतर' पत्रिका में प्रकाशित अपने विभिन्न लेखों के जरिए नवयुवकों को विप्लवी मार्ग पर लाने के लिए वे प्रेरित कर रहे थे। उसी काल में हावड़ा षड्यंत्र केस में उन्हें गिरफ्तार कर लिया गया, जिसमें सजा स्वरूप कलकत्ता के अलीपुर जेल में 14 महीने तक उन्हें रहना पड़ा। सन् 1908 में मानिक तल्ला बम कांड में अरविंद घोष के गिफ्तार हो जाने के बाद दल का नेतृत्व यतींद्रनाथ के कंधों पर आ गया। तभी से कलकत्ता का पथरिया घाट का उनका घर क्रांतिकारी गतिविधियों का केंद्र बन गया। बंगाल के क्रांतिकारियों को सुसंगठित कर यतींद्र ने उन्हें अपने दल में शामिल किया। विप्लवी कार्यों के लिए दो वर्षों के भीतर उनके नेतृत्व में 13 राजनैतिक डकैतियाँ की गईं तथा कई अत्याचारी अधिकारियों को यमलोक भेजा गया। 'गदर पार्टी' की

सफलता के लिए जर्मन शस्त्रास्त्रों की खेप को लेने के लिए वे उड़ीसा चले गए। वहीं पर 9 सितंबर, 1915 को पुलिस की एक बटालियन ने उनके दल को घेरकर गोलीबारी की। घायलावस्था में गिरफ्तार कर उन्हें अस्पताल में ले जाया गया। अंग्रेजों के नापाक हाथों से निजात पाने के लिए अस्पताल में ही दूसरे दिन 10 सितंबर की सुबह में उन्होंने घाव की पट्टियाँ खोलकर फेंक दीं तथा टाँके भी तोड़ डाले। फलस्वरूप अत्यधिक रक्तस्राव होने के कारण उसी रोज उनका स्वर्गवास हो गया। इस महान् सेनानी के सम्मान में मेट्रो रेलवे कलकत्ता ने सियालदह–गरिया के मध्य एक स्टेशन का नाम 'बाघा यतीन' रखा है।

□

24

कांशीराम

(गदर पार्टी के कोषाध्यक्ष)

पंजाब के अंबाला जिले के एक छोटे से गाँव बड़ी मढ़ौली में पिता गंगा राम के घर जनमे पं. कांशीराम ने पटियाला हाई स्कूल से मैट्रिक की परीक्षा उत्तीर्ण की। उस सफलता के पश्चात् अंबाला के जिला मजिस्ट्रेट के कार्यालय में वे नौकरी करने लगे। अपने आर्य समाजी परिवार से ही कांशीराम को राष्ट्रभक्ति की प्रेरणा मिली थी। युवावस्था में अच्छी नौकरी की तलाश में वे हांगकांग चले गए, फिर वहाँ से पंजाब के लोगों के साथ संयुक्त राज्य अमेरिका चले गए। वहाँ रोजी-रोटी हेतु छोटे-मोटे काम करते हुए बाद में वे वहीं पर बारूद बनाने की कंपनी में काम करने लगे। जैसे ही कुछ पूँजी जमा हुई कि स्वतंत्र रूप से वे ठेकेदारी का भी कार्य करने लगे। कालांतर में भारतीय क्रांतिकारियों के संपर्क में आकर वे भी एक कट्टर क्रांतिकारी बन गए। सैंट जोन में उनका निवासस्थान क्रांतिकारियों का अड्डा बन गया था। उन्हीं दिनों, यानी वर्ष 1910 में अमेरिका में राष्ट्रवादी तारक नाथ दास के नेतृत्व में 'इंडियन इंडिपेंडेंस लीग' नामक क्रांतिकारी संगठन की स्थापना की गई।

पं. कांशीराम भी उस संगठन के एक सक्रिय सदस्य बन गए। साथ ही उन्होंने उस संस्था को आर्थिक सहायता भी पहुँचाई। लीग द्वारा स्वदेशी भावना का प्रचार-प्रसार भी किया जा रहा था। इसके अनंतर वर्ष 1913 में अमेरिका में ही 'गदर पार्टी' की जब स्थापना की गई, तब कांशीराम को ही उसका कोषाध्यक्ष बनाया गया। प्रथम विश्वयुद्ध छिड़ने पर भारत में गदर करने के लिए 'लामा' नामक जहाज से उन्हें स्वदेश भेजा गया। नगद एवं हथियार के साथ 25 नवंबर, 1914 को वे पंजाब आ गए। गदर के लिए हथियारों की खरीद के लिए काफी रुपयों की बड़ी आवश्यकता महसूस की जा रही थी। इसलिए 27 नवंबर, 1914 को अपने विप्लवी दल के साथ फिरोजपुर जिले में स्थित मोगा में सरकारी खजाने को लूटने की योजना बनी। उसी अभियान में पुलिस मुठभेड़ में कांशीराम घटनास्थल पर ही गिरफ्तार कर लिये गए। क्रांतिकारियों

के हमले में पुलिस के कुछ जवान भी मारे गए। फिरोजपुर के सेशन जज ने सरकारी मुलाजिम की हत्या के अभियोग में 13 फरवरी, 1915 को उन्हें फाँसी की सजा सुनाई, जिसे उन्होंने हँसते-हँसते स्वीकार किया। तदनुसार मांटगुमरी के कारागार में 25 मार्च, 1915 को उन्हें फाँसी पर लटका दिया गया।

□

25

चित्तप्रिय राय चौधरी

तत्कालीन संयुक्त बंगाल प्रांत के फरीदपुर के ग्राम खलिया में सन् 1889 में जनमे चित्तप्रिय राय चौधरी में फरीदपुर में राजनितिक डकैती डालकर ब्रिटिश हुकूमत को हिला दिया था।

स्वतंत्रता हेतु ब्रिटिश फौज से टक्कर लेनेवाले महाकाली के इस अनन्य भक्त का जन्म तंत्र-साधना के लिए प्रसिद्ध एक बंगाली परिवार में हुआ था। बंगाल प्रांत का यह तरुण क्रांतिकारी छात्र-जीवन में ही विप्लवियों के संपर्क में आ गया था। बाद में महान् विप्लवी शेरे बंगाल बाघा यतींद्रनाथ मुखर्जी के दल में वे शामिल हो गए। उनकी प्रेरणा से क्रांति के कुश-कंटक मार्ग का हमराही बनकर उन्होंने फरीदपुर में एक राजनैतिक डकैती को अंजाम दिया। 'फरीदपुर षड्यंत्र' (डकैती अभियोग) में सजा स्वरूप 19 दिसंबर, 1913 से 20 अप्रील, 1914 तक उन्हें कालकोठरी में रहना पड़ा। दलपति बाघा यतीन के आदेश से विप्लवियों को पकड़वाने वाले गद्दारों, पुलिसकर्मियों का उन्होंने सफाया करना शुरू कर दिया। तरक्की पाने के लिए कलकत्ता पुलिस का सी.आई.डी. इंस्पेक्टर सुरेश चंद्र मुखर्जी भी क्रांतिकारियों को सजा दिलवाने हेतु रात-दिन एक किए हुए था।

कलकत्ता के मानिकतल्ला चौराहे पर 28 फरवरी, 1915 को चित्तप्रिय राय चौधरी ने उसका भी काम तमाम कर डाला। साथ में इंस्पेक्टर का अर्दली शिव प्रसाद भी मारा गया। प्रथम विश्वयुद्ध के कालखंड में 'गदर पार्टी' द्वारा ब्रिटिश सरकार का तख्ता पलट देने की बृहत् योजना बनाई गई। इसके अंतर्गत श्यामजी कृष्ण वर्मा तथा लाला हरदयाल सरीखे प्रवासी भारतीय अंग्रेजों के शत्रु-देश जर्मनी से प्रचुर मात्रा में शस्त्रास्त्र भारत भिजवा रहे थे। हथियारों से लदा वैसा ही एक जर्मन जहाज उड़ीसा के बालेश्वर तट पर आनेवाला था। उन हथियारों को प्राप्त करने के लिए बाघा यतीन के नेतृत्व में चित्तप्रिय राय चौधरी भी उड़ीसा पहुँचे। पीछा कर रही पुलिस की निगाहों से बचने के लिए भेस बदलकर वे लोग उड़ीसा के जंगलों में रह रहे थे। जहाज अभी पहुँचा भी नहीं था कि गुप्तचरों ने उनके बारे में पता लगा लिया। मयूरभंज जिले में बूढ़ी बालम नदी के तट

पर पुलिस दल से क्रांतिकारियों का एक दिन सामना हो गया। कुख्यात अंग्रेज पुलिस आयुक्त चार्ल्स टैगर्ट, जिला मजिस्ट्रेट तथा अंग्रेज पुलिस कप्तान सशस्त्र पुलिस बल का नेतृत्व कर रहे थे। उसी भीषण मुठभेड़ में क्रांतिकारियों में से सर्वप्रथम शहीद होनेवालों में चित्तप्रिय राय चौधरी ही थे। पिछले 48 घंटों से जंगल में भूखे-प्यासे लड़ते हुए इस विप्लवी की वीरता एवं साहस को देखकर चार्ल्स टैगर्ट भी हैरान रह गया। यह घटना 9 सितंबर, 1915 को प्रात: 11 बजे घटी थी।

□

26

राम रक्खा

(सेल्युलर जेल में अनशन करके अपनी आहुति देनेवाले प्रथम सेनानी)

गदर पार्टी के कार्यकर्ता एवं 'बर्मा षड्यंत्र केस' के कैदी पं. राम रक्खा पंजाब के एक क्रांतिकारी थे। उनका जन्म पंजाब प्रांत के जिला होशियारपुर के अंतर्गत सासोली नामक ग्राम में सन् 1889 में एक ब्राह्मण परिवार में हुआ था। रोजी-रोटी कमाने के लिए बाद में वे अमेरिका चले गए। उस समय तक स्वतंत्रता के लिए उनके मन में कोई सवाल नहीं उठा था। अमेरिका जाकर पं. सोहनलाल पाठक के नेतृत्व में लाला हरदयाल द्वारा स्थापित 'गदर पार्टी' के एक सक्रिय कार्यकर्ता बनकर पार्टी का कार्य करने लगे। गदर सदस्यों को वहाँ की सरकार द्वारा जितना तिरस्कृत किया जाता, क्रांतिकारियों में विरोधी भावना उतनी ही बलवती होती गई। प्रथम महासमर के कालखंड में भारत में विद्रोह छेड़ने के उद्देश्य से हजारों प्रवासी भारतीयों ने अपना जीवन उत्सर्ग करने की प्रतिज्ञा की। उस निमित्त अमेरिका से जो भारतीय प्रवासी 'एक्सप्रेस ऑफ कोरिया' नामक जहाज से भारत आए, उनमें पं. राम रक्खा भी थे। 'एक्सप्रेस ऑफ कोरिया' उन दिनों क्रांतिकारियों को लानेवाला पहला जलपोत था, जो सन् 1914 के 29 अगस्त को अमेरिका के सैन फ्रांसिस्को से भारत के लिए रवाना हुआ।

अमेरिका-कनाडा से भारत आनेवाले क्रांतिकारियों का वह पहला काफिला भी था। रास्ते में जापान के नागाशाकी में हथियार के प्रबंध हेतु राम रक्खा वहीं उतर गए, क्योंकि 'गदर पार्टी' के आदेश से उन्हें सिंगापुर, स्याम, थाईलैंड, बर्मा आदि ब्रिटिश उपनिवेशों में, जहाँ भारतीय देशी सेना तैनात थी, उसमें क्रांति-संदेश फैलाना था। राम रक्खा के सद्प्रयास से वहाँ के रोषावेशित सशस्त्र सैनिकों ने विद्रोह की चेष्टा की, परंतु गदर सदस्य नवाब खान तथा कृपाल सिंह के गद्दारी के कारण उसका भेद नियत समय से पूर्व ही खुल जाने के कारण उस क्रांति को अंग्रेजों ने बुरी तरह

से कुचल दिया। रंगून में क्रांति फैलाते समय राम रक्खा को रँगे हाथों गिरफ्तार कर लिया गया। वहाँ से उन्हें लाहौर लाया गया, जहाँ मुकदमा चलाकर उन्हें कालापानी के आजीवन कारावास की सजा दी गई। सारी संपत्ति की जब्ती भी उस सजा में शामिल थी। जिस दिन विष्णु गणेश पिंगले को फाँसी पर लटकाया गया, उसी रोज राम रक्खा को कलकत्ता के प्रेसीडेंसी जेल के लिए भेज दिया गया, जहाँ तीन-चार दिन रहने के पश्चात् 'महाराजा' नामक जल पोत से उन्हें अंडमान ले जाया गया। वहाँ के आयरिश जेलर बारी ने अंडमान जेल में आते ही पहले ही दिन उनका जनेऊ उतरवा डाला, जिसके विरोध में उन्होंने भूख हड़ताल की।

अंडमान जेल के वे प्रथम व्यक्ति थे, जिसने उस जुल्म का प्रतिरोध किया। बलात् उनके नाक में नली डालकर दूध पिलाया गया, जो फेफड़े में चला गया, जिससे उनकी तपेदिक की बीमारी और भी बढ़ती गई। कालापानी की यातनाएँ झेलते-झेलते तीन माह के उपरांत जेल की कोठरी में ही 8 जून, 1919 को वे शहीद हो गए। अंडमान जेल में अनशन करके अपनी आहुति देनेवाले क्रांतिकारी आंदोलन के बीसवीं शताब्दी के वे प्रथम बलिदानी थे। उनकी शहादत के पश्चात् कानून जारी किया गया कि अंडमान जेल में आगे किसी भी कैदी का यज्ञोपवीत नहीं उतारा जाएगा।

□

27

भान सिंह

(सुनेत, पंजाब)

आजीवन कारावास की सजा पाए गदरियों को रोंगटे खड़े करनेवाले कष्ट भोगने पड़े। प्रथम लाहौर षड्यंत्र केस के स्वतंत्रता सेनानी भान सिंह की मृत्यु भी तड़प-तड़पकर जेल के शिकंजों में ही हुई। उनका जन्म तत्कालीन पंजाब प्रांत के सुनेत ग्राम में हुआ था। पंजाब के अन्य लोगों की भाँति वे भी गदर के दिनों में अमेरिका के कैलिफोर्निया शहर में रह रहे थे। वहाँ पर उनका अच्छा कारोबार था तथा रोजी-रोटी की कोई समस्या नहीं थी। गदर पार्टी से प्रभावित होकर भान सिंह भी 150 प्रवासी क्रांतिकारियों के साथ 'प्रिंसेज कोरिया' नामक जहाज से 29 अगस्त, 1914 की सुबह भारत के लिए रवाना हुए। गदर में भाग लेने के अपराध में नवंबर 1915 में उन्हें अंडमान भेज दिया गया। उन्हें प्रतिदिन वहाँ 30 पौंड नारियल की जटा कूटने, लोहे के कोल्हू से बैल की तरह घूम-घूमकर 20 पौंड तेल निकालने का काम दिया गया। काम पूरा न होने पर नंगा बदन कोड़ों से पीटा जाता तथा खाना बंद कर दिया जाता। फरवरी 1917 में एक देन वहाँ के जेल वार्डरों से भान सिंह की जब बहस हुई, तब से उन्हें डंडा-बेड़ी की छह माह की सजा हो गई।

एक दिन जेलर डेविड बारी से झड़प होने पर उन्हें जब निर्ममता से पीटा जा रहा था, तभी बंदी बसाखा सिंह, केशर सिंह मरहना, उधम सिंह कसेल, लाल सिंह भूरे, गुरुमुख सिंह लालटन तथा झाँसी वाले परमानंद दौड़ पड़े। तब डरकर बारी वहाँ से भाग चला। एक बार अंडमान प्रशासन का मुख्य आयुक्त जब जेल का भ्रमण करने आया, तब बंदी त्रैलोक्य नाथ चक्रवर्ती ने भान सिंह की निर्दयतापूर्वक की गई पिटाई की उससे शिकायत की, तब आयुक्त ने कहा कि उससे उनको क्या मतलब है ? उसी पिटाई के बाद से उन्हें खून की उलटी होने लगी तथा उसके चंद दिनों के बाद ही वे शहीद हो गए। उनकी अकाल मृत्यु के खिलाफ सेल्युलर जेल में बंदी सोहन सिंह भखना (1870-1968) तथा ग्राम लाडलू, जिला अंबाला के रहनेवाले पृथ्वी सिंह

आजाद (15 सितंबर, 1892-1990) ने भूख हड़ताल की। बंदी विनायक दामोदर सावरकर ने भी उस वृद्ध क्रांतिकारी का मौन मरण अपनी आँखों से देखा तथा द्रवित होकर उन पर लिखा भी।

□

28

कासिम मंसूर

गदर आंदोलन के महान् क्रांतिकारी कासिम मंसूर मूल रूप से गुजरात प्रांत के रहनेवाले थे, जो गदर के दिनों में सिंगापुर में रह रहे थे। सिंगापुर शहर से कुछ ही किलोमीटर दूर पसीर पंजाग नामक बंदरगाह के किनारे वे चाय की एक दुकान चलाते थे। दक्षिण-पूर्व एशिया में फैले अपने तमाम उपनिवेशों की सुरक्षा के लिए ब्रिटिश शासकों ने सिंगापुर में 'पाँचवीं होली लाइट इन्फैंट्री' तथा 'मलाया स्टेट गाइड' नामक दो पलटनों की तैनाती कर रखी थी। उक्त पलटनें वहाँ की अंग्रेजी छावनी एलेक्जेंड्रा में रह रही थीं। कासिम मंसूर सरीखे गदर कार्यकर्ताओं ने ब्रिटिश साम्राज्यवाद के खिलाफ उन पलटनों के कुल आठ सौ पंद्रह सैनिकों को विद्रोह के लिए तैयार कर लिया तथा उनसे यह भी सहमति ले ली कि विस्तारवादी ब्रिटेन की ओर से प्रथम विश्वयुद्ध में वे नहीं लड़ेंगे। क्रांतिकारियों के आह्वान पर उन पैदल सेनाओं ने फरवरी 1915 में सिंगापुर के किले पर कब्जा कर लिया, जो लगभग एक सप्ताह तक कायम रहा। वहाँ के शस्त्रागार पर भी कब्जा करने के बाद अंग्रेज अधिकारियों को मार-पीटकर सिंगापुर को ब्रिटिश शिकंजे से मुक्त करा लिया।

भारत स्थित गोरे शासकों को शीघ्र ही उस अप्रत्याशित घटना की खबर मिल गई। 15 फरवरी, 1915 की रात में उन विद्रोही सैनिकों को आदेश दिया गया कि वे अपने हथियार गोदाम में जमा कर दें। गदर समर्थक अधिकारियों ने उस हुक्म की उदूली कर कई उच्च सैन्य अधिकारियों एवं अंग्रेजी फौज के 47 जवानों को गोली से उड़ा दिया। आमने-सामने की उस लड़ाई में 201 स्वतंत्रता सेनानी भी मारे गए तथा कासिम मंसूर को कैद कर लिया गया। तत्पश्चात् 18 फरवरी, 1915 को ब्रिटिश सैनिकों की एक पलटन इस घटना के दमन के निमित्त सिंगापुर पहुँच गई। उसी समय ब्रिटिश समर्थक जापानी एवं जार की रूसी फौजें भी सिंगापुर आ धमकीं। उक्त सेनाओं की बदौलत अंग्रेजों ने 21 फरवरी, 1915 को सिंगापुर पर फिर से कब्जा जमा लिया।

सैनिक अदालत में मुकदमा चलाकर प्रमुख गदर नेताओं समेत कासिम मंसूर

को सिंगापुर की ओट्राम जेल में फाँसी पर लटका दिया गया तथा गदर के अन्य 38 जवानों को सार्वजनिक रूप से गोली मार दी गई। उस दमन के खिलाफ उठे विद्रोह में क्रांतिकारियों द्वारा 8 ब्रिटिश अधिकारियों समेत 17 ब्रिटिश नागरिक भी मारे गए। कासिम मंसूर की शहादत से द्रवित होकर बाद में गदर पार्टी के क्रांतिकारी अमर सिंह (कवि) ने दुःख जताते हुए कई शोक-संतप्त पदावलियों की रचना की।

□

29

ज्योतिष चंद्र पाल

जंग-ए-आजादी में आत्माहुति देनेवाले ज्योतिष चंद्र पाल का जन्म पं. बंगाल के नदिया जिले के कोमलपुर गाँव में माधव चंद्र पाल के घर हुआ था, जो बंगाल के एक प्रबल क्रांतिकारी थे। अपने मुल्क की खोई हुई स्वतंत्रता को पुनः प्राप्त करने के प्रयासरत प्रसिद्ध विप्लवी नेता बाघा यतींद्रनाथ मुखर्जी की प्रेरणा से ज्योतिष चंद्र पाल विप्लवी मार्ग के अनुयायी बने। क्रांति दल के आदेश पर ज्योतिष ने विप्लवियों को गिरफ्तार करवानेवाले कई गद्दारों, पुलिसकर्मियों एवं अंग्रेजों को मौत के घाट उतारा। तब तक उनका कार्यक्षेत्र बंगाल ही था, पर कलकत्ता के पथरिया घाट मोहल्ले में पुलिस जब उन्हें परेशान करने लगी, तब वह स्थान उन्हें छोड़ना पड़ा। प्रथम विश्वयुद्ध के समय अंग्रेजों का शत्रु देश जर्मनी भी भारतीय क्रांतिकारियों को सहयोग कर रहा था। उन्हीं दिनों 'गदर पार्टी' के सदस्य विदेशों से हथियार वगैरह इकट्ठा कर रहे थे, ताकि युद्ध के दौरान ही 21 फरवरी, 1915 को क्रांति कर अंग्रेजी सरकार का तख्ता पलट दिया जाए। लाला हरदयाल एवं श्याम कृष्ण वर्मा ज्योतिष चंद्र पालजी (मांडवी, कच्छ 1857-जेनेवा स्वीट्जरलैंड, 31 मार्च, 1930) नामक प्रवासी भारतीय स्वदेश भक्त गुप्त रूप से भारतीयों को जर्मनी द्वारा शस्त्र भिजवा रहे थे। विदित हो कि श्यामजी कृष्ण वर्मा पहले भारतीय थे, जो विदेश जाकर क्रांतिकारी कार्यों में लगे हुए थे।

उसी तरह का एक जर्मन जहाज प्रचुर मात्रा में शस्त्रास्त्र लेकर उड़ीसा के बालेश्वर तट पर पहुँचने वाला था, जिसे लेने के लिए बाघा यतींद्रनाथ के साथ ज्योतिष चंद्र पाल भी उड़ीसा गए। विप्लवियों की योजना थी कि शस्त्रों की आपूर्ति होते ही कलकत्ता के फोर्ट विलियम किले पर आक्रमण कर उस पर कब्जा कर लिया जाए। यह दीगर बात है कि वह धनराशि, आठ हजार रायफल और चार लाख कारतूस आदि दुर्भाग्य से बीच में ही पकड़ ली गई तथा भारत नहीं पहुँच सकी। बालेश्वर रेलवे स्टेशन पहुँचने के क्रम में उड़ीसा के मयूरभंज के जंगलों में बूढ़ीवालम नदी के तट पर

कैप्टीपोडा नामक गाँव में ब्रिटिश फौज ने उन विप्लवियों को 9 सितंबर, 1915 को प्रातः 11 बजे घेर लिया। उस फौज का नेतृत्व बालेश्वर के जिला मजिस्ट्रेट किलवी, आरक्षी अधीक्षक मेजर फ्रेथ एवं गुप्तचर विभाग का कुख्यात पुलिस कमिश्नर चार्ल्स टैगर्ट कर रहा था।

विदित हो कि टैगर्ट सीधे स्कॉटलैंड से आया, खास अंग्रेज अधिकारियों में से एक था। उसी मुठभेड़ में ज्योतिष चंद्र पाल जख्मी होकर खून से लथपथ हो गए। घायलावस्था में उन्हें गिरफ्तार कर लिया गया। राजद्रोह का आरोप लगाकर उनके खिलाफ मुकदमा चलाया गया, जिसमें 16 अक्तूबर, 1915 को उन्हें 14 वर्ष की कालापानी की सजा सुनाई गई। अंडमान के सेल्युलर जेल में उन्हें इतना सताया एवं आघात पहुँचाया गया कि वे पागल हो गए। तब वहाँ से उन्हें ढाका जिले के बहरामपुर जेल के पागलखाना में भेजा गया, जहाँ पर वे तिल-तिल गलकर शहीद हो गए।

□

30

रहमत अली शाह

पंजाब प्रांत के लुधियाना जिलांतर्गत हलवासिया गाँव के एक साधारण परिवार में रहमत अली शाह का जन्म हुआ था। ब्रिटिश इंडियन आर्मी को भड़काने के आरोप में उन्हें मौत की सजा दी गई। उनकी पढ़ाई-लिखाई ज्यादा नहीं हो सकी थी। घर की आर्थिक हालत ठीक नहीं रहने के कारण वे फौज में भरती हो गए। मोटे-तगड़े, हृष्ट-पुष्ट इस नौजवान को जल्द ही हवलदार के पद पर प्रोन्नत कर दिया गया। उन दिनों पूर्वी एशिया के मलाया, बर्मा, सिंगापुर, स्याम इत्यादि देश ब्रिटिश साम्राज्य के अंतर्गत ही थे। रहमत अली को भी उन्हीं भूभागों की सुरक्षा के लिए सिंगापुर में भेज दिया गया, क्योंकि विश्वयुद्ध के बादल मँडराने शुरू हो गए थे।

प्रथम विश्वयुद्ध के कालखंड में ही गदर पार्टी के सदस्यों ने योजना बनाई कि भारत को स्वतंत्र कराने का यह एक सुनहला मौका है। कारण यह था कि ब्रिटिश प्रशासन का सारा ध्यान विश्व में फैले अपने विशाल साम्राज्य की सुरक्षा में लगा हुआ था। पार्टी ने यह निश्चय किया कि 21 फरवरी, 1915 को संपूर्ण भारत में यकायक विद्रोह कर दिया जाए। उस विद्रोह को सफलीभूत करने के लिए पार्टी की ओर से क्रांतिकारियों को विभिन्न ब्रिटिश उपनिवेशों में स्थित फौजी छावनियों में क्रांति के प्रचार-प्रसार के लिए भेजा गया। पार्टी के आह्वान पर हलवदार संख्या 1890 रहमत अली शाह ने भी सिंगापुर स्थित 5वीं लाइट इन्फैंट्री पलटन के हिंदुस्तानी जवानों को विद्रोह के लिए भड़काना शुरू कर दिया। 21 फरवरी, 1915 के दिन खुल्लम-खुल्ला सेना के नियमों की अवमानना कर उसने हथियार छोड़ने से इनकार कर दिया। रहमत अली शाह को यह ज्ञात नहीं हो सका कि गद्दारों के कारण इस विद्रोह की पूरी जानकारी अंग्रेजों को पहले ही मिल चुकी थी। अतः विद्रोह शुरू होते ही अधिकारियों ने स्थित को पूरी तरह से नियंत्रित कर लिया।

अपने अधिकारियों की हुक्म अदूली करने तथा सेना को भड़काने के आरोप में रहमत अली शाह को गिरफ्तार कर लिया गया। सिंगापुर में ही उनका कोर्ट मार्शल

कर 16 मार्च, 1915 को उन्हें मृत्युदंड की सजा सुना दी गई। 23 मार्च, 1915 को सिंगापुर जेल के बाहर वध स्थल पर खड़ा कर सार्वजनिक रूप से उन्हें गोलियों से उड़ा दिया गया। उसी मामले में सैनिक संख्या 2056 लांस नायक हाशिम अली खान वल्द अरशाद खान मुकाम कलानौर, जिला रोहतक, सैनिक संख्या 2276 अल्लाह बख्श वल्द अब्दुल खान मुकाम रासघन, जिला अमृतसर तथा सैनिक संख्या 1999 नायक सिलारु खान वल्द मीरा बख्श मुकाम जमालपुर, जिला हिसार को आजीवन कैद की सजा सुनाई गई।

□

31

सुशील कुमार सेन

मातृभूमि की स्वतंत्रता हेतु शहीद होनेवाले सुशील कुमार सेन का जन्म बंगाल प्रांत के सियालदह उपनगर में हुआ था। कलकत्ता के नेशनल कॉलेज में शिक्षा ग्रहण करते समय ही वे क्रांति मार्ग के अनुयायी बन गए। उच्चकोटि के उग्रवादी नेता विपिन चंद्र पाल (1858-1932) की छह माह की सजा के विरुद्ध विद्यार्थियों ने अदालत के सामने जोरदार प्रदर्शन किया। उसी प्रदर्शन में छात्रों के हुजूम पर जुल्म ढाने के कारण लाल बाजार कलकत्ता के एक अंग्रेज सार्जेंट पर सुशील कुमार सेन ने हमला कर दिया। उनकी बहादुरी पर खुश होकर बंगाल के प्रसिद्ध राष्ट्रवादी नेता सुरेंद्र नाथ बनर्जी (पूना कांग्रेस 27-12-1895 के सभापति) ने उन्हें सत्येंद्र नाथ बसु स्वर्ण पदक भेजा। उक्त पुलिस अधिकारी को पीटने के अपराध में प्रेसिडेंसी मजिस्ट्रेट किंग्सफोर्ड की अदालत में उन पर मुकदमा चलाया गया, जिसमें उन्हें पंद्रह बेंत लगाने की सजा दी गई।

फोर्ड देशभक्तों को प्राय: कठोर सजा दिया करता था। उस घटना के पश्चात् किंग्सफोर्ड की हत्या हेतु हथियार जुटाने में वे लगे हुए थे कि सन् 1908 में अलीपुर बम केस में उन्हें गिरफ्तार कर लिया गया। उस बम केस में कन्हाई लाल भट्टाचार्य, सत्येंद्र नाथ बसु, उल्लासकर दत्त, उपेन बनर्जी वगैरह को भी पकड़ लिया गया। सात साल के बाद जब सुशील सेन रिहा हुए, तब फिर कलकत्ता के आततायी पुलिस इंस्पेक्टर सुरेश मुखर्जी को गोली मारने में वे शामिल हुए। तत्पश्चात् गदर पार्टी के आह्वान पर पुन: शस्त्रास्त्र की आपूर्ति हेतु उनके नेतृत्व में एक राजनैतिक डकैती डाली गई। 30 अप्रैल, 1915 को प्रागपुर नामक गाँव, जिला नदिया के हरि नाथ साहा की दुकान पर उन्होंने डाका डाला, जिसमें सात हजार मूल्य की नगदी और जेवरात हाथ लगे। जब वे वहाँ से नाव पर सवार होकर कलकत्ता लौट रहे थे, तभी कन्हाई लाल भट्टाचार्य पर पुलिस ने पीछे से गोली चलाना शुरू कर दिया। उसी मुठभेड़ में गोली लग जाने से सुशील कुमार सेन नाव पर ही शहीद हो गए। उनके क्रांतिकारी साथियों ने

उनके मृत शरीर को वहीं हुगली नदी में ससम्मान प्रवाहित कर दिया।

प्रागपुर डकैती के अन्य क्रांतिकारियों में से आशु लाहिड़ी, गोपेन राय, क्षितिज सान्याल एवं फनी राय को पुलिस ने बाद में गिरफ्तार कर लिया। उन विप्लवियों के खिलाफ मुकदमा चलाया गया, जिसमें कालापानी की सजा देकर उन चारों को अंडमान भेज दिया गया।

□

32

पिंगली वेंकैया

(राष्ट्रीय ध्वज के रचनाकार)

पिंगली वेंकैया या पिंगलि वेंकय्या भारत के राष्ट्रीय ध्वज के अभिकल्पक हैं। वे भारत के सच्चे देशभक्त एवं कृषि वैज्ञानिक भी थे। पिंगली वेंकैया का जन्म 2 अगस्त, 1876 को वर्तमान आंध्र प्रदेश के मछलीपट्टनम के निकट भटलापेनुमारु नामक स्थान पर हुआ था। उनके पिता का नाम पांडुरंग और माता का नाम काल्पवती था और ये ब्राह्मणों के नियोगी कुल से संबद्ध थे। मद्रास से हाई स्कूल उत्तीर्ण करने के बाद वे अपने वरिष्ठ स्नातक को पूरा करने के लिए कैंब्रिज यूनिवर्सिटी चले गए। वहाँ से लौटने पर उन्होंने एक रेलवे गार्ड के रूप में और फिर लखनऊ में एक सरकारी कर्मचारी के रूप में काम किया। बाद में वे एंग्लो वैदिक महाविद्यालय में उर्दू और जापानी भाषा का अध्ययन करने लाहौर चले गए।

वे कई विषयों के ज्ञाता थे, उन्हें भूविज्ञान और कृषि क्षेत्र से विशेष लगाव था। वे हीरे की खदानों के विशेषज्ञ थे। पिंगली ने ब्रिटिश भारतीय सेना में भी सेवा की थी और दक्षिण अफ्रीका के एंग्लो-बोअर युद्ध में भाग लिया था। यहीं यह गांधीजी के संपर्क में आए और उनकी विचारधारा से बहुत प्रभावित हुए। 1906 से 1911 तक पिंगली मुख्य रूप से कपास की फसल की विभिन्न किस्मों के तुलनात्मक अध्ययन में व्यस्त रहे। उन्होंने बॉम्वोलार्ट कंबोडिया कपास पर अपना एक अध्ययन प्रकाशित किया।

इसके बाद वे वापस किशुनदासपुर लौट आए और 1916 से 1921 तक विभिन्न झंडों के अध्ययन में अपने आप को समर्पित कर दिया।

राष्ट्रीय ध्वज

भारत के राष्ट्रीय ध्वज, जिसे तिरंगा भी कहते हैं, तीन रंग की क्षैतिज पट्टियों के बीच नीले रंग के एक चक्र द्वारा सुशोभित ध्वज है। इसकी अभिकल्पना पिंगली वेंकैया ने की थी। इसे 15 अगस्त, 1947 को अंग्रेजों से भारत की स्वतंत्रता के कुछ ही दिन पूर्व

22 जुलाई, 1947 को आयोजित भारतीय संविधान सभा की बैठक में अपनाया गया था। इसमें तीन समान चौड़ाई की क्षैतिज पट्टियाँ हैं, जिनमें सबसे ऊपर केसरिया रंग की पट्टी, जो देश की ताकत और साहस को दरशाती है, बीच में श्वेत पट्टी धर्म-चक्र के साथ शांति और सत्य का संकेत है तथा नीचे गहरे हरे रंग की पट्टी देश के शुभ, विकास और उर्वरता को दरशाती है। ध्वज की लंबाई एवं चौड़ाई का अनुपात 3:2 है। सफेद पट्टी के मध्य में गहरे नीले रंग का एक चक्र है, जिसमें 24 आरे (तीलियाँ) होती हैं। ये इस बात की प्रतीक हैं कि भारत निरंतर प्रगतिशील है। इस चक्र का व्यास लगभग सफेद पट्टी की चौड़ाई के बराबर होता है व इसका रूप सारनाथ में स्थित अशोक स्तंभ के शेर के शीर्षफलक के चक्र में दिखनेवाले की तरह होता है। भारतीय राष्ट्रध्वज अपने आप में भारत की एकता, शांति, समृद्धि और विकास को दरशाता है। इसके क्रमिक विकास की कहानी कुछ इस प्रकार है—

राष्ट्रीय ध्वज की रचना की कहानी

काकीनाड़ा में आयोजित भारतीय राष्ट्रीय कांग्रेस के राष्ट्रीय अधिवेशन के दौरान वेंकैया ने भारत का खुद का राष्ट्रीय ध्वज होने की आवश्यकता पर बल दिया और उनका यह विचार गांधीजी को बहुत पसंद आया। गांधीजी ने उन्हें राष्ट्रीय ध्वज का प्रारूप तैयार करने का सुझाव दिया।

पिंगली वेंकैया ने पाँच सालों तक तीस विभिन्न देशों के राष्ट्रीय ध्वजों पर शोध किया और अंत में तिरंगे के लिए सोचा। 1921 में विजयवाड़ा में आयोजित भारतीय राष्ट्रीय कांग्रेस के अधिवेशन में वेंकैया पिंगली महात्मा गांधी से मिले थे और उन्हें अपने द्वारा डिजाइन लाल और हरे रंग से बनाया हुआ झंडा दिखाया। इसके बाद ही देश में कांग्रेस पार्टी के सारे अधिवेशनों में दो रंगों वाले झंडे का प्रयोग किया जाने लगा, लेकिन उस समय इस झंडे को कांग्रेस की ओर से आधिकारिक तौर पर स्वीकृति नहीं मिली थी।

इस बीच जालंधर के हंसराज ने झंडे में चक्र का चिह्न बनाने का सुझाव दिया। इस चक्र को प्रगति और आम आदमी के प्रतीक के रूप में माना गया। बाद में गांधीजी के सुझाव पर पिंगली वेंकैया ने शांति के प्रतीक सफेद रंग को भी राष्ट्रीय ध्वज में शामिल किया। 1931 में कांग्रेस ने कराची के अखिल भारतीय सम्मेलन में केसरिया, सफेद और हरे—तीन रंगों से बने इस ध्वज को सर्वसम्मति से स्वीकार किया। बाद में राष्ट्रीय ध्वज में इस तिरंगे के बीच चरखे का स्थान अशोक चक्र ने ले लिया।

□

33

राजकुमार शुक्ल

(महात्मा गांधी के तीसरे गुरु)

राजकुमार शुक्ल बिहार के पं. चंपारण के पड़ई नदी के किनारे बसे मुरली भरहवा ग्राम के निवासी थे। गांधी को बिहार लानेवाले शुक्त अत्यंत सीधे-सादे थे, लेकिन जिद्दी भी बहुत थे। वे जो करने की ठान लेते थे, उसे पूरा करके रहते थे। जब गांधीजी की इनसे पहली मुलाकात हुई तो वे गांधीजी को ज्यादा प्रभावित नहीं कर सके थे। लेकिन वे बार-बार गांधीजी से मिलते रहे और उन्हें किसानों की पीड़ा तथा अंग्रेजों द्वारा उनके शोषण की दास्तान बताते रहे। उनके प्रयासों के परिणामस्वरूप चार महीने के बाद ही चंपारण के किसानों को जबरदस्ती की नील की कष्टदायक खेती से मुक्ति मिल गई। इस किसान आंदोलन की शुरुआत अप्रैल 1917 में हुई थी और इसी के साथ गांधीजी का चंपारण के साथ हमेशा के लिए नाता जुड़ गया। गांधीजी ने अपने सत्याग्रह और अहिंसा के अस्त्रों का प्रथम प्रयोग चंपारण की धरती पर ही किया। इस आंदोलन से ही देश को राजेंद्र प्रसाद, आचार्य कृपलानी, मजहरूल हक, पुष्प किशोर प्रसाद जैसे महान् आंदोलनकारी मिले और यह राजकुमार शुक्ल की लगन से ही संभव हो सका।

राजकुमार शुक्ल के नेतृत्व में प्रारंभ किए गए किसान आंदोलन से ही देश को नया नेता और नई तरह की राजनीतिक दिशा प्राप्त हुई। दरअसल उस समय वहाँ 'तीन कठिया व्यवस्था' लागू थी, जिसके तहत प्रत्येक बीघे में से तीन कट्ठे में, अर्थात् 20 कट्ठे में से तीन कट्ठे में नील की खेती करने के लिए किसानों को विवश किया जाता था। नील की खेती बहुत कष्टदायक होती थी और अंग्रेजों का किसानों पर अत्याचार भी काफी था। इसी अत्याचार का विरोध करने के लिए उन्होंने किसान आंदोलन की शुरुआत की। आंदोलन के दौरान उन्हें कई बार अंग्रेजों के कोड़ों और प्रताड़ना का शिकार होना पड़ा। लेकिन इन प्रताड़नाओं ने इस सीधे-सादे किसान को और उत्साही बना दिया। वे इस कष्टदायक नील की खेती को समाप्त करने के लिए किसी बड़े नेता की तलाश में जुट गए। उनकी यह तलाश गांधीजी पर जाकर पूरी हुई।

महात्मा गांधी ने भी अपनी आत्मकथा में लिखा है—"राजकुमार शुक्ल सीधे-सादे, लेकिन जिद्दी शख्स थे। उन्होंने अपने इलाके के किसानों की पीड़ा और अंग्रेजों के शोषण की दास्तान बताई। मुझसे इसे दूर करने का आग्रह किया।" पहली मुलाकात में गांधीजी उनसे प्रभावित नहीं हुए थे, इसलिए टाल दिया, मगर पं. राजकुमार शुक्ल ने हार नहीं मानी। वे कम पढ़े-लिखे होने के कारण उस जमाने के विद्वान् लोगों से महात्मा गांधी के लिए पत्र लिखवाते थे। बताया जाता है कि वे उस जमाने के पत्रकार पीर मोहम्मद मुनीस से गांधीजी के लिए पत्र लिखवाते थे। पहले मुनीस पत्र लिखकर शुक्ल को सुनाते थे। उसका भाव उन्हें पसंद आता था, तब उसे गांधीजी को भेजते थे। एक पत्र में उन्होंने लिखवाया—"किस्सा तो सुनते हो औरों का, आज मेरी दास्तां सुनो। जिस प्रकार भगवान् श्रीरामचंद्र के चरण स्पर्श से अहिल्या तर गईं, उसी प्रकार श्रीमान के चंपारण में पैर रखते ही हम प्रजा का उद्धार हो जाएगा।" इस पत्र ने गांधीजी को काफी प्रभावित किया।

इसी बीच उन्हें दिसंबर 1916 में कांग्रेस के राष्ट्रीय अधिवेशन में राजकुमार शुक्ल व ब्रजकिशोर प्रसाद बिहार से कांग्रेस के प्रतिनिधि बनकर लखनऊ जाने का मौका मिला और वहाँ नील के किसानों की दुर्दशा का उन्होंने वर्णन किया। वहीं उनकी भेंट महात्मा गांधी से हुई। उन्होंने गांधीजी को चंपारण आने का निमंत्रण दिया। हालाँकि गांधीजी इनसे प्रभावित न हो सके। उन्होंने राजकुमार शुक्ल को चंपारण भ्रमण का आश्वासन तो दिया, लेकिन ज्यादा रुचि नहीं दिखाई। इस संबंध में गांधीजी ने अपनी आत्मकथा 'सत्य के प्रयोग' के पाँचवें भाग के बारहवें अध्याय में लिखा—"लखनऊ कांग्रेस में जाने के पहले मैं चंपारण का नाम तक नहीं जानता था। वहाँ नील की खेती होती है, इसका तो खयाल भी न के बराबर था। इसके कारण हजारों किसानों को कष्ट भोगना पड़ता है, इसकी भी मुझे कोई जानकारी न थी। चंपारण के किसान पं. राजकुमार शुक्ल वहाँ ले जाने के लिए मेरे पीछे थे।"

महात्मा गांधी ने राजकुमार शुक्ल से एक बार कहा भी कि फिलहाल वे उनका पीछा करना छोड़ दें। लेकिन राजकुमार शुक्ल ने गांधीजी का पीछा नहीं छोड़ा। वे उन्हें चंपारण लाने की जिद पर अड़े रहे। अंततः 10 अप्रैल, 1917 को गांधीजी कोलकाता, पटना, मुजफ्फरपुर होते हुए चंपारण पहुँचे और वहाँ अहिंसा तथा सत्याग्रह जैसे अस्त्रों का प्रथम सफल प्रयोग किया। यहाँ गांधीजी को कमिश्नर की अनुमति प्राप्त नहीं हुई, लेकिन राजकुमार शुक्ल के सहयोग से 15 अप्रैल, 1917 को उन्होंने चंपारण में किसान आंदोलन की शुरुआत की। किसानों की पीड़ा को कलमबद्ध किया गया। अखबारों में इस आंदोलन की बहुत चर्चा हुई और आंदोलन को जनता का भी भरपूर सहयोग मिलने लगा। अंततः अंग्रेजी सरकार को भी झुकना पड़ा और 135 सालों से चली आ रही नील की खेती धीरे-धीरे बंद हो गई।

अंग्रेजों को भारत से खदेड़कर देश स्वतंत्र करानेवाले गांधीजी ने राजकुमार शुक्ल के राष्ट्र व समाज-हित की इस जिद की बदौलत उन्हें अपना 'तीसरा गुरु' माना। भैरवलाल दास की पुस्तक 'महात्मा गांधी के तीसरे गुरु पं. राजकुमार शुक्ल' के आलोक में प्रो. (डॉ.) रत्नेश्वर मिश्र कहते हैं—"1857 के सिपाही विद्रोह के बाद बिहार के सबसे बड़े जननेता पं. राजकुमार शुक्ल ही हुए। गांधी को चंपारण आमंत्रित करने में सफल होते ही भारत के स्वाधीनता आंदोलन का परिदृश्य ही बदल गया। सिपाही विद्रोह के लगभग 60 वर्ष बाद चंपारण आंदोलन ही देश के सबसे सफल आंदोलन के रूप में इतिहास में वर्णित है।"

चंपारण किसान आंदोलन देश की आजादी के संघर्ष का महत्त्वपूर्ण स्तंभ है, इसके पीछे राजकुमार शुक्ल जैसे सीधे-सादे किसान का हाथ था। चंपारण आंदोलन देश के राजनीतिक इतिहास में अत्यंत महत्त्वपूर्ण स्थान रखता है और यह राजकुमार शुक्ल की जिद का ही परिणाम था, अन्यथा चंपारण आंदोलन से गांधीजी का जुड़ाव शायद ही संभव हो पाता। गांधीजी को महात्मा गांधी बनानेवाले किसान आंदोलन के सूत्रधार राजकुमार शुक्ल को इतिहास में उचित स्थान मिले, इसके लिए हमें उद्यम करना चाहिए। राजकुमार शुक्ल पर भारत सरकार ने दो स्मारक डाक टिकट जारी किए हैं।

स्रोत : साभार प्रतिमा सिन्हा, लाइब्रेरियन, होटल मैनेजमेंट इंस्टीट्यूट, हाजीपुर (बिहार)

□

34

श्रीमती श्यामा देवी

सूझबूझ और कार्य-कुशलता से भरपूर कर्मठ सेनानी श्रीमती श्यामा देवी का जन्म गढ़वाल के प्रसिद्ध मिश्रा घराने में हुआ था। वे अपने परिवार की सबसे बड़ी पुत्री थीं। उनका विवाह देवबंद के मुंसिफ परिवार में हुआ। 18 वर्ष की अल्पायु से ही उन्हें वैधव्य का जीवन काटना पड़ा। उन्होंने कुछ दिनों तक रुड़की में अध्यापन कार्य किया, तदुपरांत वे कोटद्वार चली गईं। सन् 1919 के जलियाँवाला बाग की घटना ने उनके मन में अंग्रेजों के प्रति बगावत की चिनगारी जला दी। तदुपरांत वे देहरादून आकर रहने लगीं, क्योंकि यहाँ उनके बहुत से निकट संबंधी थे।

16 अक्तूबर, 1929 में गांधीजी जब देहरादून आए, तब उनका सान्निध्य पाकर और उनकी बातचीत से वे बहुत प्रभावित हुईं। अब उन्होंने देहरादून में सक्रिय रूप से आंदोलन में भाग लेना आरंभ किया। उन्होंने लिखा—"जिस समय गांधीजी ने नमक कानून तोड़ा, आंदोलन को गति देने के लिए हम लोगों ने देहरादून जिले के विधौली ग्राम में खारे पानी से नमक बनाकर नमक कानून तोड़ा, इस समय श्री महावीर त्यागी, श्री नारायण दत्त डंगवाल, चौधरी बिहारी लाल और श्री हुलास वर्मा थे। मैंने गाँव-गाँव घूमकर खद्दर और चरखे का प्रचार किया। विदेशी कपड़ों का बहिष्कार कर उनकी होली जलवाई। पार्टी के लिए चंदा इकट्ठा करना मेरा प्रतिदिन का कार्य था। राष्ट्रीय भावना से भरे अनेक गीत, नारे हमारे रोम-रोम में उत्साह भरने का कार्य करते थे।"

सविनय अवज्ञा आंदोलन के दौरान उन्होंने स्वयंसेविकाओं के साथ विदेशी वस्त्रों और शराब की दुकानों पर धरना दिया। 13 अक्तूबर, 1930 को वे शर्मदा देवी त्यागी, श्रीमती भगवती देवी त्यागी और रामलुभाई देवी के साथ यूरोपीय लोगों की खरीदारी के केंद्र एस्ले बिल्डिंग स्थित श्री हसमल खान और श्री अनीस की दुकानों पर धरना देकर खरीदारों को दुकानों में प्रवेश करने से रोक रही थीं, उसी समय वे गिरफ्तार कर ली गईं। उन्होंने अदालती काररवाई में भाग लेने और अपनी सुरक्षा के संबंध में कुछ भी कहने से इनकार कर दिया। उन्हें 1930 के ऐक्ट-5 की धारा 4 के अंतर्गत 50 रुपए जुरमाने सहित चार माह की कैद की सजा सुनाई गई। वे लखनऊ और इलाहाबाद जेल में रहीं। यहाँ उनके साथ

जेल में कमला नेहरू, रानी राजेंद्र कुमारी, रानी विद्यावती आदि महिलाएँ थीं। वे 8 मार्च, 1931 को शासनादेश संख्या 135118, दिनांक 6 मार्च, 1931 के अंतर्गत रिहा कर दी गईं।

जेल से रिहा होने के बाद भी वे राजनीतिक गतिविधियों में भाग लेती रहीं। द्वितीय विश्वयुद्ध के प्रतिरोध में हुए व्यक्तिगत सत्याग्रह में भाग लेने हेतु उन्होंने देहरादून के मजिस्ट्रेट को 21 मार्च, 1941 को जो पत्र भेजा, उसका संक्षिप्त सार इस प्रकार था—

"जनाबे आला,

मुझे गांधीजी ने सत्याग्रह करने के लिए चुन लिया है, इसलिए मैं आपको सूचना देती हूँ कि मैं तारीख 24 मार्च, 1941 को 2:00 बजे, हनुमान चौक, पीपल मंडी, शहर देहरादून में नीचे लिखे नारे लगाकर सत्याग्रह करूँगी। नारे—'इस अंग्रेजी लड़ाई में आदमी या पैसे से मदद देना हराम है, हमारे लिए यही है कि अहिंसात्मक सत्याग्रह के जरिए हर हथियार बंद लड़ाई का विरोध करें।'"

उन्होंने 24 मई, 1941 को 250 लोगों की उपस्थिति में उपर्युक्त युद्ध-विरोधी नारे लगाकर जनता को वर्तमान युद्ध में सहायता देने से आगाह किया। इस पर उन्हें भारत रक्षा कानून के नियम 34 (6) के. एंड 38 (1) ए (5) के अंतर्गत 26 मार्च, 1941 को 12 माह की कैद की सजा दी गई।

भारत छोड़ो आंदोलन के दौरान वे फिर आगे आईं। सन् 1942 में एक विशाल जुलूस उनके नेतृत्व में जब कोतवाली पहुँचा तो पुलिस ने लाठीचार्ज किया। अनेक लोग घायल हुए। वे और उनकी 6 साथी महिलाएँ गिरफ्तार कर ली गईं।

सन् 1943 में एक सर्कुलर आया कि झंडा फहराया जाना चाहिए। आंदोलन का रूप तीव्र था, भय का वातावरण था। कोई भी झंडा फहराने को तैयार नहीं था। उनके घर से उस स्थान तक पुलिस, सी.आई.डी. का जबरदस्त पहरा लगा था। वे अपनी छतों से अनेक छतें फाँदकर गुरुद्वारे में से होकर नियत स्थान दर्शनी गेट पर पहुँच गई। 9 अगस्त, 1943 को प्रात: 9 बजकर 15 मिनट पर दर्शनी गेट पर उन्होंने तिरंगा झंडा फहराया और 'गवर्नमेंट बरबाद हो' के नारे लगाकर आसमान गुँजा दिया। इस पर उन्हें 50 रुपए जुरमाने सहित 3 माह की कठोर कैद और जुरमाना अदा न करने पर 2 माह अतिरिक्त कैद की सजा दी गई। उन पर लगे जुरमाने की वसूली के लिए पुलिस ने उनका सामान जब्त कर लिया।

स्वभाव से कट्टर धार्मिक विचारों की होने के कारण उन्होंने 40-40 दिन जेल में उपवास किया, क्योंकि स्वयं भोजन बनाकर खाने का उनका प्रण था। इसका प्रभाव उनके शरीर पर पड़ा, परंतु कष्टों को सहन करते हुए लक्ष्य की ओर बढ़ती रहीं।"

देश-सेवा के लिए वे सदैव राजनैतिक और सामाजिक क्षेत्र में सक्रिय रहीं। अंत में स्वर्गीया श्यामा देवी के स्वयं के शब्दों में—"हमने निस्स्वार्थ भावना, पवित्र देशभक्ति तथा भेद भूलकर और एकता में संगठित होकर कार्य किया।"

□

35

सैमुअल इवांस स्टोक्स, जो बाद में सत्यानंद स्टोक्स बने

(भारत के लिए जेल जानेवाला इकलौता अमेरिकी)

महात्मा गांधी के संपर्क में आकर आजीवन खादी पहननेवाले, भारत के पहाड़ों की आर्थिकी में सेब की लाली भरनेवाले, स्थानीय बोली और संस्कृत सीखनेवाले एकमात्र अमेरिकी थे सैमुअल इवांस स्टोक्स, जो बाद में 'सत्यानंद स्टोक्स' बन गए। भारतमाता को गुलामी की बेड़ियों से आजाद कराने में योगदान देनेवाले सनातन धर्म के अनुयायी सत्यानंद स्टोक्स का योगदान अविस्मरणीय है।

'जिस देश में रहना, जिस देश का खाना, बस वहीं के होकर रह जाना।' इस संदेश के साथ यह कहानी उस इकलौते अमेरिकी की है, जो युवावस्था में ईसाइयत का प्रचार करने भारत आया, किंतु उसे हिंदुस्तानी सभ्यता इतनी रास आई कि वह यहीं का हो गया कि भारतीय स्वाधीनता संग्राम में तन-मन-धन से शामिल हो गया। यूरोपीय होने के बावजूद अंग्रेजी सत्ता का विरोध करने के कारण उसे छह माह का कारावास हुआ। कुष्ठ रोग से लड़ते हिमाचलियों के घावों पर फाहा थे सैमुअल इवांस स्टोक्स। वे 1905 में ही भारत के इस हिमालयी क्षेत्र में आ गए थे। भारतमाता को गुलामी की बेड़ियों से मुक्त करने में उन्होंने अपना सर्वस्व समर्पित कर दिया। वे भारत के साथ इस तरह एक हो गए थे कि उन्होंने भी स्वयं को गुलाम समझकर भारत की गुलामी को समझा।

गांधीजी ने उनके बारे में कहा था—"उसने भारतीयों के बारे में, भारतीयों के साथ भारतीय बनकर सोचा। उन्होंने उनके दु:ख बाँटे और भारतीयों के साथ संघर्ष में कूद गए। ब्रिटिश सरकार के लिए यह बहुत कष्टप्रद साबित हुआ है। उन्हें सरकार की आलोचना के लिए खुला छोड़ देना सरकार के लिए असहनीय था। इसलिए उनका गोरा रंग गिरफ्तारी से उनकी सुरक्षा नहीं कर सका।" महात्मा गांधी के वे शब्द भारतीय स्वतंत्रता संग्राम में हिस्सा लेने व जेल जानेवाले इकलौते अमेरिकी सैमुअल इवांस स्टोक्स के बारे

में थे। सैमुअल इवांस को सन् 1920 में वाघा में प्रिंस ऑफ वेल्स एडवर्ड आठवें की भारत-यात्रा का विरोध करने पर गिरफ्तार कर लिया गया था।

सैमुअल स्टोक्स आए तो ईसाइयत का प्रचार करने थे, लेकिन जब ठान लिया कि अब भारत में ही रहना है तो यह भी तय कर लिया कि भारत में रहूँगा तो भारत का होकर रहूँगा। सत्यानंद स्टोक्स भारत की शिक्षा और स्वास्थ्य जैसी जरूरतों के अलावा स्वाधीनता संग्राम और संस्कृत-संस्कृति के साथ भी गहरे तक जुड़ गए।

वास्तविकता यह है कि सैमुअल स्टोक्स से सत्यानंद स्टोक्स बनने की यात्रा में केवल सेब ही कारक नहीं, बल्कि कई 'स' रहे, जिन्हें हम सनातन धर्म, संवेदना, समर्पण, सहानुभूति, सदिच्छा, सद्भावना, स्वाभिमान और सन्मार्ग की खोज के रूप में देख सकते हैं। आज हिमाचल प्रदेश सेब राज्य है तो उसमें सत्यानंद स्टोक्स का बहुत बड़ा योगदान है। कहाँ येल यूनिवर्सिटी और कहाँ सोलन जिले में सुबाथु के कुष्ठ रोग केंद्र! बाद में उनका ठिकाना बना शिमला से ऊपर कोटगढ़ और थानाधार कर्मभूमि बनी। स्टोक्स ने हर भारतीय को यह महसूस करवाने के लिए कि वे उनके बीच के ही हैं, स्थानीय भाषा-बोली भी सीखी। 1914 में अमेरिका गए तो यहाँ की मिट्टी के नमूने भी ले गए। लौटे तो रॉयल डिलीशियस प्रजाति के सेबों के पौधे भी लाए। 1928 तक हिमाचल की पहचान सेब क्षेत्र के रूप में हो गई थी। इस बीच वे स्कूल भी आरंभ कर चुके थे।

इस दौरान उन्होंने स्वाधीनता संग्राम में भी हिस्सा लेना शुरू कर दिया। कांग्रेस के सदस्य बन गए और नागपुर सत्र में भी शिमला क्षेत्र का प्रतिनिधित्व करने लगे। स्थानीय जागीरदार जिस बेगार प्रथा से आम आदमी को सता रहे थे, उसका विरोध किया। 1932 में उन्होंने सनातन धर्म अपना लिया। अब नाम हो गया सत्यानंद और पत्नी का नाम हो गया प्रिया देवी। ठियोग के सेब बागवान और बिजली अभियंता सुरेंद्र ठाकुर कहते हैं—"सत्यानंद स्टोक्स बेशक एक मनुष्य थे, पर उनकी सोच और उनके किए गए कार्यों से यह कोई अतिशयोक्ति नहीं कि वे दिव्यात्मा थे। सत्यानंदजी ने अपना धर्म, नाम और पहचान सब सनातन धर्म में विलीन कर दिया। हिमाचल प्रदेश के लोगों के लिए अपना सबकुछ लगा दिया, उनमें अवश्य ही कोई दैवीय शक्ति थी। उन्होंने जो किया, वह कोई साधारण व्यक्ति कर ही नहीं सकता।" कुछ साधुओं के कहने पर श्रीमद्भगवद्गीता भी पढ़ी। बाद में संस्कृत भी सीख ली। आजीवन खादी पहननेवाले सत्यानंद स्टोक्स का आज की पीढ़ी भी सम्मान करती है तो उसके पीछे सत्यानंद का भारत, भारतीय राष्ट्रवाद के प्रति प्रेम है। सत्यानंद ने जीवन को किस तरह देखा, उनकी दुर्लभ पुस्तक 'सत्यकाम' इस पर प्रकाश डालती है।

दुःखद पक्ष यह है कि जिस व्यक्ति ने भारत के स्वतंत्रता आंदोलन में बढ़-चढ़कर भाग लिया, राष्ट्रवाद को जिया, वह व्यक्ति स्वतंत्रता की किरण नहीं देख पाया। पहाड़ों

में स्वतंत्रता आंदोलन की नींव और फिर मजबूत स्तंभ बनानेवाले सत्यानंद स्टोक्स ने आजादी मिलने से करीब साल भर पहले ही शरीर छोड़ दिया। गांधी के संपर्क में आकर आजीवन खादी पहननेवाला, पहाड़ों की आर्थिकी में सेब की लाली भरनेवाला, पहाड़ी, हिंदी और संस्कृत सीखनेवाला सच्चा भारतीय शरीर तो छोड़ गया, लेकिन उनका कृतित्व उनका विस्तृत है कि सत्यानंद स्टोक्स अब भी है। उनके बनाए परमज्योति मंदिर, उनके द्वारा लाई गई सेब की पौध और सबसे बड़ी बात⋯हिमाचल के बागान में सेब की चमक, जो आज दुनिया भर में है, वस्तुतः सत्यानंद स्टोक्स की बदौलत ही है।

स्रोत : साभार श्री नवनीत शर्मा

□

36

कोमराम भीम

भारत देश का इतिहास वीर योद्धाओं, क्रांतिकारी और वीरांगनाओं की शौर्य गाथाओं से भरा पड़ा है। जिन्होंने अन्यायकारी हुकूमत के खिलाफ तथा जमींदारों, साहूकारों, राजाओं के खिलाफ संघर्ष किया। ताकतवर और धनवान वर्ग हमेशा दबे-कुचले को अपने ताकत के बल पर कुचलता आया है। मगर इन दबे-कुचले वर्ग में भी कुछ ऐसे वीर योद्धा पैदा हुए, जिन्होंने अपने वर्ग पर हो रहे अन्याय का पूरी हिम्मत से सामना किया। ऐसे ही एक वीर योद्धा का नाम है कोमराम भीम।

वीर योद्धा कोमराम भीम का जन्म वर्ष 1901 में तत्कालीन ब्रिटिश भारत के सांकेपल्ली नामक स्थान पर आदिलाबाद जिले के हैदराबाद स्टेट में आदिवासी गोंड समुदाय में हुआ। जब उनका जन्म हुआ था, तब जंगलों से आदिवासियों का स्वाभाविक अधिकार छीनकर अंग्रेजों ने अपनी हुकूमत स्थापित कर ली थी। वे सरकारी अधिकारी अपने स्वार्थ के लिए बड़े पैमाने पर जंगल को काटते थे और भोले-भाले आदिवासियों का शोषण करते थे।

कोमराम का जन्म एक आदिवासी परिवार में हुआ था। इसलिए उनका परिवार तथा समुदाय के बाकी के लोग खेती-किसानी करते थे। साथ में जंगलों से प्राप्त फलों एवं उत्पादों को खाकर अपना जीवन जीते थे। मतलब अन्य आदिवासियों की भाँति उनका परिवार रोजी-रोटी के लिए पूरी तरह से जंगल पर निर्भर था।

ठीक उसी समय इन जंगलों को वहाँ की सरकार द्वारा जमींदारों में बाँट दिया गया। जब यह जंगल क्षेत्र जमींदारों के अधीन आ गए तो जमींदारों ने इस क्षेत्रों से कर वसूलकर सरकारी खजाना भरना शुरू कर दिया। इसी कर की वजह से जमींदार और आदिवासियों के बीच विवाद होते रहते थे। ऐसे ही एक विवाद में जमींदारों ने कोमराम भीम के पिता की हत्या कर दी।

जब कोमराम भीम के पिता की हत्या जमींदारों द्वारा की गई, तब अपने परिवार को लेकर करीमनगर के जमींदार लक्ष्मणराव के पास आकर रहने लगे। भीम ने अपने परिवार का पेट पालने के लिए लक्ष्मणराव की बंजर भूमि पर खेती करना शुरू कर

दिया। मगर वहाँ भी उन्हें कर वसूलने वाले परेशान करने लगे और कर देने के लिए उन्हें डरा-धमकाने लगे।

एक दिन कर वसूलने आया निजाम शासन का अधिकारी मो. सिद्दीक कोमराम भीम को 'कर' के लिए प्रताड़ित कर रहा था। प्रताड़ना इतनी अधिक बढ़ गई कि कोमराम भीम के हाथों उस अधिकरी की हत्या हो गई। हत्या के बाद भीम को वहाँ से पलायन करना पड़ गया।

अब कोमराम भीम भागकर एक छोटे से शहर चंद्रपुर पहुँच गए। इस शहर में उनकी मुलाकात विठोबा नाम के व्यक्ति से हुई। विठोबा एक प्रिंटिंग प्रेस चलाने का काम करते थे। विठोबा एक बहुत ही अच्छे इनसान थे। उन्होंने कोमराम भीम की सहायता की। विठोबा की सहायता से कोमराम ने हिंदी, उर्दू और अंग्रेजी भाषाएँ सीखीं। मगर वहाँ की पुलिस ने विठोबा को गिरफ्तार कर लिया। विठोबा के गिरफ्तार होने के बाद कोमराम भीम वहाँ से भागकर असम चले गए।

उन्होंने असम में कुछ वर्षों तक चाय मजदूर के रूप में चाय के बागानों में काम किया। मगर यहाँ भी किसानों का शोषण होता था। असम के चाय बागानों के किसानों के शोषण का कोमराम ने विरोध किया। असम में उन्होंने कई किसान आंदोलन में भाग लिया। एक बार तो उन्हें वहाँ की स्थानीय पुलिस ने गिरफ्तार भी कर लिया और 4 साल की सजा सुनाकर जेल के अंदर बंद कर दिया था। मगर कोमराम भीम असम की जेल से फरार हो गए और वापस लौटकर अपने गाँव में आ गए।

जब वे असम में थे, तब उन्होंने हैदराबाद के स्वतंत्र सेनानी अल्लूरी सीताराम राजू की वीरता के किस्से सुने थे। उससे कोमराम भीम काफी प्रभावित हुए थे। उन्हीं से प्रेरणा लेकर उन्होंने अपने क्षेत्र के लोगों के लिए कुछ करने की ठानी।

'जल जंगल जमीन' का नारा

असम से अपने गाँव में आने के बाद कोमराम भीम लच्छू पटेल के साथ मिलकर काम करने लगे। लच्छू पटेल जमीनी विवादों को सुलझाने का काम करते थे। कोमराम भीम ने लच्छू पटेल को निजाम के खिलाफ चल रहे जमीनी विवाद में बहुत सहयोग किया, इसलिए कोमराम भीम पर हैदराबाद के निजाम शासन की नजर एक बार फिर पड़ी।

कोमराम भीम का विवाह सोमबाई से हुआ था। विवाह होने के बाद वे अब खेती-किसानी करके अपना जीवन चलना चाहते थे। लेकिन जमींदारों और अधिकारियों द्वारा कर वसूल करने के लिए आदिवासी समुदाय के लोगों को डराया-धमकाया जाने लगा था। वे जमींदार और अधिकारी लोग जबरन आदिवासी समुदाय से कर वसूलने लगे थे। अपने लोगों को भयाक्रांत देखकर कोमराम भीम अंग्रेजों के पिट्ठू हैदराबाद के निजाम

से प्रत्यक्ष जाकर मिले। उनके सामने अपनी माँगें रखीं। परंतु निजाम ने उनकी माँगों को अस्वीकार कर दिया।

अब कोमराम भीम ने अपने अधिकार प्राप्त करने का तरीका बदलने का संकल्प लिया। उन्होंने आस-पड़ोस के जिलों में रहनेवाले गोंड समुदाय के लोगों को इकट्ठा करना शुरू किया। गोंड समुदाय के लोग अपने लिए अलग राज्य की माँग कर रहे थे। कोमराम भीम ने एक गुरिल्ला सेना तैयार की। अपने आंदोलन को और तेज बनाने के लिए उन्होंने 'जल जंगल जमीन' का नारा दिया। धीरे-धीरे यह नारा बेहद लोकप्रिय हो गया।

कोमराम भीम ने अपनी गुरिल्ला सेना को लेकर हैदराबाद के निजाम और अंग्रेजी हुकूमत के खिलाफ विद्रोह तेज कर दिया था। उन्हें देखकर लोगों में हिम्मत और नव-शक्ति का संचार होने लगा। लोग उन्हें अपना प्रेरणास्रोत मानने लगे। लेकिन कोमराम भीम की यह लोकप्रियता निजाम और अंग्रेजों को रास नहीं आ रही थी।

निजाम और अंग्रेजों ने कोमराम भीम के खिलाफ गुप्तचर लगा दिए। ऐसे ही एक गुप्तचार ने कोमराम भीम की खबर निजाम और अंग्रेजी सेना को दे दी। खबर के आधार पर अंग्रेजी और निजामी सेना द्वारा षड्यंत्र रचा गया और भीम को आत्मसमर्पण करवाने की कोशिश की गई, लेकिन कोमराम भीम ने इसे साफ नकार दिया। तब अब्दुल सत्तार नामक व्यक्ति ने कोमराम भीम के ठिकाने पर आग जलवाने का आदेश दिया।

जोधेघाट पर कोमराम भीम अपने 15 साथी योद्धाओं के साथ बहादुरी से लड़ते रहे, लेकिन निजाम और अंग्रेजी फौज के आगे कब तक टिकते, लेकिन उन्होंने हिम्मत नहीं हारी। लड़ते हुए वे और उनके साथी आग में मृत्यु को प्राप्त हुए। उनके शवों को बेरहमी से जला दिया गया।

निजाम को यह आशंका थी कि भीम परंपरागत मंत्र जानता था, इसलिए उसे उनके दोबारा जिंदा होने का डर था। उसने कोमराम भीम के मर जाने के बाद भी उस पर गोलियाँ चलवाईं, जब तक कि उनका शरीर देखने योग्य और पहचान के लायक नहीं रह गया।

यह पूर्णिमा का दिन था और तारीख थी 8 अक्तूबर, 1940 की। बेरहम अंग्रेजों के हाथों पूर्णिमा के दिन एक चमकीला गोंड तारा जमीन पर गिर गया। जोधेघाट की पहाड़ियाँ रोनी लगी थीं। सभी गोंड लोग रो रहे थे। पूरा जंगल 'कोमराम भीम अमर रहे, भीम दादा' जैसे नारों से गूँज रहा था।

अपने साथियों के साथ जिस असिफाबाद जिले में वे शहीद हुए थे, 2016 में उस जिले का नाम बदलकर 'कोमराम भीम' रखकर सरकार ने उनके बलिदान का यथोचित सम्मान किया है। जोधेघाट को अब एक पर्यटन स्थल के रूप में विकसित किया जा रहा है। निस्संदेह वे राष्ट्रीय क्रांतिकारी जननायक थे, जिन्हें आज भी आंध्र प्रदेश और तेलंगाना के गोंड समुदाय के लोग उनके शहीद दिवस को अस्वयुजा पूर्णिमा के रूप में मनाकर उन्हें याद करते हैं और अपने लोकगीतों में उनकी यश-कीर्ति का बखान करते हैं। □

37

वीरांगना हेलेन लेपचा

(नेताजी की फरारी के लिए पठानी पोशाक बनानेवाली महिला)

सिक्किम के एक छोटे से गाँव संगमू में पैदा हुई थीं भारतीय स्वतंत्रता संग्राम से जुड़ी वीरांगना हेलेन लेपचा। उन्होंने देश के अलग-अलग हिस्सों में जाकर न केवल जरूरतमंद लोगों की मदद की, बल्कि उनमें स्वाधीनता की अलख भी जगाई।

स्वांतत्र्य युद्ध में समूचा पूर्वोत्तर अंग्रेजों के विरुद्ध संघर्षरत रहा था। चाहे वे अंग्रेज ईस्ट इंडिया कंपनी में हो या ब्रिटिश शासक के रूप में हो। महात्मा गांधी के नेतृत्व में विदेशी वस्तुओं का बहिष्कार, मादक द्रव्य बहिष्कार, खादी और स्वदेशी का प्रचार, असहयोग आंदोलन, कानून तोड़ो, अंग्रेजो भारत छोड़ो आदि आंदोलनों में संपूर्ण देश के साथ पूर्वोत्तर की वीरांगनाओं ने कंधे-से-कंधा मिलाकर एकजुटता दिखाई थी।

भारतीय स्वतंत्रता संग्राम से जुड़ी ऐसी ही एक वीरांगना थीं सिक्किम की हेलेन लेपचा। सिक्किम के नामची (राजधानी शहर गंगटोक के करीब एक प्रसिद्ध पर्यटन स्थल) से लगभग 15 किलोमीटर दूर संगमू गाँव में 14 जनवरी, 1902 को हेलेन लेपचा का जन्म अचुंग लेपचा के घर में हुआ था। अचुंग लेपचा की तीसरी संतान थीं हेलेन। बाद में लेपचा परिवार सिक्किम से स्थानांतरित होकर दार्जिलिंग जिले के कर्सियांग (सिलीगुड़ी के निकट एक प्रसिद्ध हिल स्टेशन) में आ गया और यहीं पर अपना निवास बनाया।

गांधीजी ने स्वतंत्रता-प्राप्ति के लिए विभिन्न आंदोलन शुरू करने के साथ ही खादी वस्त्र और चरखा का प्रचार भी शुरू कर दिया था। बंगाल के दार्जिलिंग में किसी व्यक्ति से इस बारे में सुनकर हेलेन लेपचा की दिलचस्पी इस ओर जाग्रत् हुई और कलकत्ता (अब कोलकाता) जाकर उन्होंने चरखा चलाने का प्रशिक्षण प्राप्त किया। गांधीजी के आदर्शों से प्रेरित होकर उन्होंने न केवल चरखा चलाना शुरू किया, बल्कि अलग-अलग जगहों पर जाकर लोगों को स्वदेशी के प्रति जागरूक करने लगीं। इसके साथ ही वे लोगों को देश-प्रेम का पाठ पढ़ाती थीं, साथ ही जरूरतमंदों की मदद भी करती थीं।

वर्ष 1920 में जब बिहार में बाढ़ आई तो वे पीड़ितों की मदद करने के लिए बिहार

के मुजफ्फरपुर आ गईं और वहाँ बाढ़ पीड़ितों की सेवा में जी-जान से जुट गईं। एक दिन बाढ़ से प्रभावित लोगों को देखने के लिए गांधीजी मुजफ्फरपुर आए हुए थे। इसी दौरान गांधीजी की मुलाकात हेलेन लेपचा से हुई। यहाँ पर गांधीजी ने खुले हृदय से हेलेन की प्रशंसा की, साथ ही उन्हें अपने साबरमती आश्रम (गुजरात के अहमदाबाद स्थित) आने का भी न्योता दिया। इस प्रकार से हेलेन लेपचा गांधीजी के संपर्क में आईं। उन्हें गांधीजी से आशीर्वाद भी मिला। जब वे साबरमती आश्रम गईं, तब गांधीजी ने वहाँ हेलेन लेपचा का नाम बदलकर 'सावित्री देवी' कर दिया।

बाद में बिहार और उत्तर प्रदेश को ही हेलेन ने अपना कार्यस्थल बनाया। उन्होंने झरिया के कोयला मजदूरों को संगठित किया और उन्हें कांग्रेस के आंदोलन में सहभागी बनाया। आंदोलनों में हेलेन की सक्रिय भागीदारी के कारण ब्रिटिश सरकार की पैनी नजर उन पर थी, परंतु वे जल्दी-जल्दी स्थान बदलकर अपने को छिपाती रहती थीं।

वर्ष 1921 में अहमदाबाद कांग्रेस अधिवेशन में उन्होंने सरोजिनी नायडू के साथ भाग लिया। कांग्रेस संगठन का अधिकतर काम वे बिहार और उत्तर प्रदेश में ही करती थीं। हेलेन ने बिहार के झरिया कोयला क्षेत्रों (अब झारखंड में) के दस हजार से अधिक खदान श्रमिकों के जुलूस का नेतृत्व किया और आदिवासी मजदूरों के शोषण एवं उनके प्रतिस्थापन का विरोध किया। उनकी बढ़ती लोकप्रियता ने अंग्रेजों को परेशान कर दिया। यही नहीं, अंग्रेजों ने उनके खिलाफ गिरफ्तारी वारंट जारी कर दिया। इससे बचकर वे कुछ समय इलाहाबाद (अब प्रयागराज) के आनंद भवन में भी छिपकर रहीं।

एक बार वे गोरखा सत्याग्रहियों के साथ सिलीगुड़ी में स्वदेशी आंदोलन में भाग लेने गई थीं। इस दौरान कानून तोड़ने के कारण बारह सत्याग्रहियों के साथ वह भी गिरफ्तार हुईं। उनको छह महीने की जेल की सजा हुई। इसके बाद तीन साल तक गृहबंदी बनकर रहना पड़ा।

'द डायरेक्टरी ऑफ इंडियन वूमन टुडे, 1976' में यह लिखा है कि वर्ष 1939-40 में जब नेताजी सुभाष चंद्र बोस गृहबंदी थे, तब हेलेन रोटी के अंदर गुप्त सूचनाएँ रखकर उनके पास भेजती थीं। गृहबंदी से नेताजी सुभाष चंद्र बोस को भगाने में हेलेन की सराहनीय भूमिका रही। नेताजी के लिए फरार होने के समय अंग्रेजों को चकमा देनेवाला पठान वाला पोशाक उन्होंने ही तैयार किया था।

स्वतंत्रता के बाद अपनी कर्मठता के फलस्वरूप हेलेन कर्सियांग म्यूनिसपैलिटी की अध्यक्ष चुनी गईं। बंगाल सरकार ने वर्ष 1958 में उन्हें पहाड़ की जनजाति मुखिया का सम्मान दिया था। वर्ष 1972 में उन्हें भारत सरकार द्वारा ताम्रपत्र देकर सम्मानित किया था।

18 अगस्त, 1982 को जनसेवा को समर्पित हेलेन लेपचा का देहावसान हो गया, लेकिन आनेवाली पीढ़ियाँ देश-सेवा को समर्पित उनके जीवन से हमेशा प्रेरणा प्राप्त करती रहेंगी।

□

38

हंसराजभाई हरखजीभाई

(जोश भारती रचनाओं के प्रज्ञाचक्षु कवि)

भारत में स्वाधीनता के संघर्ष का जो दौर रहा, उसमें सन् 1920 से 1946 तक की अवधि को शीर्षयुग कह सकते हैं। तब महात्मा गांधी ने सत्याग्रह आंदोलन चलाया था। इन आंदोलनों में जिनकी सहभागिता रही, वे सौभाग्यशाली हैं। उस समय गुजराती कवि हंस द्वारा आंदोलन की धार को तेज करने हेतु किया गया योगदान अविस्मरणीय है। गांधीजी के आह्वान को उन्होंने पूर्ण रूप से आत्मसात् किया था।

कवि हंस का पूरा नाम था—हंसराजभाई हरखजीभाई कानाबार। गुजरात के अमरेली के लोहाणा परिवार में उनका जन्म 25 सितंबर, 1892 को हुआ था। शुरू में उनकी आँखों में कोई रोग नहीं था, लेकिन छह माह बाद आँखों में कुछ तकलीफ शुरू हुई और तीन-चार वर्ष की उम्र तक उन्हें दोनों आँखों से दिखाई देना बंद हो गया, लेकिन वे प्रज्ञाचक्षुता से अच्छी तरह संपन्न हो गए। अत: संघर्ष के माहौल में भी उन्होंने प्राथमिक शिक्षण प्राप्त किया। परंपरागत शिक्षण प्राप्त करना उनके लिए संभव नहीं था, इसलिए मोम के अक्षरों के स्पर्श से उन्होंने अक्षर-ज्ञान प्राप्त किया। स्मरणशक्ति तीव्र होने के कारण कविता व भूगोल जैसे विषयों का शिक्षण उन्होंने सुनकर ही प्राप्त किया। आठ वर्ष की उम्र में दूसरी कक्षा की पढ़ाई पूरी की और अमरेली में रहकर ही छठवीं कक्षा तक की पढ़ाई की। उन्होंने गुजराती के साथ संस्कृत, हिंदी व अंग्रेजी भाषाएँ भी सीख लीं। इसके साथ ही उन्होंने तबला व हारमोनियम बजाना भी सीखा। बाद में मुंबई के विक्टोरिया ब्लाइंड स्कूल में उन्होंने छह माह के लिए प्रवेश लिया और ब्रेल लिपि सीख ली। वे पुनः अमरेली लौट आए। उस समय नेत्रहीनों के लिए आज जैसी सुविधाएँ उपलब्ध नहीं थीं, लेकिन फिर भी उन्होंने कठिनाइयों का सामना करते हुए 16 वर्ष की उम्र में वडोदरा जाकर मैट्रिक की परीक्षा दी और उसमें वे उत्तीर्ण हुए। वे वडोदरा में तीन वर्ष रहे। वहाँ उन्होंने फिडल,

वीणा, दिलरुबा, सितार, जलतरंग जैसे वाद्ययंत्रों को बजाना भी सीख लिया। वहाँ एक कार्यक्रम में उन्होंने फिडल बजाया, जहाँ उन्हें 75 रुपए का पुरस्कार मिला। कवि हंस जीवनभर अविवाहित ही रहे।

अमरेली खादी भंडार ने सन् 1921-22 की अवधि में उन्हें गायन-वादन के द्वारा काठियावाड़ में स्वदेशी खादी के प्रचार का काम सौंपा। भाव-भंगिमा के साथ खादी की बिक्री के लिए तब वे सस्वर गाते थे। उनके गीत हैं—

"पूर्वजना प्रेम रंगाएल, सरल सनातन सादी,
हरदम हम हैये उछलावे, मंगल मानी यादी,
धर्मगुरुनी गादी, ते एक अमूलख खादी।"

भावार्थ : (पूर्व जन्म के प्रेम से रँगी सरल व सनातन सादगी के साथ, हमारे हृदय में माँ की मंगल स्मृति को यह अमूल्य खादी सदैव तरंगित रखती है, मानो यह किसी धर्मगुरु की गादी हो।)

कवि हंस ने कुछ समय के लिए एक संगीतशाला में बतौर शिक्षक अपनी सेवाएँ दीं, लेकिन वे आराम से एक जगह कहाँ बैठनेवाले थे। हृदय में क्रांति की अग्नि प्रज्वलित हो रही थी। गांधीजी ने सन् 1919-20 में भारत की प्रजा में प्राण फूँक दिए थे। हजारों भारतीय मातृभूमि को गुलामी की जंजीरों से मुक्त कराने के लिए घर-बार, माल-मिल्कियत, नौकरी-धंधा सब छोड़कर बाहर निकल रहे थे। हंसराजभाई भी ऐसे नाजुक मौके पर शिक्षक की नौकरी करते हुए कैसे बैठे रह सकते थे? लोकमेदिनी में गुलामी व अन्याय के प्रति आक्रोश की बुलंद आवाज उन्हें भी सुनाई देने लगी। वीर सत्याग्रहियों के जोश को जो उन्मत्त बनाए रखे, वैसे गीत उन्होंने लिखे। देखते-ही-देखते उनके रचे गीत गुजरात के गाँव-गाँव में गाए जाने लगे। प्रभातफेरियाँ हों या सविनय कानून भंग के जुलूस, कवि हंस का कोई-न-कोई गीत अवश्य ही गाया जाता था।

सन् 1920 में अहमदाबाद के माणेक चौक में एक सार्वजनिक सभा का आयोजन किया जाना था। कवि हंस ने इस सभा में अपनी गीत-रचनाओं को गाने की घोषणा की। अंग्रेज सरकार को जब इसकी जानकारी मिली तो इस सभा पर प्रतिबंध लगा दिया। सरकार के इस प्रतिबंध की परवाह किए बगैर सभा का आयोजन हुआ। जोशीले नेताओं को सुनने के लिए लोग उमड़ पड़े। मकानों के छज्जों व झरोखों पर भी लोग सुनने के लिए पहुँच गए। हंस ने बुलंद आवाज में गीत गाया—

परदेशी भूख्या, टोपीवालाना टोला उत्तय¨
उतरियां कोई आथमणे ओवार रे¨

भावार्थ : (विदेशी भूखे फिरंगियों की टोलियाँ उतरी, पश्चिम की ओर से¨)

इस गीत ने अंग्रेजों को इतना विचलित कर दिया कि पुलिस को सभा को विसर्जित

करने का आदेश दिया गया। कवि हंस की धरपकड़ हुई। दूसरे दिन अदालत में उन्हें हाजिर किया गया।

कवि हंस से पूछा गया, 'सार्वजनिक सभा में गीत गाना प्रतिबंधित था, क्या तुम्हें इसकी जानकारी नहीं थी?' बिना किसी घबराहट के कवि हंस ने जवाब दिया, 'हाँ, जानकारी थी।' 'आपने सरकारी हुक्म को सरेआम भंग किया है?' कवि हंस ने कहा, 'यह गुनाह मुझे कबूल है।'

'सार्वजनिक सभा में गीत गाने का आपका उद्देश्य क्या था?'

'देश से विदेशी शासन को उखाड़ फेंकने हेतु लोगों में जागृति उत्पन्न करना।'

कारागार में किया काव्य-सृजन

राजकोट के सत्याग्रह में भाग लेने पर कवि हंस को कारावास की सजा सुनाई गई। सन् 1920, 1923 व 1930 में उन्होंने तीन बार कारावास की सजा भोगी। उनको यह कैद अच्छी लगती थी, क्योंकि एकांत में गीतों को रचने में वे सहूलियत अनुभव करते थे। वे ऐसा महसूस करते थे कि बाहर रहकर शायद जो कभी नहीं लिख सकते थे, ऐसे जोशीले गीतों का कारागार के शांत व एकांत में सृजन कर सकते हैं। उनकी अधिकांश रचनाओं का सृजन कारावास में ही हुआ है। कवि के मनोमंथन से सारगर्भित ग्रंथ 'हंसमानव' का उद्भव हुआ। कवि ने इस ग्रंथ को आठ भागों में विभाजित किया है। इस पुस्तक की प्रस्तावना काका कालेलकर ने लिखी है। इसमें 432 रचनाओं का समावेश है। भावनगर के तत्कालीन दीवान सर प्रभाशंकर पट्टानी के आर्थिक सहयोग से सन् 1938 में इसका प्रकाशन संभव हुआ था। लेकिन ब्रिटिश सरकार ने इस पुस्तक पर प्रतिबंध लगा दिया था।

□

39

सुशीला दीदी (1905–1963)

(बुलबब-ए-पंजाब)

बुलबब-ए-पंजाब सुशीला दीदी का जन्म 5 मार्च, 1905 को पंजाब के 'चूहड़' गाँव में हुआ। उनके पिता डॉ. कर्मचंद फौज में मेडिकल अफसर थे। 1927 में वे सेवामुक्त हो गए थे। अंग्रेजों के क्रूर और अमानवीय व्यवहार के कारण उन्होंने अंग्रेजों द्वारा प्रदत्त उपाधि 'राय साहब' और 'युद्ध सेवा मेडल' स्वीकार नहीं किया था। सुशीला की माँ उन्हें किशोरावस्था में ही छोड़कर चल बसी थीं, अत: छोटे भाई बहनों के लालन-पालन का दायित्व सुशीला पर ही आ गया था। सुशीला की शिक्षा जालंधर कन्या महाविद्यालय में 1921 से 1927 तक हुई। वे पूरे विद्यालय में 'आशु कवयित्री' के रूप में प्रसिद्ध थीं। जब कोई राष्ट्रीय नेता विद्यालय में आता तो सुशीला से ही तुरत-फुरत कविता तैयार करने के लिए कहा जाता। उनके गुरुजन भी उनसे बड़ा स्नेह रखते थे। इस विद्यालय में सुशीला 'बुलबुले पंजाब' के नाम से पुकारी जाती थीं। इस बुलबुल ने अपनी वाणी, लेखनी तथा करनी से खूब रंग दिखाए।

उन्होंने 1921 में लाला लाजपत राय की गिरफ्तारी पर एक पंजाबी गीत लिखा, जो बाद में बहुत लोकप्रिय हुआ। इसी प्रकार 12 मार्च, 1921 को गांधीजी की गिरफ्तारी के बाद भी उन्होंने एक पंजाबी गीत लिखा। 1923 में नागपुर सत्याग्रह के समय पंजाबी में एक झंडागीत लिखा। सरोजिनी नायडू के स्वागत में भी उन्होंने एक गीत लिखा। इस प्रकार हर एक अवसर पर सुशीला ने गीत लिखे, जोकि आम जनता की जबान पर चढ़ गए। सुशीलाजी मूल रूप से कवयित्री थीं, परंतु उन्होंने गद्य लेखन भी किया है। उनके द्वारा प्रकाशित लेखों से अंग्रेजी हुकूमत सदैव भयभीत रहती थी। कलकत्ता के दैनिक 'स्वतंत्र' में प्रकाशित सुशीलाजी के लेख पर समाचार-पत्र के संपादक पर राजद्रोह का मुकदमा चलाया गया तथा उसमें उन्हें 6 वर्ष का कारावास हुआ। यह वही लेख है, जिसे भगत सिंह को जेल में राखी के साथ चिट्‌ठी के रूप में सुशीला द्वारा भेजा गया था।

सुशीला से 'सुशीला दीदी' बनने की कहानी भी अति रोचक है। सुशीलाजी

क्रांतिकारी गीत लिखने के कारण अंग्रेजी हुकूमत की नजर में चढ़ी हुई थीं, अतः वे अपने पिता की नौकरी को बचाने के लिए अपने घर न जाकर भगवती चरण बोहरा के घर गईं तथा उन्हें भाई माना तथा उनकी पत्नी दुर्गा को भाभी माना। चूँकि सभी क्रांतिकारी भगवतीचरण बोहरा को भाई तथा दुर्गा को भाभी संबोधित करते थे, अतः सुशीलाजी भी सभी क्रांतिकारियों के लिए 'सुशीला दीदी' बन गईं।

सुशीला दीदी के कुछ प्रसिद्ध कारनामे सदैव अमर रहेंगे। 23 दिसंबर, 1929 को दिल्ली में वायसराय की ट्रेन उड़ाई गई थी, जिसमें वे बाल-बाल बच गई थीं। इस काम के लिए सुशीला को कलकत्ता से बुलाया गया था। सुशीला ने एक यूरोपियन महिला बनकर वायसराय की ट्रेन का पूरा विवरण क्रांतिकारियों को दिया था तथा चुपचाप कलकत्ता वापस चली गई थीं। योजनानुसार दिल्ली के तुगलकाबाद के पास ट्रेन को उड़ाने का प्रयास किया गया। गाड़ी के तीन डिब्बे उड़ गए, परंतु वायसराय का डिब्बा बच गया।

भगत सिंह व उनके साथियों को जेल से भगा लाने की योजना में सुशीला दीदी की भी महत्त्वपूर्ण भूमिका थी। इसके लिए उन्होंने अपनी नौकरी भी छोड़ दी थी तथा अपनी जगह अपनी बहन को नौकरी पर लगा दिया। फिर वे अनेक वेश बदलकर अलग-अलग स्थानों पर चोरी-छिपे क्रांतिकारियों की मदद में जुट गईं। उन्होंने तब तक विवाह नहीं किया था, लेकिन कलकत्ता में एक अनाथ शिशु को गोद लिया तथा अपनी बहन शांता का इसकी जिम्मेदारी सौंप दी। कुछ दिन पुरुषोत्तम दास टंडन के घर बेटी बनकर रहीं। बाद में चंद्रशेखर आजाद के घर 'मातृ मंदिर' में रहीं। कई बार तलाशी अभियानों में पकड़े जाने से बाल-बाल बचीं। वेश बदलकर भगतसिंह से जेल में कई बार मिलने गईं। इस प्रतिबंधित जीवन में 'इंदू' नाम से चाँदनी चौक में भाषण दिया तथा 6 माह का कारावास भी सहन किया।

इसी दौरान उनकी मुलाकात श्याम मोहन नामक इंजीनियर से हुई। यह मुलाकात 1933 में विवाह में बदल गई। उस समय तक वे अकेली पड़ चुकी थीं। आजाद शहीद हो गए थे। भगत सिंह को फाँसी हो चुकी थी तथा उनके भाई भगवतीचरण बोहरा की मृत्यु हो चुकी थी, अतः उन्होंने विवाह करके स्थायी जीवन बिताने का निर्णय लिया। हो सकता है कि यह उनकी मजबूरी अथवा समय के साथ एक समझौता हो। 13 जनवरी, 1963 को उनकी मृत्यु हो गई। देश के प्रसिद्ध साहित्यकारों, क्रांतिकारियों, स्वतंत्रता सेनानियों ने उन्हें भावभीनी श्रद्धांजलि दी।

सुशीला दीदी के संबंध में अधिक सामग्री उपलब्ध नहीं है और न ही किसी ने उनके योगदान को लिपिबद्ध ही किया है, अतः यत्र-तत्र बिखरे विवरणों को समेटकर प्रस्तुत किया गया है, तथापि स्वतंत्रता संग्राम में महिला भागीदारी में सुशीला दीदी का असाधारण योगदान रहा है, जिसे देशवासी सदैव याद रखेंगे।

□

40

रामवृक्ष बेनीपुरी

(लेखनी से दी स्वाधीनता आंदोलन को धार)

लेखक के रूप में रामवृक्ष बेनीपुरी से हिंदी-जगत् का कोई पाठक अपरिचित हो, यह शायद असंभव है। लेकिन आज हम उनके उस पक्ष की बात कर रहे हैं, जिन्होंने अपनी लेखनी से स्वतंत्रता आंदोलन में एक नई चेतना का जागरण किया। यह पक्ष भी उतना ही अधिक आकर्षक एवं प्रेरणादायी है।

मनुष्यता के मूल से निकलीं रामवृक्ष बेनीपुरी की रचनाएँ जातीय संकीर्णता से ऊपर उठकर राष्ट्र-निर्माण में प्रेरक होती रहीं। राष्ट्र की मुक्ति उनके लेखन का स्वर रहा है। उनके व्यक्तित्व में जितना तेज था, उतनी ही तेजस्वी उनकी कृतियाँ हैं। महज 18 वर्ष की अवस्था में असहयोग आंदोलन में शामिल होकर उन्होंने अपनी दिशा तय कर ली थी। एक सक्रिय आंदोलनकारी के साथ सर्जक पत्रकार के रूप में उन्होंने पराधीनता से उत्पन्न निराशा के काले मेघों को भेदने का काम किया था।

सन् 1921 में वे 'तरुण भारत' साप्ताहिक के सहायक संपादक बने। यह पत्र गांधीवादी विचारों से युक्त था और गुरु मथुरा प्रसाद दीक्षित उसके संपादक थे। यंग इंडिया की तरह इस पत्र ने भी नौजवानों को जाग्रत् किया और उन्हें स्वाधीनता संग्राम में पूरी निष्ठा के साथ कूदने की प्रेरणा दी। इसकी प्रेरणा से युवा वर्ग जाग्रत् हुआ और देश की आजादी के लिए पूरी तत्परता से सक्रिय हो उठा।

बेनीपुरी जानते थे कि भारत कृषिप्रधान देश है। कृषक जागृति के बिना इस देश का कोई आंदोलन सफल नहीं हो सकता था। इसे देखते हुए 1922 में वे 'किसान मित्र' साप्ताहिक पत्र से जुड़े। इसने किसानों को राष्ट्रीय आंदोलन की धारा में संबद्ध करने में प्रेरक भूमिका निभाई। 1926 में मासिक पत्रिका 'बालक' के संपादन में वे संबद्ध हुए। बालक ही किसी राष्ट्र के भविष्य होते हैं, अतः उन्हें बोध और संस्कार देने के लिए इस पत्र के माध्यम से उन्होंने देश के बचपन को सही दिशा की ओर उन्मुख करने की पहल की। यह भी राष्ट्रीय जागरण की दिशा में उनकी भूमिका का प्रमाण है। 1929 में उन्होंने

मासिक पत्रिका 'युवक' का संपादन किया। इसके माध्यम से उन्होंने 'तरुण भारत' के अधूरे कार्य को आगे बढ़ाया। इसके बाद 'लोक-संग्रह' और 'कर्मवीर' पत्र, 'साप्ताहिक योगी', 'साप्ताहिक जनता' और 'हिमालय' द्वारा उन्होंने हिंदी पत्रकारिता की राष्ट्रीय धारा को प्रबल किया। समय-समय पर ब्रिटिश सरकार को वे यह बोध कराते रहे कि इस देश की जनता दास नहीं है। राष्ट्र स्वाधीनता के लिए प्राणों की आहुति देने में न उसे हिचक है, न ही भय।

सन् 1930 के कारावास काल के अनुभवों ने 'पतितों के देश में' उपन्यास में ऐसी सुरभि बिखेरी कि बौद्धिक जगत् में भूचाल सा आ गया। जयप्रकाश नारायण सन् 1942 में बेनीपुरी जैसे साथियों की मदद से ही हजारीबाग जेल से भागने में सफल हुए थे। उनका समस्त जीवन देश की स्वतंत्रता और उसके बाद नवनिर्माण के लिए समर्पित रहा है। उन्होंने कभी मूल्यों से समझौता नहीं किया। जनता के बीच रहकर अलख जगाते रहे। रामधारी सिंह 'दिनकर' को उन्होंने राष्ट्रीयता की ओर उन्मुख किया तो अपने समय की श्रेष्ठ प्रतिभाओं का सम्मान करने के साथ ही कथाकार प्रेमचंद को उन्होंने आधुनिक वेदव्यास की उपाधि दी। 23 दिसंबर, 1899 मुजफ्फरपुर के सामान्य किसान परिवार में जनमे बेनीपुरीजी हमेशा अपनी मिट्टी से जुड़े रहे। उन्होंने साहित्यकारों को संगठित और किसानों को एकजुट कर देश के मुक्ति संग्राम से जोड़ दिया। इससे आंदोलन को सार्थक दिशा और गति मिली।

अंग्रेजों के खिलाफ गुरिल्ला युद्ध की शुरुआत रामवृक्ष बेनीपुरी ने ही की। वे आजीवन योद्धा रहे। अंग्रेजों के शोषण के खिलाफ उन्होंने व्यक्तिगत स्तर पर तो संघर्ष किया ही, साहित्यिक साधना के माध्यम से भी जनमानस को चैतन्य किया। 1920 में कांग्रेस में एक कार्यकर्ता के रूप में सम्मिलित हुए, लेकिन शीघ्र ही उनकी पहचान एक दुर्धर्ष योद्धा के रूप में बन गई। जमींदारी उन्मूलन प्रस्ताव, पूर्ण स्वाधीनता प्रस्ताव को पारित करने में भी उनकी महत्त्वपूर्ण भूमिका रही। बिहार सोशलिस्ट पार्टी की स्थापना के अग्रणी नेताओं में से एक थे। सन् 1920 से 1947 तक भारतीय स्वाधीनता संग्राम का कोई भी इतिहास बेनीपुरीजी की उपस्थिति के बिना पूर्ण नहीं हो सकता है। 1942 की 'अगस्त क्रांति' में उन्होंने बिहार का नेतृत्व किया।

आज रामवृक्ष बेनीपुरी भौतिक रूप में हमारे बीच नहीं हैं, किंतु उनका कृतित्व आज भी जनमानस से सार्थक संवाद कर रहा है। वे अपने समय में जितने प्रासंगिक थे, आज भी उससे कम प्रासंगिक नहीं हैं।

बेनीपुरीजी ने देश की स्वतंत्रता के लिए पत्रकारिता को सार्थक माध्यम बनाया। 1930 में जब सत्याग्रह आंदोलन में जेल में थे, तब भी उन्होंने कारागार में ही 'कैदी' नामक हस्तलिखित पत्र निकालकर जनसंवाद को जीवंत रखा। यह राजनीतिक बंदियों

को प्रेरित करता रहा। देशरत्न डॉ. राजेंद्र प्रसाद ने भारतीय स्वतंत्रता संग्राम में 'कैदी' नामक इस पात्र की भूमिका का अपनी आत्मकथा में उल्लेख किया है।

'शेक्सपीयर के गाँव में' और 'नींव की ईंट' लेखों में भी रामवृक्ष बेनीपुरी ने अपने देश-प्रेम साहित्य-प्रेम, त्याग की महत्ता, साहित्य के प्रति श्रद्धा और साहित्यकारों के प्रति अविस्मरणीय सम्मान भाव दरशाया है।

बेनीपुरीजी स्वाधीनता आंदोलन के विलक्षण पुरोधा के रूप में मान्य हैं। 1930 में पहली बार उन्हें छह महीने की सजा हुई थी। उन्हें हजारीबाग जेल में कैद करके रखा गया था। 1932 में पुन: उन्हें डेढ़ वर्ष की सजा मिली। राष्ट्रीय आंदोलन में अपनी सक्रिय सहभागिता के कारण कई बार जेल गए। अगस्त 1942 से जुलाई 1945 तक उन्हें अंग्रेज सरकार ने तीन वर्षों तक हजारीबाग जेल में नजरबंद रखा। इस समय का भी उपयोग उन्होंने भारत माँ की मुक्ति के लिए ही किया। जब भी वे जेल से बाहर आते, उनके हाथ में दो-चार ग्रंथों की पांडुलिपियाँ अवश्य होती थी, जो आज भारतीय वाङ्मय की अमूल्य निधि बन गई हैं। बेनीपुरीजी का जनता पर कितना गहरा प्रभाव था और देश की स्वतंत्रता के लिए उनका संघर्ष कितना व्यापक था, उसे नजरबंदी के प्रसंग से जाना जा सकता है। उनकी कलम साम्राज्यवाद के खिलाफ निरंतर आग उगलती रही।

देश को आजादी मिल जाने के बाद भी वे उतने ही सजग और सक्रिय रहे, जितना संघर्ष के दिनों में थे। कठिन संघर्ष और बलिदान के बाद मिली आजादी की सुरक्षा और सार्थक परिणाम पाने के लिए जनता को जगाते रहे। स्वतंत्रता के एक दशक के बाद वे विधायक भी बने और विधानसभा में जनता की आवाज उठाते रहे।

उनकी कृतियों में 'गेहूँ और गुलाब', 'वन्दे वाणी विनायकौ', 'पतितों के देश में', 'चिता के फूल', 'माटी की मूरतें', 'अंबपाली' विशेष रूप से प्रसिद्ध हैं।

□

41

अल्लूरी सीताराम राजू

विदेशी सत्ता की दमनकारी नीतियों के विरुद्ध दक्षिण भारत में आदिवासी समाज को इकट्ठा करने में महान् क्रांतिकारी अल्लूरी सीताराम राजू का विशेष योगदान है। अंग्रेजों के विरुद्ध 'रंपा विद्रोह' का नेतृत्व करने और पूर्वी गोदावरी जिलों के आदिवासी समाज को संगठित करने के लिए लोगों ने अल्लूरी राजू को 'मान्यम वीरूडू' नाम से सम्मानित किया, जिसका अर्थ होता है—'जंगलों का नायक'।

सशस्त्र क्रांतिकारी बनने से पहले अल्लूरी सीताराम राजू ने असहयोग और सविनय अवज्ञा के गांधीवादी तरीकों का प्रयोग करके 1882 के वन अधिनियम को निरस्त करने का प्रयास किया। उन्होंने आदिवासी आबादी से वन उपयोग के अधिकारों को जब्त करने के विरोध में 1922 में रंपा विद्रोह शुरू किया था। रंपा विद्रोह 1922-24 के बीच हुआ था। अल्लूरी और उनके लोगों ने कई पुलिस स्टेशनों पर हमला किया, कई ब्रिटिश अधिकारियों को मार डाला और लड़ाई के लिए हथियार, गोला-बारूद छीन लिये थे। बाद में यह विद्रोह औपनिवेशिक शासन के विरुद्ध पूर्णतः सशस्त्र संघर्ष में बदल गया।

1882 के मद्रास वन अधिनियम के जरिए आदिवासियों को जलाऊ लकड़ी के लिए पेड़ काटने और पारंपरिक पोडू कृषि पर रोक लगा दी गई थी और आदिवासियों का ठेकेदारों द्वारा शोषण किया जाता था। ऐसे समय में अल्लूरी सीताराम राजू आदिवासी अधिकारों के लिए सामने आए। केवल 27 वर्ष की उम्र में वे सीमित संसाधनों के साथ सशस्त्र विद्रोह को हवा देने और गरीब, अनपढ़ आदिवासियों को अंग्रेजों के विरुद्ध प्रेरित करने में कामयाब रहे।

4 जुलाई, 1897 को विशाखापट्टनम जिले के पांडुरंगी में क्षत्रिय परिवार में जनमे अल्लूरी का असली नाम 'रामराजू' था। केवल 6 वर्ष की उम्र में पिता को खो देने के कारण उनके परिवार को आर्थिक कठिनाइयों का सामना करना पड़ा। 1918 में जब उनका परिवार तुनी में रहता था, तब राजू ने पास की पहाड़ियों, घाटियों का दौरा किया, जहाँ वे आदिवासियों के संपर्क में आए। कम उम्र से ही उनके मन में राष्ट्रवादी भावनाएँ

जाग उठी थीं। उनके जीवन में निर्णायक मोड़ तब आया, जब वे 1916 में उत्तर भारत के दौरे पर गए। वे कुछ समय सुरेंद्रनाथ बनर्जी के साथ रहे और लखनऊ में कांग्रेस के अधिवेशन में भाग लिया। यह उनके लिए सीखने का दौर था, जब उन्होंने चिकित्सा, पशु प्रजनन पर पुस्तकें पढ़ीं और इन विषयों पर लिखना शुरू किया। वाराणसी प्रवास के दौरान संस्कृत सीखी। 1918 में वे एक बार फिर उत्तर भारत के दौरे पर गए। इस बार नासिक, पुणे, मुंबई, बस्तर और मैसूर का दौरा किया। विभिन्न मार्शल आर्ट, आयुर्वेद में अपने कौशल के साथ वे तुनी, नरसीपट्टनम के आसपास रहनेवाले लोगों के लिए प्रेरणा बनते गए। उन्होंने मान्यम क्षेत्र में आदिवासियों के अधिकारों के लिए लड़ना शुरू किया और शराबबंदी, जातिवाद के खिलाफ अभियान भी चलाए। औपनिवेशिक शोषण ने आदिवासियों की स्थिति और भी बदतर बना दी थी। आदिवासियों के दुःख और शोषण को देखकर उन्होंने आदिवासियों के साथ खड़े होने एवं उनके अधिकारों के लिए लड़ने का फैसला किया। बदले में 30-40 आदिवासी गाँवों ने उन्हें अपना नेता बना लिया।

नरसीपट्टनम से लांबासिंगी सड़क के निर्माण में इस्तेमाल किए गए आदिवासी कुलियों के शोषण की दास्तान चहुँओर कुख्यात थी। अधिक वेतन की माँग करनेवाले आदिवासियों को मौत के घाट उतार दिया जाता था। राजू ने इसकी शिकायत उच्चाधिकारियों से की, लेकिन उनकी एक न सुनी गई। बदले में राजू की जासूसी शुरू कर दी गई। इस दौरान राजू को निर्वासन में रहना पड़ा। 1922 में फजुल्ला खान की मदद से राजू ने एक बार फिर मान्यम क्षेत्र में प्रवेश किया। फजुल्ला खान पोलावरम का उप-शासक था, जो आदिवासियों के प्रति सहानुभूति रखता था। करीब दो साल तक राजू ने अंग्रेजों के खिलाफ सबसे भयानक विद्रोह का नेतृत्व जारी रखा और अंग्रेजों की नींव हिला दी। 22 अगस्त, 1922 को अल्लूरी ने मान्यम विद्रोह शुरू किया। इस दौरान चिंतापल्ले पुलिस स्टेशन पर 300 विद्रोहियों के साथ राजू ने पहला हमला किया। वहाँ मौजूद अभिलेखों को फाड़ दिया और हथियार लूट लिये। यह जानकारी व्यक्तिगत रूप से अल्लूरी सीताराम राजू ने खुद रजिस्टर में दर्ज की थी।

उनके गुरिल्ला हमले बढ़ते गए। राजू के छापामार हमलों में दो अंग्रेज अधिकारी मारे गए। इस जीत से जनता राजू और उनके साथी क्रांतिकारियों के समर्थन में आती गई। राजू द्वारा किए गए सबसे साहसिक हमलों में से एक अद्दतीगाला पुलिस स्टेशन पर हमला था। यह मान्यम क्षेत्र में ब्रिटिश आधिपत्य के लिए बड़ा झटका था। अब तक अल्लूरी सीताराम राजू मान्यम क्षेत्र में लोकनायक बन चुके थे और अंग्रेजों के लिए उनको पकड़ना टेढ़ी खीर हो चुका था। यही कारण था कि उन्हें पकड़ने के लिए सांडर्स को कमान सौंपी गई और एक बड़ा सैन्यबल सांडर्स के नेतृत्व में भेजा गया। इस लड़ाई में भी सांडर्स को मुँह की खानी पड़ी, जिसके बाद अंग्रेजों ने राजू के कुछ सहयोगियों को

लुभाने का प्रयास किया। इसी क्रम में राजू के विश्वस्त लेफ्टिनेंट मल्लू डोरा को पकड़ लिया गया। इसके बाद राजू को पकड़ने के लिए ब्रिटिश सैनिकों ने आदिवासियों पर अत्याचार करना शुरू कर दिया। उन्हें पकड़ने के लिए मान्यम क्षेत्र में विशेष आयुक्त रदरफोर्ड को नियुक्त किया गया। रदरफोर्ड सशस्त्र विद्रोह के दमन के लिए जाना जाता था। उसने आदेश भेजा कि यदि राजू ने एक सप्ताह के भीतर आत्मसमर्पण नहीं किया तो मान्यम क्षेत्र के लोगों का नरसंहार किया जाएगा। राजू का दिल पिघल गया। उन्होंने आत्मसमर्पण करने का फैसला किया। 7 मई, 1924 को उन्होंने सरकार को नोटिस भेजा कि वे कोइयूर में हैं, उन्हें वहाँ से गिरफ्तार करें। तय दिन पर राजू को पुलिस ने पकड़ लिया, लेकिन एक धोखेबाज ब्रिटिश अधिकारी गुडाल ने गोली मारकर उनकी हत्या कर दी। यह अंग्रेजों द्वारा आत्मसमर्पण के बदले में बड़ा विश्वासघात था। अल्लूरी सीताराम राजू मात्र 27 वर्ष की आयु में ही जी पाए, लेकिन इन 27 वर्षों ने लाखों आदिवासी भाई-बहनों की जिंदगी में स्वतंत्रता का सूरज चमका दिया।

□

42

बंता सिंह धामिया

(जालंधर छावनी को तहस-नहस करनेवाला योद्धा)

गदर क्रांतिकारियों से जुड़े होने के अपराध में 'कामागाटामारू' जहाज के मुसाफिरों को अंग्रेजों ने बजबज घाट पर गोलियों से उड़ा दिया। उसके बाद पचासों गदरियों को फाँसी की सजा तथा सैकड़ों को कालापानी का दंड दिया गया। इन सब अत्याचारों के कारण पंजाब के स्वदेशाभिमानी लोगों का खून खौलना स्वाभाविक था। उन काररवाइयों का यह परिणाम हुआ कि सरकार के चाटुकारों, जी-हजूरियों, देश के दुश्मनों, सत्ता-पिपासुओं एवं क्रांति के गद्दारों का धड़ाधड़ सफाया किया जाने लगा। सरकार-विरोधी इन कार्यों में आगे आनेवालों में से बंता सिंह धामिया आत्मज जयमल सिंह का उल्लेख करना लाजिमी होगा। उनका जन्म सन् 1900 में पंजाब के होशियारपुर जिले में हुआ था। उनके स्वदेश-प्रेम, त्याग एवं शौर्य को याद दिया जाना चाहिए। कंटकाकीर्ण क्रांति मार्ग पर कदम रखने के पहले वे ब्रिटिश फौज में नौकरी कर रहे थे। दिनोदिन अंग्रेजों की दुर्नीतियों एवं पक्षपात से तंग आकर उन्होंने फौज की नौकरी से इस्तीफा दे दिया। तत्पश्चात् वे आजादी के आंदोलन से जुड़ गए। आंदोलन में तीव्रता लाने के लिए धन की कमी आड़े आ रही थी, जिसे दूर करने के लिए बंता सिंह धामिया की अगुवाई में जगह-जगह डाका डाला जाने लगा। सन् 1923 की 3 मार्च को जालंधर जिलांतर्गत जमशेर रेलवे स्टेशन पर डाका डालकर खजाने को लूट लिया गया। ब्रिटिश राजभक्तों, जमींदारों एवं सरकारी कर्मचारियों के यहाँ भी कई बार डाके डाले गए। जालंधर छावनी में जाकर बंता सिंह धामिया सिपाहियों की घोड़ियाँ और रायफलें छीन लाए। पूरी छावनी को उन्होंने तहस-नहस कर दिया। जालंधर शहर के पास मुंडेर गाँव का जगत सिंह ब्रिटिश सरकार का मुखबिर था। उस सफेदपोश ने बंता सिंह धामिया से हमदर्दी जताकर 12 दिसंबर, 1923 की सुबह में क्रांतिकारियों को अपने घर पर भोजन के लिए आमंत्रित किया। खाना खाने के बाद बंता सिंह धामिया जब आराम करने लगे, तभी नजर बचाकर जगत सिंह ने पुलिसवालों को खबर कर दी।

जालंधर छावनी के जनरल फिट्स एवं डिप्टी कमिश्नर जैकूब की कमान में ब्रिटिश फौज शीघ्र ही मुंडेर पहुँच गई। जगत सिंह के मकान से निकलकर क्रांतिकारी बगल के बिअंत सिंह मिस्त्री के घर जाकर वहीं से मुकाबला करने लगे। उसी मुठभेड़ में ब्रिटिश सेना ने बंता सिंह धामिया को मशीनगन से उड़ा दिया, लेकिन देश के लिए उनकी शहादत व्यर्थ नहीं गई। पंजाब में इसने क्रांति की लौ को और भी प्रखर कर दिया।

□

43

मीराबेन

(विदेशी मूल की भारत-पुत्री)

महात्मा गांधी की शिष्या 'मेडलीन स्लेड' को 'मीराबेन' के नाम से ही जाना जाता है। यह नाम उन्हें स्वयं बापू ने दिया था। मीराबेन अंग्रेजी मूल की थीं। उनके पिता सर एडमंड स्लेड ब्रिटिश नौसेना में एक अधिकारी थे। मीराबेन का जन्म 22 नवंबर, 1892 को एक कुलीन अंग्रेजी परिवार में हुआ था। वे वर्ष 1907 में अपने परिवार के साथ दो वर्षों के लिए भारत आईं। भारत आने से पूर्व उनके दिमाग में भारत की एक तसवीर थी, जिसे साँपों व बीमारियों का घर माना जाता था, परंतु यहाँ आकर उनकी सोच बदली, क्योंकि वे वास्तविक भारत की तसवीर नहीं देख पाई थीं कारण कि वे अधिकारियों के बीच रही थीं। आम जनता से उनका संपर्क नहीं हो सका था।

मीराबेन की प्रारंभिक पढ़ाई-लिखाई उनके घर पर ही हुई। उन्हें पढ़ाई के अलावा संगीत, मूर्तिकला और वास्तुशास्त्र में गहन रुचि थी। इसी बीच वे फ्रेंच लेखिका रोम्याँ रोलाँ के संपर्क में आईं तथा फ्रेंच भाषा सीखी। यह पुस्तक महात्मा गांधी पर लिखी गई थी। इस पुस्तक को पढ़कर वे अत्यंत प्रभावित हुईं। पुस्तक पढ़ते-पढ़ते उन्होंने अपने जीवन का लक्ष्य निर्धारित कर लिया। उन्हें ऐसा लगा, मानो उस अज्ञात की खोज पूरी हुई, जिसने उन्हें वर्षों से बेचैन कर रखा था। उनका नया जीवन आरंभ हुआ। सफाई, सादगी और पवित्रता से जीवन बिताना, सात्त्विक भोजन करना, अपने हाथों से सारा काम करना, सूत कातना आदि उनके अभ्यास के अंग थे। शीघ्र ही उन्होंने बिस्तर का त्याग कर दिया और जमीन पर सोने लगीं।

भारत के बारे में और अधिक जानने की इच्छा से उन्होंने हिंदी और उर्दू भाषा सीखी। शास्त्रों, वेदों व पुराणों का अध्ययन किया। वे भारत आने से पूर्व भारतीय सभ्यता व संस्कृति में पूरी तरह रम जाना चाहती थीं। अपने आभूषण बेचकर उन्होंने कुछ रुपए जमा किए और अपने काते हुए सूत के साथ बापू के पास भारत भेज दिए। बापू ने अपनी इस अनूठी शिष्या का स्वागत करते हुए उत्तर भेज दिया—'अगर संकल्प दृढ़ है तो भारत

आने में देरी कैसी?' बस फिर क्या था, वे अपना घर, परिवार व देश को छोड़कर 7 नवंबर, 1923 को भारत (मुंबई) आ गईं तथा साबरमती आश्रम पहुँचकर बापू से भेंट की। इस भेंट को उन्होंने 'तीव्र शनि' की संज्ञा दी। बापू ने नतमस्तक मेडलिन को उठाकर अपने सीने से लगाया और केवल एक ही वाक्य कहा, 'आज से तुम मेरी बेटी हो।' यह कहकर बापू ने मेडलिन को 'मीराबेन' का नाम दिया।

मीराबेन को आश्रम के लोगों ने बहुत स्नेह दिया। मीरा ने अपने बाल छोटे-छोटे करवा लिये। मीराबेन में बापू के प्रति अगाध श्रद्धा थी। उन्होंने खादी की सफेद साड़ी धारण कर ली। यह एक विदेशी युवती का वैराग्य था। आश्रम में बापू ने मीराबेन को सबसे पहले शौचालय की सफाई का काम सौंपा। यह कार्य मीराबेन ने सहर्ष स्वीकार किया और पूरी लगन से किया भी। कुछ ही समय में वे आश्रम के नियमों के अनुसार बदल गई। आश्रम में वे सुबह जल्दी उठकर प्रार्थना सभा में भाग लेती थीं, हिंदी सीखती थीं, कपास छाँटती थीं, बापू द्वारा सौंपा गया कार्य करती थीं तथा इसके बाद वे बापू सेवा करती थीं। वे बापू की सेवा उसी तरह करती थीं, मानो कोई पुत्री अपने पिता का ध्यान रखती हो।

बापू द्वारा चलाए जा रहे खादी कार्यक्रम में एक बार बिहार जाने का अवसर मिला। नमक सत्याग्रह में जब गांधीजी बंदी बना लिये गए तो मीराबेन के प्रचार के लिए देश के कई भागों में दौरा करती रहीं। बापू का हर काम व ध्येय मानो उनके जीवन का लक्ष्य बन गया था। वर्ष 1932 में कांग्रेस कार्यकारिणी समिति को गैर-कानूनी घोषित करके गांधीजी को फिर जेल भेज दिया गया। समाचार-पत्रों पर सेंसरशिप लगा दी गई। इस दौरान मीराबेन ने ब्रिटिश सरकार के काले कारनामों की सूचना व समाचार इंग्लैंड, फ्रांस व जर्मनी आदि देशों में भिजवाए, ताकि लोग जान सकें कि भारतीयों के साथ अंग्रेज सरकार कितना बुरा व्यवहार कर रही है। गोलमेज सम्मेलन में भी मीराबेन गांधीजी के साथ इंग्लैंड गईं। भारत की प्रतिकूल जलवायु और आश्रम के कठोर नियमों के कारण मीराबेन कई बार बीमार पड़ीं, लेकिन बापू के स्नेह का संबल उन्हें फिर से चुनौतियों का सामना करने के लिए तैयार कर देता था। मीराबेन ने बापू के आदर्शों को पूरी तरह आत्मसात् कर लिया था, इसलिए उन्होंने विदेशों में भी अपने भाषणों के माध्यम से लोगों को बापू के आदर्शों, रामराज्य की कल्पना, अहिंसा व विश्वशांति का संदेश दिया। अपने ही देश की लड़की के मुख से बापू के विषय में ऐसे विचार सुनकर विदेशी भी भारत की ओर आकर्षित हुए। उनके मन में भारत की काल्पनिक छवि मिटाने में मीराबेन ने मदद की, ताकि वे वास्तविक भारत का परिचय पा सकें और भारतीय संस्कृति व सभ्यता को नमन कर सकें। विदेशों में वे उच्च अधिकारियों से मिलीं तथा भारत के विषय में फैली भ्रांतियों का निराकरण किया तथा भारतीयों पर अंग्रेजी सरकार द्वारा किए जा रहे अत्याचारों की

जानकारी दी। इस प्रकार मीराबेन ने विदेशों में गांधीजी की समाज–सुधारक वाली छवि का परिचय दिया।

इसके साथ भारत में मीराबेन बापू द्वारा चलाए गए कार्यक्रमों को गति देने के लिए विभिन्न स्थानों का स्वयं दौरा करती थीं। 'भारत छोड़ो आंदोलन' के दिनों में मीराबेन 11 अगस्त, 1942 से 6 मई, 1944 तक आगा खान महल में नजरबंद रहीं। उनकी यह कैद पीड़ा, करुणा और दु:ख से परिपूर्ण थी, यद्यपि इसमें कुछ हलके क्षण भी विद्यमान थे। इस नजरबंद शिविर में 15 अगस्त, 1942 को अनशन के दौरान महादेव भाई की मृत्यु हो गई और 21 दिन के उपवास के दौरान 11वें दिन बापू की हालत मरणासन्न हो गई थी। वे दिन बहुत तनाव भरे थे। मीराबेन ने इस अवधि में बापू की पुत्री बनकर उनकी महान् सेवा की।

मीराबेन ने ग्रामीण जीवन के उत्थान से जुड़े कार्यक्रमों पर ध्यान दिया। 'किसान आश्रय' नामक संस्था की स्थापना की। इसमें किसानों को कृषि व पशुपालन आदि के बारे में उपयोगी जानकारी दी जाती थी।

बापू की मृत्यु के बाद मीराबेन विदेश लौट गईं। वे पूर्व के देशों के धर्म व अध्यात्म और मूल्यों की अलख जगाती रहीं। 26 जनवरी, 1982 को भारत सरकार ने मीराबेन को पद्म विभूषण पुरस्कार से सम्मानित किया। 20 जुलाई, 1982 को वियना के निकट एक गाँव में उनका निधन हो गया। इस प्रकार मीराबेन के साथ एक युग का अंत हुआ। भारतवासी उनके योगदान को सदैव याद करते रहेंगे।

□

44

मणिबेन पटेल (1903–1990)

(बारदोली आंदोलन की महिला नेत्री)

लौहपुरुष सरदार वल्लभभाई पटेल की सुपुत्री मणिबेन पटेल का जन्म 3 अप्रैल, 1903 को गुजरात के करमसद नामक स्थान पर हुआ। जब वे 6 वर्ष की थीं, तभी उनकी माता का देहांत हो गया था। उनके लालन–पालन का दायित्व उनके ताऊ विट्ठल भाई पटेल ने उठाया। उनकी प्रारंभिक शिक्षा मुंबई के क्वीन मैरी हाई स्कूल में हुई। 1920 में अहमदाबाद जाने के बाद वे गुजरात विद्यापीठ में भर्ती हुईं तथा 1925 में उन्होंने स्नातक परीक्षा उत्तीर्ण की।

स्नातक परीक्षा उत्तीर्ण करने के बाद वे अपने पिता सरदार वल्लभभाई पटेल के साथ रहने लगीं, किंतु पिता की व्यस्तता के चलते पिता और पुत्री के बीच किसी प्रकार का संवाद नहीं होता था। 1923–24 में ब्रिटिश सरकार ने क्षेत्रीय लोगों पर भारी कर लगाए, उनकी भूमि व पशुओं को जब्त कर लिया। अंग्रेजों के इस दमनकारी रवैए से क्रुद्ध होकर हजारों महिलाओं ने मणिबेन पटेल के नेतृत्व में आंदोलन किया। वे महात्मा गांधी से मिलीं। गांधीजी, सरदार पटेल एवं अन्य नेताओं की सभाओं में भाग लेने लगीं। उन्होंने 'कर मत चुकाओ' अभियान को शक्तिशाली समर्थन प्रदान किया।

1928 में बारदोली के किसानों को इसी प्रकार की यंत्रणा से गुजरना पड़ा। महात्मा गांधी ने जनता को संगठित किया तथा करबंदी अभियान की जिम्मेदारी सरदार वल्लभभाई पटेल को सौंप दी। उन्होंने इस कार्य को बड़े साहस और कुशलतापूर्वक संपन्न किया। उनकी इस योग्यता से प्रभावित होकर महात्मा गांधीजी ने उन्हें 'सरदार' की उपाधि प्रदान की।

यद्यपि आरंभ में महिलाओं ने बाहर निकलने में संकोच दिखाया, परंतु मणिबेन के संकल्प के आगे बालिकाएँ, दुर्बल, अशक्त एवं बीमार महिलाएँ भी उठ खड़ी हुईं। उनके हृदय–परिवर्तन का श्रेय मणिबेन पटेल को ही जाता है। इन महिलाओं ने सरकार द्वारा जबरन जब्त की गई जमीन पर तंबू गाड़ लिये तथा झोंपड़ियाँ खड़ी कर लीं। उन्होंने

वीरतापूर्वक पुलिस का भी सामना किया। 1928 के बारदोली आंदोलन की सफलता के बाद मणिबेन पटेल को कई बार जेलयात्रा करनी पड़ी। वे 1930, 1932-34, 1938-39, 1940 तथा 1942-45 में जेल गईं। इससे पूर्व 1927 में उन्होंने कैरा जिला बाढ़ राहत कार्य में सराहनीय योगदान दिया।

वे 1951 से कांग्रेस में सम्मिलित हुईं तथा विभिन्न पदों पर रहते हुए पूरे भारत का दौरा किया तथा कई रचनात्मक, संगठनात्मक कार्यों का नेतृत्व किया। वे अनेक संस्थाओं के उत्तरदायित्वपूर्ण पदों पर रहीं तथा उनका कुशलतापूर्वक संचालन किया। वे गांधीवादी विचारधारा की प्रबल समर्थक थीं। 1952-57 तथा 1957-62 तक वे लोकसभा की सदस्य रहीं। गांधीजी के रचनात्मक आंदोलन संबंधी उनके कई प्रकाशन भी हैं, जिनमें 'बापूना पन्नो', 'सरदारनी सीख' तथा 'देशी राज' आदि प्रमुख हैं। सन् 1990 में उनका निधन हो गया। देश के स्वतंत्रता आंदोलन व नवनिर्माण में उनका महत्त्वपूर्ण योगदान है। देशवासी उनके योगदान को लंबे समय तक याद करते रहेंगे।

□

45

राजेंद्रनाथ लाहिड़ी

(भारत के पहले छात्र नेता, जिनको फाँसी हुई)

देश की आजादी की लड़ाई में शरीक हुए लोगों में विश्वविद्यालयों का योगदान अभूतपूर्व रहा है। कॉलेज यूनिवर्सिटी में पढ़ने के दौरान भरी तरुणाई में जान देनेवाले प्रारंभिक लोगों में एक थे राजेंद्रनाथ लाहिड़ी। काकोरी कांड के चौथे अभियुक्त राजेंद्रनाथ लाहिड़ी का जन्म बंगाल (आज का बांग्लादेश) में पबना जिले के अंतर्गत मड़याँ (मोहनपुर) गाँव में 29 जून, 1901 को हुआ। राजेंद्र लाहिड़ी का परिवार पहले से ही स्वाधीनता आंदोलनों से जुड़ा था। पिता क्षिति मोहन लाहिड़ी और बड़े भाई बंगाल में चल रहे 'अनुशीलन दल' की गुप्त गतिविधियों में योगदान देने के जुर्म में गिरफ्तार कर लिये गए थे। माँ बसंत कुमारी गृहिणी थीं। मन से मजबूत बसंत कुमारी को पुत्रमोह छू भी नहीं सका। बड़े बेटे और पति के गिरफ्तार होने के बाद उन्होंने अपने छोटे बेटे राजेंद्रनाथ लाहिड़ी को नौ वर्ष की उम्र में उनके मामा के घर वाराणसी भेज दिया। 1910 में जब राजेंद्रनाथ लाहिड़ी बनारस आए तो यहाँ पूर्वांचल की राजनीतिक गतिविधियों में रुचि लेने लगे।

काकोरी कांड के दौरान लाहिड़ी काशी हिंदू विश्वविद्यालय में इतिहास विषय में एम.ए. (प्रथम वर्ष) के छात्र थे। राजेंद्रनाथ लाहिड़ी को देश-प्रेम और निर्भीकता की भावना विरासत में मिली थी। राजेंद्रनाथ लाहिड़ी की सामाजिक सक्रियता के बाद उनकी मुलाकात सुप्रसिद्ध क्रांतिकारी शचींद्रनाथ सान्याल से हो गई। शचींद्रनाथ बनारस में लगातार राजनीतिक उत्प्रेरक की भूमिका में गरम दल के तौर पर मुखर थे। वे वरिष्ठ क्रांतिकारी थे। उन्होंने हिंदुस्तान रिपब्लिकन एसोसिएशन की नींव डाली थी। इससे पूर्व वे प्रथम विश्वयुद्ध के दौरान अंग्रेजों के खिलाफ विद्रोह करने के आरोप में कालापानी की सजा काटकर लौटे थे। कालापानी से छूटकर आते ही वे पुन: नए क्रांतिकारियों की खोज और बिखरे साथियों को संगठित करने में लग गए।

इसी क्रम में शचींद्र सान्याल को ऊर्जा से भरा बनारस में ही रहनेवाला एक

क्रांतिकारी मिल गया। राजेंद्रनाथ लाहिड़ी की फौलादी दृढ़ता, देश-प्रेम और आजादी के प्रति दीवानगी के गुणों को पहचानकर शचींद्रनाथ सान्यालजी ने उन्हें अपने साथ रखकर बनारस से प्रकाशित पत्रिका 'बंग वाणी' के संपादन का दायित्व दे दिया। कुछ समय के बाद उन्हें अनुशीलन समिति की वाराणसी शाखा के सशस्त्र विभाग का प्रभार भी सौंप दिया। बहुत कम समय में ही कार्य-कुशलता को देखते हुए उन्हें हिंदुस्तान रिपब्लिकन एसोसिएशन की गुप्त बैठकों में आमंत्रित किया जाने लगा।

इस प्रकार अब उनकी कोर टीम के सदस्य बने रामप्रसाद बिस्मिल, शचींद्रनाथ बख्शी, योगेंद्रचंद्र चटर्जी, अशफाक उल्ला खान, राजेंद्र लाहिड़ी इत्यादि। क्रांतिकारियों के इस दल ने 31 जनवरी, 1925 को अपना घोषणा-पत्र जारी किया, जिसमें साफ तौर पर लिखा था--

> *"हम एक ऐसे समाज का निर्माण करना चाहते हैं, जिसमें आदमी द्वारा आदमी का शोषण असंभव हो जाए।"*

इसके बाद मुखरता से एच.आर.ए. ने अपना लक्ष्य सामने रखना शुरू कर दिया। उन्होंने सार्वजनिक कर दिया कि उनका लक्ष्य है—'सशस्त्र क्रांति द्वारा अंग्रेजों को मार भगाना और फेडरल रिपब्लिक ऑफ इंडिया की स्थापना करना।'

दिल में राष्ट्र-प्रेम की चिनगारी लिये वे तमाम क्रांतिकारी राजनीतिक गतिविधियों में जुटे रहने लगे। श्री राजेंद्रनाथ लाहिड़ी बाद में क्रांतिकारी पार्टी हिंदुस्तान रिपब्लिकन एसोसिएशन के बनारस शाखा के इनचार्ज बने। उन्होंने 1923 से 1928 के बीच एच.आर.ए. के लिए संगठन मजबूती का काम किया। बी.एच.यू., काशी विद्यापीठ, संस्कृत विद्यालय आदि के छात्रों को अंग्रेजों के खिलाफ सशस्त्र आंदोलन चलाने के लिए संगठित किया। उनके साथियों में चंद्रशेखर आजाद, मन्मथनाथ गुप्त, रामकृष्ण खत्री जैसे नाम शुमार हैं। काकोरी की वह ट्रेन डकैती का साहसिक कार्य भला कौन भूल सकता है, जिसके किस्से सुनकर हम और आप हर पल गौरवान्वित महसूस करते हैं। अंग्रेजों के खिलाफ हथियार खरीदने के लिए सरकारी खजाना लूटने के साहसिक काम को अंजाम देनेवाले 10 नौजवानों में से लाहिड़ी भी एक थे। काकोरी कांड में गिरफ्तार हुए राजेंद्रनाथ लाहिड़ी पर अदालत ने 6 अप्रैल, 1927 को फैसला सुनाया। अंग्रेजी हुकूमत ने क्रांतिकारियों के लिए फाँसी की तारीख 19 दिसंबर, 1927 तय की। लेकिन अंग्रेज हुकूमत को खौफ था कि तयशुदा तारीख पर फाँसी देने पर हिंदुस्तान की जनता उमड़ सकती है। इसी खौफ के कारण अंग्रेजों ने तय तारीख से दो दिन पहले, यानी 17 दिसंबर, 1927 को राजेंद्र लाहिड़ीजी को गोंडा की जिला जेल में फाँसी दे दी और गुपचुप तरीके से ही उनका अंतिम संस्कार भी कर दिया।

राजेंद्रनाथ लाहिड़ी के साहस और आत्मविश्वास का एक किस्सा रोंगटे खड़े कर देनेवाला है। फाँसी की सजा की घोषणा बाद भी श्री राजेंद्रनाथ लाहिड़ी रोज की भाँति व्यायाम करते थे। उनका लगभग समय इसी में जाता था। उनकी दिनचर्या में जब कोई खास परिवर्तन नहीं आया तो जेलर ने उनसे पूछ लिया, 'पूजा-पाठ तो ठीक है, लेकिन यह कसरत क्यों करते हो, अब तो फाँसी लगनेवाली है तो यह सब क्यों कर रहे हो?' तब जेलर को जवाब मिला, 'अपने स्वास्थ्य के लिए कसरत करना मेरा रोज का नियम है और मैं मौत के डर से अपना नियम क्यों छोड़ दूँ? यह कसरत अब मैं इसलिए करता हूँ, क्योंकि मैं हिंदू हूँ और मुझे दूसरे जन्म में विश्वास है, मुझे दूसरे जन्म में बलिष्ठ शरीर मिले, इसलिए करता हूँ, ताकि ब्रिटिश साम्राज्य को मिट्टी में मिला सकूँ...मैं मर नहीं रहा हूँ, बल्कि स्वतंत्र भारत में पुनर्जन्म लेने जा रहा हूँ।'

राजेंद्र लाहिड़ी के भारत में पुनर्जन्म लेनेवाली बात ने न जाने कितनों को रोमांचित कर दिया होगा। जेलर से इतने आत्मविश्वास से बात करने के पीछे का संघर्ष कमाल का था।

काकोरी कांड से संबंधित यहाँ एक रोचक बात और ध्यान में रखनेवाली है। काकोरी कांड के केंद्र में भी राजेंद्रनाथ लाहिड़ी ही थे। हुआ यों कि स्वतंत्रता आंदोलन को गति देने के लिए धन की आवश्यकता थी। इसी क्रम में एच.आर.ए. के सामरिक विभाग के प्रमुख पं. रामप्रसाद बिस्मिल के निवास पर बैठक हुई। इसमें राजेंद्रनाथ लाहिड़ी भी सम्मिलित हुए। इसमें ट्रेन से अंग्रेजी सरकार का खजाना लूटने की बात तय हुई। जब ट्रेन से खजाना लूटने का बाकी क्रांतिकारियों ने तय किया तो सबसे ज्यादा जिम्मेदारी राजेंद्रनाथ लाहिड़ी के कंधों पर आ गई।

इस योजना को अंजाम देने के लिए राजेंद्रनाथ लाहिड़ी ने काकोरी से ट्रेन छूटते ही जंजीर खींचकर उसे रोक लिया और 9 अगस्त, 1925 की शाम सहारनपुर से चलकर लखनऊ पहुँचने वाली आठ डाउन ट्रेन पर क्रांतिकारी पं. रामप्रसाद 'बिस्मिल' ने अशफाक उल्ला खान और चंद्रशेखर आजाद व छह अन्य सहयोगियों की मदद से धावा बोल दिया। कुल 10 नौजवानों ने मिलकर ट्रेन में जा रहा सरकारी खजाना लूट लिया। कमाल की बात तो यह कि उस वक्त ट्रेन में सफर कर रहे अंग्रेज सैनिकों की हिम्मत नहीं हुई कि इन उत्साही नौजवानों का सामना कर सकें। राजेंद्रनाथ लाहिड़ी जितने साहसी थे, उतने ही तेज मस्तिष्क के भी थे। काकोरी कांड के बाद उन्होंने बनारस में रहना कम कर दिया। वे रामप्रसाद बिस्मिल के कहने पर बम बनाने का प्रशिक्षण लेने बंगाल चले गए। अब बंगाल तो उनका घर ही था। लेकिन संगठनात्मक काम में अनुशासन का ऐसा पाठ पढ़ाया गया था कि राजेंद्रनाथ लाहिड़ी ने जिम्मेदारी से बम बनाने का प्रशिक्षण लेना शुरू किया। राजेंद्रनाथ लाहिड़ी कलकत्ता गए और वहाँ से कुछ दूर स्थित दक्षिणेश्वर में

उन्होंने बम बनाने का सामान इकट्ठा किया। लेकिन प्रकृति को कुछ और ही मंजूर था। शुरुआती दिनों में वे अभी पूरी तरह से प्रशिक्षित भी न हो पाए थे कि उनके एक साथी की असावधानी से एक बम फट गया। यह धमाका इतना तेज था कि आवाज सुनकर पुलिस वहाँ आ गई। यहीं सुदूर दक्षिणांचल में कुल 9 साथियों के साथ राजेंद्रनाथ लाहिड़ी भी गिरफ्तार हो गए। उन पर मुकदमा दायर किया गया और 10 वर्ष की सजा हुई। बाद में अपील करने पर यह सजा 5 वर्ष कर दी गई। यह सब चल ही रहा था कि बाद में ब्रिटिश राज ने दल के सभी प्रमुख क्रांतिकारियों पर काकोरी कांड के नाम से मुकदमा दायर करते हुए, सभी पर ब्रिटिश क्राउन के विरुद्ध सशस्त्र युद्ध छेड़ने तथा खजाना लूटने का आरोपी बना दिया। इस पूरे आरोप में झूठी गवाहियाँ व मनगढ़ंत प्रमाण पेश कर उसे सही साबित भी कर दिखाया गया। इसके बाद बहरी अंग्रेजी सरकार के सामने तमाम अपीलें की गईं। जरूरी दलीलें दी गईं, लेकिन क्रूर ब्रिटिश सरकार की अदालत टस-से-मस नहीं हुई। अंत में राजेंद्रनाथ लाहिड़ी, पं. रामप्रसाद बिस्मिल, अशफाक उल्ला खान तथा ठाकुर रोशन सिंह—एक साथ चार व्यक्तियों को फाँसी की सजा सुना दी गई। इसके बाद राजेंद्रनाथ लाहिड़ी को गोंडा जेल लाया गया, जहाँ तय तिथि के दो दिन पूर्व 17 दिसंबर को ही फाँसी दे दी गई। उन्हें फाँसी दे दी गई। आजादी के इस दीवाने ने हँसते-हँसते फाँसी का फंदा चूमने से पहले वंदे मातरम् की हुंकार भरते हुए कहा था—'मैं मर नहीं रहा हूँ, बल्कि स्वतंत्र भारत में पुनर्जन्म लेने जा रहा हूँ।' राजेंद्रनाथ लाहिड़ी द्वारा जेलर को कहा गया यह आखिरी वाक्य एवं अन्य घटनाएँ आज भी गोंडा के जिला जेल में एक शिलापट्ट पर अंकित हैं। वर्तमान में गोंडा जिला कारागार के फाँसीगृह में स्थापित लाहिड़ी जीवनवृत्त और राजेंद्रनाथ लाहिड़ी की क्रांतिकारी महानायक छवि को पुष्ट करती कविता भी शिलापट्ट पर अंकित है। धर्म और संप्रदाय से ऊपर उठकर राजेंद्रनाथ लाहिड़ी की अंतिम इच्छा का सम्मान करने की यह परंपरा आज तक जिला कारगार में कायम है।

स्रोत : शशिकांत यादव (शोध छात्र, बी.एच.यू.) के अप्रकाशित शोध-पत्र एवं अमीरुद्दौला लाइब्रेरी से साभार

□

46

क्रांतिकारी कल्पना

(चटगाँव की शेरनी)

भारतीय स्वतंत्रता में अपना अमूल्य योगदान देनेवाली प्रमुख महिला क्रांतिकारियों में कल्पना दत्त का नाम भी प्रमुख है।

कल्पना दत्त का जन्म 27 जुलाई, 1914 को चटगाँव में हुआ। उनकी माता का नाम शोभना देवी और पिता का नाम विनोद बिहारी दत्त था। वे सूर्यसेन के क्रांतिकारी दल की ही एक बहादुर क्रांतिकारी सैनिक थीं। उन्हें बचपन से ही वीरतापूर्ण और साहसी कहानियाँ सुनने का शौक था। वे खाली समय में व्यायाम करतीं और तैराकी सीखती थीं, ताकि बहादुरी के काम करने के लिए शरीर को मजबूत बनाया जा सके। उनके दो चाचा भी स्वतंत्रता आंदोलन में सक्रिय थे। वे उनसे काफी प्रेरित थीं।

चटगाँव शस्त्रागार लूट में शामिल

उनको क्रांतिकारी सूर्यसेन के दल के एक सदस्य तारकेश्वर दस्तीदार ने दल में शामिल होन के लिए प्रेरित किया। अप्रैल 1930 में जवाहरलाल नेहरू की गिरफ्तारी पर उन्होंने कॉलेज में हड़ताल करवा दी। उन्हीं दिनों में 18 अप्रैल, 1930 को क्रांतिकारियों ने चटगाँव के शस्त्रागार पर भारी हमला कर उसे लूटा और अपने कब्जे में ले लिया।

इस अचानक हमले से अंग्रेज शासक बौखला गए। चटगाँव के चप्पे-चप्पे पर पुलिस बैठा दी गई। बड़ी कठिनाई से कल्पना कलकत्ता से चटगाँव आई और उसने दल के लोगों से संपर्क किया। चटगाँव के क्रांतिकारियों पर जेल में मुकदमा चल रहा था। बाहर के साथियों ने तय किया कि जिस दिन रामकृष्ण और दिनेश गुप्ता को फाँसी की सजा दी जाए, उसी दिन 'डाइनामाइट' से जेल उड़ा दी जाए, बड़े पैमाने पर तैयारी हो गई। जेल उड़ाने का काम कल्पना व उसके साथियों को मिला। पर किसी सूत्र से पुलिस को खबर मिल गई और उनकी योजना पर अमल नहीं हो पाया। 17 सितंबर, 1932 की

उस रात पहाड़ी तल्ला के निकट पुरुष वेश में घूमती हुई कल्पना दत्त पुलिस के हाथ पड़ गईं। कल्पना पर मुकदमा चलाया गया।

रामकृष्ण व दिनेश गुप्ता को फाँसी दे दी गई। कल्पना पर दफा 109 में अभियोग था कि उसने अपने घर में चटगाँव शस्त्रागार के हथियार छुपाए और लड़कियों को क्रांतिकारी दल में शामिल होने के लिए भड़काया। अभियोग ठीक थे, पर पूरी तरह राजनीतिक थे। ये अभियोग दफा 109 में नहीं लगाए जा सकते थे, इसलिए कल्पना जमानत पर छूट गई। परंतु उसके घर पर सशस्त्र पुलिस का पहरा बैठा दिया गया। मास्टर दा (नेता सूर्यसेन) का संदेश पाकर किसी तरह मौका निकालकर वे घर से निकल गईं। एक दिन कल्पना, सूर्यसेन व अन्य साथी गोशल गाँव के एक मकान में छिपे थे कि पुलिस वहाँ भी पहुँच गई। स्थिति को तुरंत भाँप वे लोग भाग निकले, परंतु 16 फरवरी, 1933 को सूर्यसेन और कल्पना रात का खाना खाकर किसी काम से निकलनेवाले थे कि पुलिस ने उनका ठिकाना घेर लिया और वहीं पुलिस से उनकी मुठभेड़ हो गई। दो घंटे तक आमने-सामने चली लड़ाई के बाद सूर्यसेन गिरफ्तार हो गए। कल्पना फिर भी छिप-छिपकर शत्रु पर गोली चलाती हुई भाग निकलने में सफल रहीं। मई 1933 में उन्हें अंततः गिरफ्तार कर लिया गया।

सूर्यसेन, तारकेश्वर, कल्पना आदि पर चटगाँव शस्त्रागार कांड के संबंध में मुकदमा चला। 12 फरवरी, 1934 को सूर्यसेन और तारकेश्वर दस्तीकार को फाँसी की सजा मिली और कल्पना को उम्रकैद। मिदनापुर जेल में वे गांधीजी से भी मिली थीं।

अपनी पुस्तक 'चटगाँव शस्त्रागार आक्रमण के संस्मरण' में उन्होंने लिखा—"जेल में गांधीजी मुझसे मिलने आए। वे मुझसे मेरी क्रांतिकारी गतिविधियों के कारण बहुत खुश नहीं थे। पर उन्होंने कहा, 'मैं फिर भी तुम्हारी रिहाई के बारे में प्रयत्न करूँगा।'" 1937 में जब प्रांतीय स्व-शासन लागू हुआ तो गांधीजी, रवींद्रनाथ ठाकुर और सी.एफ. एंड्रूज के विशेष प्रयत्नों से 1 मई, 1939 को कल्पना रिहा हो गईं। बाहर आकर कल्पना ने एम.ए. में प्रवेश लिया और 'ट्रेड यूनियन वर्कर' के रूप में कार्य करने लगीं।

द्वितीय विश्वयुद्ध के बाद क्रांतिकारी गतिविधियों में फिर से सक्रिय होने के कारण वर्ष 1941 में उन पर फिर पाबंदियाँ लगा दी गईं, जिससे 1942 के आंदोलन में सीधे भाग लेना उसके लिए कठिन हो गया। बाद में कल्पना की भेंट कम्युनिस्ट नेता श्री पी.सी. जोशी से हुई और 4 अगस्त, 1943 को वे विवाह बंधन मे बँध गए। भारत विभाजन के बाद वे कलकत्ता आ गईं। कलकत्ता में अध्यापन कार्य करने के बाद कल्पना कुछ समय दिल्ली 'इंडो-सोवियत कल्चरल सोसाइटी' में कार्यरत रहीं।

□

47
श्रीमती सरजू देवी

देशभक्ति की भावना से ओत-प्रोत श्रीमती सरजू देवी का जन्म 10 जनवरी को बुंदेलखंड की छतरपुर रियासत के चंदेली ग्राम में श्री छिमाधर अरजरिया के यहाँ हुआ था। उन्हें अपने पिता के घर कोई भी स्कूली शिक्षा प्राप्त नहीं हुई थी। विवाह के पश्चात् ही पति से उन्होंने पढ़ना-लिखना सीखा।

सन् 1918 में 9 वर्ष की आयु में उनका विवाह विश्वेश्वर दयाल चंदेल के साथ हुआ। विश्वेश्वरजी ने केवल उन्हें आंदोलन में भाग लेने की अनुमति ही प्रदान नहीं की, बल्कि कंधे-से-कंधा मिलाकर राष्ट्रीय आंदोलन में भाग लेने का भी निश्चय किया।

सन् 1929 में गांधीजी कस्तूरबा के साथ आल्हा-ऊदल की भूमि महोबा पहुँचे, उस समय हमीरपुर जिले की सक्रिय कार्यकत्री रानी राजेंद्र कुमारी एवं उनके पति दीवान शत्रुघ्न सिंह ने जिले की महिलाओं को संगठित कर गांधीजी और बा के स्वागत का आयोजन किया तो अन्य बहनों के साथ श्रीमती सरजू देवी को भी बा से भेंट करने का सुअवसर प्राप्त हुआ। उसी दिन उन्होंने बा के समक्ष और अपने जिले की रानी राजेंद्र कुमारी के सामने राष्ट्रीय आंदोलन में भाग लेने की शपथ ली। तुरत कांग्रेस की सदस्यता भी स्वीकार ली। इसके बाद उन्होंने महोबा खास व उसके आसपास के गाँवों की बहनों से रात-दिन संपर्क अभियान चलाकर उनसे देशहित हेतु आगे आने की अपील की।

सन् 1930-32 में सविनय अवज्ञा आंदोलन आरंभ होने पर हमीरपुर जिले की अग्रणी कार्यकत्री रानी राजेंद्र कुमारी के साथ स्वयंसेविका के रूप में सरजू देवी ने उल्लेखनीय कार्य किया। खादी के प्रचार के लिए उन्होंने गाँव-गाँव का दौरा किया। विदेशी वस्त्रों और शराब की दुकानों पर धरना दिया। सभाओं और जुलूसों में भाग लिया। आंदोलन के दूसरे दौर में सरकार ने कठोर नीति अपनाई। प्रांतीय कांग्रेस कमेटी गैर-कानूनी घोषित कर दी गई। दफा 144 के अंतर्गत सभाओं और जुलूसों पर प्रतिबंध लगा दिया गया था। 26 जनवरी, 1932 को स्वाधीनता दिवस के उपलक्ष्य में सरजू देवी ने महोबा के चौक बाजार में झंडा फहराने का निश्चय किया। पुलिस चारों तरफ से

लगी हुई थी। फिर भी गुरिल्ला पद्धति से छिपते-छिपाते हुए वे वहाँ जा पहुँचीं और भारत का झंडा फहरा दिया। पं. जवाहरलाल नेहरू की गिरफ्तारी के बाद उन्होंने बुंदेलखंड में लोगों को हड़ताल करने के लिए प्रेरित किया। इस कारण उन्हें सौ रुपए जुरमाने सहित एक माह कैद की सजा दी गई। वे अपने ढाई वर्ष के एकमात्र पुत्र को साथ लेकर जेल गईं। आंदोलन संबंधी गतिविधियों में भाग लेने के कारण अंग्रेजी हुकूमत ने पुनः दो बार उन्हें गिरफ्तार किया और क्रमशः 6-6 माह कैद की सजा हुई। वे हमीरपुर जेल में रहीं और फिर बनारस जेल में। जेल से रिहा होने के बाद उन्होंने खादी के प्रचार, अछूतोद्धार और सांप्रदायिकता सद्भावना पर बल दिया। देश के स्वतंत्र होने के पश्चात् वे आजीवन देशहित के काम में संलग्न रहीं।

संदर्भ : 1. श्रीमती सरजू देवी, महोबा, हमीरपुर से साक्षात्कार के आधार पर
2. स्वतंत्रता संग्राम सैनिक, झाँसी डिवीजन

□

48

उर्मिला देवी शास्त्री

(बच्चों को पत्र लिखने तक से मनाही, पर देशप्रेम रहा जारी)

भारतीय स्वतंत्रता संग्राम में उर्मिला देवी शास्त्री का योगदान अत्यंत सराहनीय रहा है। उनका जन्म 20 अगस्त, 1909 को श्रीनगर में हुआ था। उनके पिता का नाम चिरंजीत लाल था। वे स्वामी दयानंद के भक्त तथा एक प्रमुख आर्यसमाजी कार्यकर्ता थे, इसलिए संयम व अनुशासन के संस्कार उन्हें विरासत में मिले। उर्मिला की बड़ी बहन सत्यवती मलिक एक प्रसिद्ध लेखिका थीं। उनकी छोटी बहन पुरुषार्थवती एक कवयित्री थीं। उन्होंने राष्ट्रीय कविताएँ लिखी थीं, परंतु अल्पायु में ही उनका निधन हो गया था। सत्यवती मलिक की बेटी डॉ. कविता वात्सायन एक सुविख्यात नाम है, जिससे सभी परिचित हैं।

उर्मिला देवी ने मिडिल परीक्षा पास करने के बाद अपने घर पर ही अंग्रेजी तथा संस्कृत ग्रंथों का अध्ययन किया तथा कई शास्त्रीय परीक्षाएँ पास कीं। फिर आर्य गुरुकुल देहरादून में कुछ समय तक अध्यापन किया। देश-सेवा की लगन उनके भीतर सेठ जमनालाल बजाज ने जगाई थी। वर्ष 1929 में उन्होंने जात-पाँत की रूढ़ि को तोड़कर मेरठ के प्रो. धर्मेंद्र शास्त्री से सिविल विवाह किया तथा मेरठ में ही बस गईं। उनका विवाह उनके लेखन तथा महिला उत्थान कार्यों में बाधक नहीं, बल्कि साधक बना और वे अपने आसपास की महिलाओं को जाग्रत् करने के लिए क्रियाशील हो गईं। वे गांधीजी के आह्वान पर एक कुशल महिला संगठक और स्वतंत्रता सेनानी के रूप में सामने आ गईं।

मेरठ के नौचंदी मेले में विदेशी कपड़ों का बहिष्कार आंदोलन चलानेवाली महिला टोली की कमांडर उर्मिला देवी ही थीं। उन्होंने 3,000 महिलाओं को संगठित करके उन्हें सात टोलियों में विभाजित करके विभिन्न क्षेत्रों का काम सौंपा। उन्होंने 6 घंटे के अंदर 2,200 प्रतिज्ञा-पत्र भरवाए। यह उनकी संगठनात्मक क्षमता का प्रमाण देने के लिए पर्याप्त है। इसके साथ ही मेरठ नगर में 34 सभाएँ भी आयोजित कीं। मेरठ के एक प्रसिद्ध नेता पं. प्यारेलाल शर्मा की गिरफ्तारी के बाद 17 जुलाई, 1930 को उन्होंने दस हजार

लोगों की सभा में ओजस्वी भाषण दिया, जिसके कारण अगली सुबह उन्हें गिरफ्तार कर लिया गया। वर्ष 1932 में उन्हें सरकार-विरोधी गतिविधियों के लिए 6 माह के लिए जेल भेजा गया। जेल में उनका स्वास्थ्य बिगड़ गया। उनके घर में दो बच्चे थे। उनके पास माफी माँगकर छोड़ने की शर्त का प्रस्ताव भी आया, परंतु उन्होंने माफी नहीं माँगी। अपनी सजा पूरी करके वे जब जेल से बाहर आईं तो स्वास्थ्य लाभ के बाद पुनः सक्रिय हो गईं। उन्होंने 'जन्म-भूमि' नाम से एक दैनिक पत्र निकालना शुरू कर दिया और उसमें देशभक्ति व समाज सुधार के लेख और अग्रलेख लिखने लगीं।

अपने उग्र लेखन के कारण 1941 में उन्हें फिर गिरफ्तार करके एक वर्ष के लिए जेल भेज दिया गया। साथ ही यह भी प्रतिबंध लगाया गया कि वे अपने बच्चों को भी पत्र नहीं लिखेंगी। उनके बच्चे छोटे थे। उनका स्वास्थ्य भी ठीक नहीं था। उन्हें गर्भाशय कैंसर था, जिस कारण जेल जाने से उन्हें बचना चाहिए था, परंतु वे झुकनेवाली महिला नहीं थीं। यदि वे माफी माँगतीं तो जेल से छूट जातीं, परंतु उन्होंने ऐसा नहीं किया। वे जेल से छूटी ही थीं कि 1942 के प्रारंभ में 6 माह के लिए उन्हें पुनः जेल भेज दिया गया। इस बार उनका इलाज भी नहीं कराया गया। जेल के खराब भोजन के कारण उनकी बीमारी ने गंभीर रूप ले लिया। तत्पश्चात् अंतिम अवस्था में उन्हें छोड़ा गया। बाहर आकर 6 जुलाई, 1942 को उन्होंने साहसपूर्वक मृत्यु का सामना किया। इस प्रकार अगस्त 1942 में 'भारत छोड़ो आंदोलन' छिड़ने से पूर्व ही वे परलोकवासी हो गईं। मेरठ में उनके नाम पर एक सड़क का नामकरण किया गया है।

मात्र 33 वर्ष की आयु में मौत को गले लगानेवाली उर्मिला देवी शास्त्री को आज बहुत कम लोग ही जानते हैं। 'सर्वस्व देश के लिए' की जगह 'सबकुछ मेरे लिए' जाननेवाली नई पीढ़ी काश उस बलिदानी पीढ़ी से कुछ प्रेरणा ले सके। अपने 1930-32 के जेल जीवन के संस्मरणों को उर्मिला देवी शास्त्री ने 'कारागार के अनुभव' नामक पुस्तक में लिखा, परंतु 1941-42 के अपने अधिक कष्टपूर्ण जेल-जीवन को वे शायद लिपिबद्ध नहीं कर पाईं। शायद उनकी बीमारी ने उन्हें लिखने नहीं दिया। यदि वे लिख पातीं तो वे संस्मरण अत्यंत मार्मिक होते। 'कारागार के अनुभव' नामक पुस्तक उनकी मृत्यु के 46 वर्ष बाद वर्ष 1998 में स्वतंत्रता की स्वर्ण जयंती के अवसर पर प्रकाशित हुई, जिसकी भूमिका तत्समय कस्तूरबा गांधी ने मूल गुजराती में लिखी थी। यह पुस्तक नई पीढ़ी के लोगों के लिए प्रेरणास्रोत है।

इस प्रकार उर्मिला देवी शास्त्री ने देश के लिए अपना सबकुछ बलिदान करके एक ऐसे देश-प्रेम व मातृभूमि के सच्चे सेवक की भूमिका निभाई, जिस पर सभी देशवासियों को सदैव गर्व रहेगा। इतिहास में उनके इस अमूल्य योगदान को हमेशा याद किया जाता रहेगा।

□

49

श्रीमती रामेश्वरी देवी

(इस युद्ध में पाई से भी सहायता देना हराम है)

उत्साही, कर्मठ सेनानी श्रीमती रामेश्वरी देवी का जन्म सन् 1912 में कार्तिक माह में कोच, जिला जालौन में नंबरदार श्री हर दयाल श्रीवास्तव के यहाँ हुआ था। उनकी माता का नाम श्रीमती रानी देवी था। उन्होंने राजकीय गर्ल्स कॉलेज कोंच से कक्षा 4 तक शिक्षा प्राप्त की, क्योंकि उस समय वहाँ लड़कियों की शिक्षा का प्रबंध कक्षा 4 तक ही था। 10 मई, 1927 को उनका विवाह श्री बनवारी लालजी से हुआ।

आंदोलन में भाग लेने की प्रेरणा उन्हें अपने पति से प्राप्त हुई, यद्यपि पारिवारिक वातावरण अनुकूल नहीं था। सन् 1930 के आंदोलन में उन्होंने झाँसी में विदेशी कपड़ों और शराब की दुकानों पर पिकेटिंग की। विदेशी वस्त्रों की होली जलाई और खादी पहनने का निर्णय लिया। हरिजनोद्धार के कार्य में भाग लिया।

सन् 1941 के व्यक्तिगत सत्याग्रह में उन्होंने व श्री बनवारी लालजी ने मजिस्ट्रेट को उरई से 32 मील दूर बरहल नामक स्थान पर सत्याग्रह करने की सूचना दी। पर पुलिस वहाँ पहले से ही पहुँच गई थी, अतः वे लोग सत्याग्रह करने से पूर्व गिरफ्तारी से बचने के लिए अपने संबंधी के घर में उस स्थान पर रात भर छिपे रहे, जहाँ पर जानवर बाँधे जाते थे। अगले दिन प्रातःकाल उन्होंने सत्याग्रह हेतु नियत स्थान पर पहुँचकर सैकड़ों स्त्री और पुरुषों की उपस्थिति में 'इस युद्ध में पाई से भी सहायता देना हराम है' का नारा लगाया। उसी समय पुलिस वहाँ पर पहुँच गई और वे लोग गिरफ्तार कर लिये गए। उस स्थान से कोच नगर, जहाँ से गाड़ी पकड़नी थी, लगभग 12 मील दूर था। उपस्थित भीड़ उनके कार्यों की इतनी दीवानी थी कि वह भी उन लोगों के साथ पैदल चल पड़ी। रास्ते में जो भी गाँव पड़े, वहाँ लोगों ने उनका हार्दिक अभिनंदन किया। कोच नगर में श्रीमती रामेश्वरी देवी का मायका था। अतः वहाँ की भी ढेर सारी जनता उनको स्टेशन छोड़ने साथ गई। उरई पहुँचने पर वे दोनों ही जेल भेज दिए गए, जबकि उस समय उनकी गोद में डेढ़ साल का एक पुत्र भी था। जेल में उन्हें अँधेरी कोठरी में बंद कर

दिया गया। खाने-पीने की भी कोई व्यवस्था न तो उनके लिए की गई, न ही उनके पुत्र के लिए। उन्हें तीन माह कैद की सजा दी गई। जेल से रिहा होने के बाद वे राजनैतिक गतिविधियों में संलग्न हो गईं। सन् 1944 में उन्होंने चरखा प्रदर्शनी का आयोजन किया, जिसका उद्घाटन डॉ. संपूर्णानंदजी ने किया। सन् 1930-1946 तक उन्होंने चरखे के प्रचार, सूत कातने का प्रचार, महिलाओं में चेतना जाग्रत् करने के कार्य एवं विदेशी वस्तुओं के बहिष्कार का कार्य किया। अपनी राजनैतिक गतिविधियों के दौरान वे श्रीमती कमला नेहरू, कृष्णा नेहरू, विजयालक्ष्मी पंडित, श्रीमती प्रभा देवी, जयप्रकाश नारायण, डॉ. राममनोहर लोहिया, विद्यावती राठौर, महादेवी वर्मा, लालबहादुर शास्त्री, पं. परमानंद के संपर्क में आईं।

सन् 1947 में देश के बँटवारे के समय दुर्भाग्य से उपजी दारुण परिस्थितियों से उन्हें हार्दिक कष्ट हुआ और वे शरणार्थियों की सहायतार्थ स्त्रियों की टोली बनाकर उनके भोजन, वस्त्र एवं आवास के लिए चंदा एकत्र करने में जुट गईं।

स्वाधीनता-प्राप्ति के बाद भारत-चीन युद्ध के दौरान रुपए, पैसे, कपड़े, सोना-चाँदी एवं खाद्य-सामग्री एकत्र कर देश के जवानों के सेवार्थ उन्होंने युद्धस्तर पर काम किया। उसी दौरान राइफल ट्रेनिंग में भी भाग लिया। भारत-पाकिस्तान युद्ध के दौरान देश के जवानों के लिए चंदा एकत्र किया और जिलाधिकारी की पत्नी को जवानों के लिए एक हजार रुपए की थैली भेंट की। भारत-बांग्लादेश युद्ध के दौरान सहायतार्थ धनराशि और कपड़े एकत्र करके दिए।

श्रीमती रामेश्वरी देवी ने आंदोलन में भाग लेने के साथ-साथ महिलाओं में चेतना जाग्रत् करने और परदा प्रथा एवं सामाजिक कुरीतियों को भी दूर करने का प्रयास किया।

संदर्भ : 1. श्रीमती रामेश्वरी देवी, 5 प्रेम नगर,
उरई, जिला जालौन से पत्रोत्तर द्वारा प्राप्त जानकारी के आधार पर;
स्वतंत्रता संग्राम के सैनिक, झाँसी डिवीजन, पृ. 41

□

50

क्रांतिकारी वीरांगना भोगेश्वरी फुकनानी

(जान दे दी, मगर ध्वज न झुकने दिया)

भारत के स्वतंत्रता यज्ञ में प्राणों की आहुति देनेवाली महान् क्रांतिकारी वीरांगना भोगेश्वरी फुकनानी ने भारतीय झंडे का अपमान करनेवाले अंग्रेज अधिकारी की झंडे के डंडे से ही पिटाई कर दी थी।

भोगेश्वरी फुकनानी का जन्म भारत के पूर्वोत्तर में, असम के नौगाँव जिले के तोली गाँव में वर्ष 1885 में हुआ था। असम के प्रसिद्ध त्योहार भोगाली बिहू के दिन जनमी बेटी का नाम पिता आत्माराम और माता मालेश्वरी देवी ने 'भोगेश्वरी' रखा। यद्यपि भोगेश्वरी तीसरी कक्षा के बाद स्कूली शिक्षा प्राप्त नहीं कर पाई, परंतु अपने प्रदेश की परंपरागत संस्कृति के अनुसार उनको कपड़ा बुनने में दक्षता प्राप्त थी। कम उम्र में ही उनका विवाह भूपति फूकन के पुत्र भोगेश्वर से हुआ। शादी के बाद उनके दो बेटियाँ और छह बेटे हुए। उनका परिवार गांधीवादी विचारों का था। गांधीजी के आह्वान पर उनका परिवार विदेशी वस्तुओं का पूर्ण बहिष्कार कर स्वदेशी वस्तुओं का ही प्रयोग करता था।

वर्ष 1930 में असहयोग आंदोलन के समय ब्रिटिश सरकार के विरोध में धरना देने और आंदोलन में सक्रिय भूमिका निभाने के कारण भोगेश्वरी को गिरफ्तार भी किया गया था। इसके बाद वर्ष 1942 के भारत छोड़ो आंदोलन में संपूर्ण देश की जनता ब्रिटिश शासन को समाप्त करने का संकल्प लेकर जुट गई। इस दौरान भोगेश्वरी ने अपने प्रदेश की शांति वाहिनी के संगठन का कार्यभार सँभाला। उनके संगठन में 12 पुरुष और 500 महिला स्वयंसेवक थीं।

इस 'शांति वाहिनी' का मुख्यालय बहरामपुर में था। उस समय पूरे असम में अंग्रेजी शासन के विरुद्ध क्रांति के शोले भड़क उठे थे। बहरामपुर में शांति वाहिनी का एक विशेष शिविर लगाया गया और एक रैली का आयोजन किया गया। इस रैली में हजारों लोगों ने भाग लिया।

इस रैली की अध्यक्षता जिला कांग्रेस अध्यक्ष हलधरजी ने की थी। इसमें भावी

संघर्ष की रणनीति भी तय की गई। लोगों को अनुशासित तरीके से स्वतंत्रता संग्राम चलाने का प्रशिक्षण दिया गया। बहरामपुर अधिवेशन के बाद पूरे असम में ब्रिटिश शासन-विरोधी आंदोलन की लहर दौड़ गई थी। सभी राजकीय कार्यालयों पर स्वयंसेवक धरना दे रहे थे। जन-आंदोलन ने प्रचंड आँधी का रूप ले लिया था। इससे ब्रिटिश सरकार बौखला उठी।

इस आंदोलन में कोलाइकोच, गुनभिराम, बरदलै, तिलक डेका, हेमाराम बरा, हेमाराम पतार जैसे राष्ट्र को समर्पित स्वयंसेवक पुलिस की गोलियों से शहीद हो गए। उनकी शहादत के विरोध में 16 सितंबर, 1942 को 'पंचवीर दिवस' के रूप में मनाने का निर्णय लिया गया। भोगेश्वरी देवी के अथक प्रयासों से नौगाँव में प्रार्थना सभा और प्रभात-फेरियों का आयोजन करने का निश्चय किया गया।

ब्रिटिश सरकार राष्ट्रवादी आंदोलनकारियों के इस कार्य से और अधिक क्रोधित हो गई। पुलिस ने शांति वाहिनी के शिविरों पर छापेमारी की और उन पर अधिकार कर लिया। 18 सितंबर, 1942 को पुलिस की ज्यादती के विरोध में प्रभात फेरी निकाली गई और राष्ट्रभक्ति के गीत गाए गए।

पूरा वातावरण 'वंदे मातरम्' एवं अंग्रेजो, 'भारत छोड़ो' के नारों से गूँज रहा था। शिविर में ममाईचंद्र अधिकारी ने तिरंगा फहराया। शांति वाहिनी के शांतिपूर्ण कार्यक्रम के बीच अचानक लोगों ने देखा कि ब्रिटिश सैनिक गाड़ियों में भरकर शिविर तक पहुँच गए। उन्होंने शिविर को घेर लिया।

प्रसिद्ध नेता प्रताप शर्मा को एक पुलिस अधिकारी ने घसीटकर पुलिस की गाड़ी में डाल लिया। शिविर में मौजूद सारे सामान को पुलिसकर्मियों ने तहस-नहस कर दिया। कई कार्यकर्ताओं और स्वयंसेवकों को पकड़कर थाने ले जाया गया।

इस सबके बीच ब्रिटिश अधिकारी फिनिश ने भोगेश्वरी की बेटी रत्नमाला के हाथ से तिरंगा झंडा छीनने का प्रयास किया, परंतु रत्नमाला ने झंडा नहीं छोड़ा। गोरा कप्तान क्रोध से लाल-पीला हो रहा था। काफी खींचतान के बाद उसने रत्नमाला को धक्का मारा। वह बालिका झंडे के सहित भूमि पर गिरती, इससे पहले ही तिरंगे को भोगेश्वरी ने थाम लिया और आततायी कैप्टन फिनिश पर झंडे के डंडे से जमकर प्रहार किया। इससे फिनिश की बंदूक कीचड़ में गिर पड़ी। अप्रत्याशित घटना से नाराज दूसरे गोरे सैनिक भोगेश्वरी पर पिल पड़े।

फिनिश ने अपनी बंदूक उठाई और वीरांगना भोगेश्वरी पर तान दी। भोगेश्वरी के नेत्रों में तिरंगे का अपमान करनेवालों के प्रति क्रोध की ज्वाला धधक रही थी। वह ब्रिटिश सैनिकों के सामने अटल चट्टान सी दृढ़ता लिये खड़ी रही। अचानक बर्बर ब्रिटिश कप्तान ने भोगेश्वरी पर गोली चला दी।

वीरांगना भोगेश्वरी का रक्तरंजित शरीर भूमि पर आ गिरा, लेकिन तिरंगा उनके हाथ में ऊँचा ही उठा रहा। इस नृशंस अत्याचार को देखकर स्वयंसेवक क्रोध से भर उठे। वे निहत्थे ही अंग्रेज सैनिकों से जूझने लगे। अंग्रेजों की आग उगलती बंदूकों से अनेक स्वयंसेवक घायल हुए। इस दौरान लाखी हजारिका और दो अन्य स्वयंसेवक गोली लगने से शहीद हो गए।

स्वयंसेवकों ने तीनों शहीदों के शवों को सँभाला और रघुनाथ ने घायल भोगेश्वरी को कंधे पर उठा लिया। घायल भोगेश्वरी को बचाने के लिए यद्यपि चिकित्सकों ने अनथक परिश्रम किया, परंतु 20 सितंबर, 1942 को, ठीक उसी दिन, जिस दिन तिरंगा फहराने के प्रयास में असम की 17 वर्षीय कनकलता शहीद हुई थीं, भोगेश्वरी ने भी अपने प्राण त्याग दिए। भोगेश्वरी फुकनानी के आत्मोत्सर्ग ने जनता के बीच पहले से सुलग रही राष्ट्रभक्ति की ज्वाला को और भी भड़का दिया।

□

51

मास्टर सूर्यसेन एवं बालक हरिपद

(चटगाँव विद्रोह के अत्याचारियों का सफाया करनेवाली जोड़ी)

मास्टर सूर्यसेन ने चटगाँव में 'इंडियन रिपब्लिक आर्मी' के नाम से क्रांतिकारी दल का गठन किया था। इस दल ने 18 अप्रैल, 1930 को चटगाँव की अंग्रेजी पुलिस एवं फौज के शस्त्रागार को लूटकर, उनका यूनियन जैक उतारकर भारतीय ध्वज फहरा दिया था। इसे इतिहास में 'चटगाँव विद्रोह' के नाम से जाना जाता है। चटगाँव में क्रांतिकारी दल ने चार दिन तक अपना प्रशासन स्थापित कर लिया था। इससे अंग्रेजी प्रशासन में हड़कंप मच गया। उन्होंने क्रांतिकारियों के दमन के लिए फौज बुला ली। 23 अप्रैल, 1930 को जलालाबाद पहाड़ी पर क्रांतिकारियों ने बाकायदा अंग्रेजों से युद्ध किया। इसमें कई क्रांतिकारी शहीद हो गए। कुछ आसपास के गाँव में छिपकर अंग्रेजों के विरुद्ध रणनीति तैयार करने लगे। उन क्रांतिकारियों में मात्र 15 वर्ष का एक क्रांतिकारी हरिपद भट्टाचार्य भी था।

चटगाँव की घटना के बाद स्थानीय पुलिस इंस्पेक्टर खान बहादुर अशमुल्ला क्रांतिकारियों के परिवारों पर अमानवीय अत्याचार करने लगा। हरिपद भट्टाचार्य से यह सब देखा नहीं गया। उसने मास्टर सूर्यसेन से इंस्पेक्टर खान को मारने की इजाजत माँगी। सूर्यसेन ने न सिर्फ हरिपद को रिवॉल्वर चलाने का प्रशिक्षण दिया, बल्कि एक अच्छा रिवॉल्वर देकर मिशन में कामयाब होने का आशीर्वाद भी दिया। हरिपद ने पूरी तरह रणनीति तैयार की।

उन्होंने पता किया कि खान बहादुर अशमुल्ला फुटबॉल का शौकीन है। उसकी टीम का 30 अगस्त, 1931 को रेलवे कप के लिए कोहिनूर टीम के साथ मुकाबला होना है। बालक हरिपद ने उसी दिन अपनी योजना पर अमल करने का निश्चय किया। उस दिन खान बहादुर की टीम ने कोहिनूर टीम को पराजित किया था, जिससे वह बहुत खुश था। उसे लोग बधाइयाँ दे रहे थे। हरिपद बधाई देने के अंदाज में खान बहादुर के पास गया और रिवॉल्वर निकालकर उसके सीने में चार गोलियाँ उतार दीं। पुलिस

ने हरिपद को पकड़ लिया। उसे चटगाँव थाने में बंद कर दिया। इस घटना के बाद पुलिसवालों ने हरिपद के घरवालों को अमानवीय यातनाएँ दीं। पुलिस ने इसका बदला लेने के लिए तीन दिन तक चटगाँव को लूटा और वहाँ के निवासियों को यातनाएँ दीं। 16 सितंबर, 1931 को इस बाल क्रांतिकारी पर मुकदमा चलाया गया। नाबालिग होने के कारण हरिपद को मृत्युदंड नहीं दिया गया, लेकिन कालापानी (आजीवन कारावास) की सजा दे दी गई।

□

52

स्वर्गीय भवेर चंद मेवाणी

(गुजराती बानी के अप्रतिम स्वातंत्र्य कवि)

गुजरात के चोटिला गाँव में 28 अगस्त, 1896 को जनमे श्री भवेर चंद मेवाणी एक ऐसे स्वतंत्रता सेनानी थे, जिन्होंने अपने गीतों से स्वतंत्रता आंदोलन की ज्वाला को प्रखर किया। वे गांधीजी की दांडी यात्रा और नमक सत्याग्रह के दौर के स्वतंत्रता सेनानी थे, उनकी माँ का नाम धौलाबाई और पिता का नाम कालीदास मेधावी था। 26 वर्ष की उम्र में उनका विवाह दमयंती देवी से हुआ। इसके बाद वे नौकरी के उद्‌देश्य से ब्रिटेन चले गए, किंतु मातृभूमि को स्वतंत्र कराने की भावना उन्हें वापस देश ले आई और वे स्वतंत्रता आंदोलन में कूद पड़े।

12 मार्च, 1930 को गांधीजी द्वारा आरंभ दांडी यात्रा 6 अप्रैल, 1930 को पूरी हुई और नमक कानून भंग किया गया, जिससे वे गहरे प्रभावित हुए। इसी दिन उन्होंने स्वतंत्रता संग्राम के निमित्त 15 शौर्य गीतों का एक संग्रह 'सिंघूड़ो' प्रकाशित किया। इस सग्रंह के ओजस्वी क्रांति गीत जनता के बीच अत्यंत लोकप्रिय हुए। इसके जादुई प्रभाव से अद्‌भुत जनचेतना जाग्रत् हुई। इससे ब्रिटिश सरकार बौखला उठी और सिघुड़ो को जब्त कर लिया गया। इसके साथ ही ब्रिटिश सरकार ने धोलेरा व बरवाला के प्रमुख व्यपारियों को गिरफ्तार कर धधुंका में कैद कर दिया। भवेर चंद इन व्यापारियों से मिलने गए और जनजागृति की बातें कीं। जब वे वहाँ से निकल ही रहे थे कि उन्हें गिरफ्तार कर लिया गया। उनकी गिरफ्तारी की खबर फैलते ही हड़ताल शुरू हो गई। राणपुर में विशाल जुलूस निकला और तीन-चार हजार की भीड़ राणपुर की नदी के किनारे इकट्‌ठी हो गई, जबरदस्त विरोध प्रदर्शित किया गया और आक्रोशपूर्ण भाषण से माहौल गरम हो उठा। स्थिति की गंभीरता को देखते हुए धोलका प्रांत के सब-डिवीजनल मजिस्ट्रेट इसावी ने जिला पंचायत के तत्कालीन डाकबँगले में विशेष अदालत तैयार कर 28 अप्रैल, 1930 को भवेर चंद को प्रस्तुत किया, उन पर 25 अप्रैल की बरवाला की सभा में दो-तीन हजार की भीड़ के समक्ष नमक कानून तोड़ने के संबंध में उत्तेजनापूर्ण भाषण देने का आरोप लगाया।

भवेर चंद को अपना बचाव करने का मौका दिया गया, किंतु उन्होंने इसे अस्वीकार कर दिया। इसकी जगह उन्होंने अपने विचारों को अभिव्यक्त करते हुए अदालत में कहा, "मेरे जैसे अखबार के सामान्य संवाददाता को पुलिस ने बहुत सम्मान व प्रतिष्ठा प्रदान की है। बरवाला में जो भाषण मैंने दिया ही नहीं, उसकी कीर्ति मुझे मिली, उनका इसके लिए अभिनंदन। जिस दिन व जिस वक्त मुझ पर भाषण देने का आरोप है, उस अवधि में मैं राणपुर में गहरी नींद ले रहा था। मैं अंदर की यदि बात करूँ तो अद्‍भुत जागृति प्रस्तुत कर रहे इस यशस्वी सत्याग्रह संग्राम का किसी दिन नायक बनने का अवसर प्राप्त करने और उस मान की पूरी-पूरी कीमत सरकारी हिसाब में जमा करने की मेरी गहरी अभिलाषा थी, लेकिन उसकी मात्र प्रशस्ति गानेवाले मेरे जैसे व्यक्ति पर स्वाधीनता की देवी ने बहुत पहले ही बहुत अनुग्रह किया। आप यदि मुझे फाँसी के फंदे से भेंट करा सकते हो तो मैं उसका भी अभिनंदन करने को तैयार हूँ। उस भेंट को मैं अपना परम सौभाग्य समझूँगा।"

इसी अदालत में भवेर चंद्र मेधाणा ने एक प्रार्थना गीत गाने की अनुमति माँगी, जिसे मंजूरी दे दी गई। उन्होंने स्वरचित गीत 'अंतिम प्रार्थना' गाया। नई जनचेतना जगानेवाले इस गीत की पंक्तियों ने लोगों के दिलों को झकझोर दिया। उनके गले से निकल रहे आर्त स्वरों ने अदालत को हिला दिया। पूरी अदालत भावुक हो उठी। स्वयं मजिस्ट्रेट की आँखें भी नम हो उठीं और उसने फैसला दूसरे दिन के लिए स्थगित कर दिया। दूसरे दिन 29 अप्रैल, 1930 को सुबह करीब 10 बजे भंवेर चंद को दो वर्ष कैद की सजा सुनाई गई। सजा सुनते ही 'इनकलाब जिंदाबाद' के नारे गूँजने लगे, उनकी माँ धोली बाई व पत्नी दमयंती बहन ने उनको अक्षत-कुमकुम लगाया और जेल के लिए विदा किया। जिस नीम के वृक्ष के नीचे उन्हें सजा सुनाई गई थी, वह ऐतिहासिक वृक्ष आज भी मौजूद है। हँसते हुए कारागार जानेवाले इस निर्भीक कवि का क्रांतिकारी जीवन के अतिरिक्त लोक-साहित्य में भी स्थान सर्वोपरि है। उन्होंने करीब 100 पुस्तकें लिखी हैं।

रवींद्रनाथ टैगोर के साहित्य के प्रति उनका विशेष लगाव था। टैगोर के लोकप्रिय काव्य का वर्ष 1944 में अनुवाद कर उन्होंने जिस गीत की रचना की थी, उसके बोल थे—'मन मोर बनी थनगाट करौ।' गुजराती लोक-साहित्य में उल्लेखनीय योगदान के लिए उन्हें रणजीतराम स्वर्ण पदक प्रदान किया गया। गांधीजी जब गोलमेज सम्मेलन में लंदन गए थे तो उन्होंने 'झेरनो कटोरो' काव्य-रचना की थी। गांधीजी उनकी कृति से बहुत प्रभावित हुए थे और उन्होंने राष्ट्रीय शायर की उपाधि दी थी। इस तरह उस दौर के लोकप्रिय क्रांति गीतों के रचयिता के रूप में जन भावना को उभारने का कार्य किया और लोगों में क्रांति की अलख जगाई। पचास वर्ष की आयु में हृदयाघात से उनका निधन हो गया।

□

53

कमलादेवी चट्टोपाध्याय

देश में भी जब स्त्री-विमर्श की बात होती है तो सिमोन द बोउआ से लेकर जर्मेन ग्रीयर तक का नाम बड़े गर्व से लिया जाता है, पर वे अपने ही देश में जनमी और भारत के स्वाधीनता आंदोलन के दौरान तथा देश के स्वतंत्र होने के बाद भी महिला अधिकारों के लिए संघर्ष करनेवाली कमलादेवी चट्टोपाध्याय का काम भी किसी से कम नहीं है।

नारी अधिकारों की प्रबल पक्षधर थीं कमलादेवी

कमलादेवी चट्टोपाध्याय ने देश में स्त्री सशक्तीकरण के लिए इतने कार्य किए कि अगर उनके योगदान को ठीक से रेखांकित किया जाए तो वे किसी भी सिमोन द बोउआ और जर्मेन ग्रीयर से कम नहीं दिखाई देती हैं। कमलादेवी को देश की सामाजिक स्थितियों का अच्छी तरह भान था। इसलिए वे महिलाओं को पुरुषों से अपने अधिकारों के लिए लड़ाई करने की पैरोकारी नहीं करती थीं, बल्कि वे चाहती थीं कि महिलाएँ ऐसा काम करें कि पुरुष उनको सम्मान की नजरों से देखें और अपने बराबर मानें। वे महिलाओं को सामाजिक और आर्थिक जगत् में उन्नति के लिए तैयार करने की पक्षधर थीं। कमलादेवी ने इस दिशा में अनेक कार्य किए, जो महिला अधिकारों के लिए आधार बनीं।

कमलादेवी ने महात्मा गांधी के प्रभाव में आकर स्वाधीनता आंदोलन में हिस्सा लेना आरंभ किया। गांधीजी वर्ष 1930 के आसपास स्वाधीनता आंदोलन के सर्वमान्य नेता के तौर पर पूरी तरह स्थापित हो गए थे। उनके साथ तर्क करने का साहस बहुत कम लोग ही जुटा पाते थे, लेकिन कमलादेवी ने न केवल गांधीजी के साथ लंबा तर्क-वितर्क किया, बल्कि उनको महिलाओं का साथ देने के लिए राजी भी कर लिया। सविनय अवज्ञा आंदोलन का दौर था और गांधी ने नमक सत्याग्रह के लिए दांडी मार्च का आह्वान किया था। जब कमलादेवी को पता चला कि नमक सत्याग्रह में महिलाओं की भूमिका निश्चित नहीं की गई है तो इस संबंध में उन्होंने बापू से लंबा संवाद किया और आखिरकार उनको

इस बात के लिए तैयार कर लिया कि वे नमक सत्याग्रह में महिलाओं से भी भाग लेने के लिए अपील करें। कमलादेवी ने एक महिला के साथ बॉम्बे में (अब मुंबई) नमक सत्याग्रह में हिस्सा लिया था। उस समय का नमक कानून तोड़ा और उनको जेल की सजा भी हुई। इसका असर पूरे देश की महिलाओं के मानस पर पड़ा। उनके अंदर एक विश्वास जागा कि वे भी अपने पुरुषों के साथ कंधे-से-कंधा मिलाकर स्वाधीनता के आंदोलन में हिस्सा ले सकती हैं।

दरअसल कमलादेवी जब अपने ननिहाल में रह रही थीं तो उनको गोपालकृष्ण गोखले, एनी बेसेंट, तेज बहादुर सप्रू, श्रीनिवास शास्त्री आदि का न केवल सान्निध्य मिला, बल्कि उनके बीच होनेवाली बातों को सुनकर वे समृद्ध भी हुईं। इन सबकी बातें सुनकर कमलादेवी के अंदर एक तर्कवादी व्यक्तित्व का विकास हुआ। कमलादेवी ने स्वाधीनता आंदोलन के दौरान महिलाओं को संगठित करने का काम किया। वर्ष 1923 में कमलादेवी सेवादल में शामिल हो गईं और कुछ ही महीनों के बाद उनको सेवादल में महिला कार्यकर्ताओं की प्रभारी बना दिया गया। इस संगठन में रहते हुए उन्होंने पूरे देश का भ्रमण करते हुए सेवादल में सेविकाओं को शामिल करवाया। इससे सेवादल में महिलाओं की प्रमुख भूमिका होने लगी थी। इस बीच उनकी मुलाकात मार्गरेट कजिंस से हुई, जिन्होंने ऑल इंडिया वूमेंस कॉन्फ्रेंस की स्थापना की थी। समय के साथ कमलादेवी इस संस्था की संगठन सचिव बनीं और कुछ ही सालों में इस संस्था की अध्यक्ष भी बनीं। वर्ष 1932 में जब दिल्ली में लेडी इरविन कॉलेज की स्थापना हुई तो कमलादेवी ने इसमें बेहद सक्रिय भूमिका निभाई। कमलादेवी ने महिलाओं की शिक्षा और स्वावलंबन को लेकर भी महत्त्वपूर्ण कार्य किए। उन्होंने हस्तशिल्प, हथकरघा को बढ़ावा देने के लिए कई संस्थाओं की स्थापना की, साथ ही देश में थिएटर को भी बढ़ावा दिया।

कमलादेवी का जन्म वर्ष 1903 में मंगलुरु में हुआ था। जब वे 14 साल की हुईं तो उनका विवाह कर दिया गया, लेकिन दो साल में ही पति की मृत्यु हो गई। वे पढ़ाई के लिए मद्रास (अब चेन्नई) के क्वीन मैरी कॉलेज पहुँचीं। वहाँ उनकी मुलाकात सरोजिनी नायडू की बहन सुहासिनी चट्टोपाध्याय से हुई और दोनों में मित्रता हो गई। इस मित्रता की वजह से ही वे सुहासिनी के भाई हरिंद्रनाथ चट्टोपाध्याय के संपर्क में आईं, जो कलाकार थे।

कला में कमलादेवी की रुचि दोनों को करीब ले आई और कमलादेवी ने उनसे विवाह का निर्णय लिया। उस वक्त मद्रास के रूढ़िवादियों ने विधवा विवाह को लेकर बहुत हल्ला-गुल्ला मचाया था, लेकिन कमलादेवी अपने निर्णय पर अडिग रहीं और उन्होंने हरिंद्रनाथ से विवाह कर लिया। बाद में कमलादेवी ने एक और निर्णय लिया, जिसके बारे में तब सोचा भी नहीं जा सकता था। जब उनकी हरिंद्रनाथ से नहीं बनी तो

उन्होंने तलाक ले लिया। इस बीच उन्होंने मद्रास से विधानसभा का चुनाव भी लड़ा। विधानसभा चुनाव लड़नेवाली वे भारत की पहली महिला उम्मीदवार बनीं। वे चुनाव हार गईं, लेकिन उन्होंने महिलाओं के संसदीय राजनीति में आने की राह बना दी। कमलादेवी ने स्वाधीनता के बाद भी महिलाओं को स्वावलंबी बनाने की दिशा में बहुत कार्य किए। हस्तशिल्प को बढ़ावा देने के लिए भी उन्होंने क्राफ्ट काउंसिल, हैंडीक्राफ्ट बोर्ड जैसी संस्थाओं की स्थापना में महत्त्वपूर्ण भूमिका निभाई। भारत सरकार ने उनको पद्‌म भूषण और पद्‌म विभूषण से सम्मानित किया। वर्ष 1988 में उनका निधन हो गया।

□

54

बैकुंठ शुक्ल

बैकुंठ शुक्ल का जन्म वर्ष 1907 में तत्कालीन मुजफ्फरपुर और आज के वैशाली जिले के जलालपुर गाँव में एक किसान परिवार में हुआ था। वे हिंदुस्तान रिपब्लिकन एसोसिएशन के संस्थापकों में से एक योगेंद्र शुक्ल के भतीजे थे। गाँव में प्रारंभिक शिक्षा पूरी करने के बाद वे पड़ोस के मथुरापुर गाँव के प्राथमिक स्कूल में शिक्षक हो गए थे। लेकिन क्रांतिकारी मिजाज का होने के कारण अध्यापन में उनका बहुत मन नहीं लगता था। वे देश को आजादी दिलाने के लिए कांग्रेस द्वारा की जा रही कोशिशों से प्रभावित थे और हाजीपुर के गांधी आश्रम में काम कर चुके थे। कांग्रेस सेवा दल ने भी उनको आकर्षित किया था। वर्ष 1930 के सविनय अवज्ञा आंदोलन में उन्होंने भाग लिया और जेल गए। पटना के कैंप जेल में रहते हुए वे हिंदुस्तान सोशलिस्ट रिपब्लिकन आर्मी के संपर्क में आए और क्रांतिकारी बने। इसी बीच काशी में उनकी मुलाकात चंद्रशेखर आजाद से हुई तो उनकी जिंदगी ही बदल गई। बैकुंठ शुक्ल की पत्नी राधिका देवी भी पति के साथ क्रांतिकारी आंदोलन में कूद पड़ी थीं।

अमर शहीद बैकुंठ शुक्ल वर्ष 1931 में भगत सिंह, राजगुरु और सुखदेव को लाहौर षड्यंत्र कांड में सजा के ऐलान से पूरे देश में गुस्से की लहर फैल गई। क्रांतिकारी फणींद्रनाथ घोष अंग्रेजी हुकूमत के दबाव और लालच में आकर वादा माफ गवाह बन गए थे। उन्हीं की गवाही पर तीनों क्रांतिकारियों को फाँसी की सजा मिली। बैकुंठ शुक्ल ने ठान लिया था कि वे फणींद्रनाथ घोष को उसके विश्वासघात की सजा देंगे। फणींद्र घोष तब बेतिया में थे, जहाँ ब्रिटिश सरकार ने उनकी सुरक्षा का प्रबंध भी किया था। 9 नवंबर, 1932 को साइकिल से बेतिया के मीन बाजार में अपने साथी चंद्रमा सिंह के साथ बैकुंठ शुक्ल ने घोष को कुल्हाड़ी से काटकर अपना वादा पूरा किया। वे फरार हो गए और लंबे समय बाद 6 जुलाई, 1933 को गिरफ्तार कर लिये गए। उन्होंने चंद्रमा सिंह को बचाते हुए हत्या की सारी जिम्मेदारी अपने ऊपर ले ली। उनके खिलाफ मुकदमा चलाया गया और उन्हें फाँसी की सजा देने का फैसला हुआ। उनकी फाँसी का दिन भी 14 मई तय हो

गया। बैकुंठ शुक्ल की फाँसी का विवरण प्रसिद्ध क्रांतिकारी विभूति भूषण दासगुप्त की बांग्ला पुस्तक 'सेई महावर्षार गंगा जल' में मिलता है।

फाँसी के एक दिन पहले, यानी 13 मई को पूरी रात वे देशभक्ति के गीत गाते रहे थे। टूटी-फूटी बांग्ला में उन्होंने विभूति बाबू से अनुरोध किया था कि एक बार खुदीराम बोस का फाँसी वाला गीत 'हासि-हासि पोड़बे फाँसी, देख भारतवासी' गाइए। कैदियों ने उस रात खाना भी नहीं खाया। 14 मई, 1934 के दिन गया सेंट्रल जेल के 15 नंबर वार्ड से फाँसी स्थल की ओर जाते हुए बैकुंठ शुक्ल कह उठे, 'अब चलता हूँ। मैं फिर आऊँगा। देश तो आजाद नहीं हुआ। वंदे मातरम्…!' उस दिन सरकारी जल्लाद भी मानो थमक गया था। जेल के सुपरिंटेंडेंट रुमाल हिला-हिलाकर बार-बार संकेत दे रहे थे, लेकिन जल्लाद से लीवर नहीं खींचा जा रहा था। खुद बैकुंठ शुक्ल ने जब चिल्लाकर उससे कहा कि देर क्यों करते हो, तब जल्लाद की तंद्रा भंग हुई और उसने लीवर खींचा। मात्र 28 साल की उम्र में बैकुंठ शुक्ल फाँसी का फंदा चूमकर अमर हो गए। आजादी मिलने के बाद सरकार द्वारा उनकी स्मृति में डाक टिकट जारी किया गया और हाजीपुर में एक आदमकद मूर्ति भी स्थापित की गई है। गया सेंट्रल जेल का नामकरण बैकुंठ शुक्ल के नाम पर करने पर सहमति बन चुकी है।

□

55

शांति घोष

(क्रांतिकारी गतिविधियों को परदे के आगे आकर अंजाम देनेवाली पहली महिला क्रांतिकारी)

बंगाल की रहनेवाली क्रांतिकारी शांति घोष ने मात्र 15 वर्ष की अवस्था में अपनी एक साथी सुनीति चौधरी के साथ मिलकर जिला मजिस्ट्रेट का वध करके भारतीय जनमानस को यह संदेश दिया था कि देश की स्वाधीनता के लिए काम आने हेतु उम्र कोई मायने नहीं रखती।

सही कहा गया है कि स्वाधीनता मुफ्त में नहीं मिली है, बाकायदा उसकी कीमत चुकानी पड़ी है। देश की पराधीनता के दौरान ब्रिटिश सरकार के अत्याचार जब भारतीय जनमानस के धैर्य की सीमा को लाँघने लगे तो क्रांतिकारियों ने ब्रिटिश हुक्मरानों को सबक सिखाने की ठानी। स्वाधीनता के अमृत महोत्सव के अवसर पर 15 वर्ष की उस क्रांतिपुत्री के बारे में, जिसने भगत सिंह और उनके साथियों की फाँसी का बदला लेने के लिए एक जिला मजिस्ट्रेट का वध कर दिया था, के लिए हर भारतीय का सिर श्रद्धा से स्वयं नतमस्तक हो जाता है।

शांति घोष का जन्म 22 नवंबर, 1916 को बंगाल के कलकत्ता (अब कोलकाता) में हुआ था। शांति के पिता देवेंद्रनाथ घोष कोमिला के विक्टोरिया कॉलेज में दर्शनशास्त्र के प्रोफेसर थे। मातृभूमि के लिए समर्पण की भावना शांति में घर से ही जाग्रत् हुई। प्रारंभिक शिक्षा घर पर ही होने के बाद उनका दाखिला फजुनिस्सा गर्ल्स स्कूल में कराया गया। वही उनकी मुलाकात प्रफुल्ल नलिनी ब्रह्मा से हुई। कम उम्र में ही शांति घोष ने छात्र राजनीति में कदम रखा। वर्ष 1931 में वे गर्ल्स स्टूडेंट्स एसोसिएशन की संस्थापक सदस्य होने के साथ-साथ सचिव भी निर्वाचित हुईं।

प्रफुल्ल नलिनी ब्रह्मा के जरिए ही वे युगांतर पार्टी से जुड़ीं। यह सिर्फ नाम की पार्टी थी। इसका मूल उद्देश्य क्रांतिकारी गतिविधियों को अंजाम देना था। नेताजी सुभाष चंद्र बोस के कथन—'हे माताओ! नारीत्व की रक्षा के लिए तुम हथियार उठाओ,' ने तरुणी

शांति घोष को क्रांतिकारी बनने के लिए प्रेरित किया। युगांतर पार्टी में सम्मिलित होने के पश्चात् शांति ने तलवारबाजी और लाठी चलाने के साथ ही अन्य शस्त्रों का प्रशिक्षण भी प्राप्त किया।

प्रशिक्षण पूरा होने के पश्चात् उनका चयन एक विशेष अभियान के लिए किया गया। इसमें उनकी सहपाठी रहीं सुनीति चौधरी को सहयोगी के रूप में सम्मिलित किया गया। यह पहला मौका था, जब किसी महिला को क्रांतिकारी गतिविधि को अंजाम देने के लिए प्रत्यक्ष रूप से कार्य करने के लिए चुना गया।

इससे पहले युगांतर पार्टी में महिलाएँ परदे के पीछे रहकर ही क्रांतिकारियों की सहायता किया करती थीं। पहली बार यह तय किया गया कि महिलाएँ परदे के पीछे से निकलकर सामने से अंग्रेजों का मुकाबला करेंगी। उनका मिशन था—23 मार्च, 1931 को फाँसी पर चढ़नेवाले भगत सिंह, सुखदेव और राजगुरु की शहादत का प्रतिशोध लेना।

14 दिसंबर, 1931 को वे दोनों युवा वीरांगनाएँ तैराकी क्लब चलाने की अनुमति लेने के बहाने कुमिल्ला (अब बांग्लादेश में) के जिला मजिस्ट्रेट चार्ल्स जेफरी बकलैंड स्टीवंस के कार्यालय पहुँचीं और जैसे ही मजिस्ट्रेट से सामना हुआ, दोनों ने उसे कैंडी और चॉकलेट दी। मजिस्ट्रेट ने कैंडी खाकर कहा कि बहुत स्वादिष्ट है। इसके बाद दोनों महिला क्रांतिकारियों ने तपाक से शॉल के नीचे छिपा हथियार तानकर कहा, 'अच्छा! अब यह कैसा है मिस्टर मजिस्ट्रेट?' और उसकी गोली मारकर हत्या कर दी।

समकालीन पश्चिमी पत्र-पत्रिकाओं ने हत्या को अर्ल ऑफ विलिंगडन द्वारा जारी एक अध्यादेश, जिसमें भाषण की स्वतंत्रता सहित भारतीयों के नागरिक अधिकारों को दबा दिया गया था, के खिलाफ भारतीयों के आक्रोश के रूप में चित्रित किया, जबकि राष्ट्रवादी भारतीय स्रोतों ने इस हत्या को महिलाओं के खिलाफ ब्रिटिश जिला मजिस्ट्रेटों द्वारा किए जा रहे दुर्व्यवहार की प्रतिक्रिया के रूप में वर्णित किया।

इस घटना के पश्चात् शांति घोष और सुनीति चौधरी को मजिस्ट्रेट की हत्या के जुर्म में गिरफ्तार कर उन पर मुकदमा चलाया गया। कम उम्र होने के कारण दोनों को आजन्म कारावास की सजा सुनाई गई। यही नहीं, जेल में उन्हें उनकी साथी सुनीति से अलग बैरक में रखा गया। करीब सात वर्ष जेल में गुजारने के पश्चात् वर्ष 1939 में शांति घोष को राजनैतिक बंदी होने के कारण जेल से रिहा कर दिया गया।

जेल से छूटने के बाद शांति ने अपने अव्यवस्थित जीवन को व्यवस्थित करने के लिए अपनी पढ़ाई पुन: आरंभ की। इसके साथ ही वे भारतीय राष्ट्रीय कांग्रेस की सदस्य भी बन गईं। इसके पश्चात् वर्ष 1942 में उन्होंने चटगाँव (अब बांग्लादेश में) के रहनेवाले क्रांतिकारी प्रो. चितरंजन दास से विवाह कर लिया।

देश की स्वाधीनता के बाद वे राजनीतिक गतिविधियों में निरंतर जुड़ी रहीं। इसी के परिणामस्वरूप वे वर्ष 1952-62 और 1967-68 तक क्रमश: बंगाल विधानसभा और विधान परिषद् की सदस्या रहीं। शांति घोष ने बांग्ला भाषा में अपनी आत्मकथा 'अरुण बाहनों' भी लिखी।

देश के लिए सर्वस्व न्योछावर करनेवाली यह वीरांगना अपने जीवन के करीब 73 बसंत मातृभूमि की सेवा में व्यतीत करने के पश्चात् 28 मार्च, 1989 को चिरनिद्रा में चली गई। शांति घोष और सुनीति चौधरी द्वारा देश की स्वाधीनता में दिए गए योगदान के लिए हम भारतवासी सदैव उनके ऋणी रहेंगे।

□

56

मातंगिनी हाजरा

(बूढ़ी गांधी)

62 वर्ष की उम्र में जहाँ अधिकतर लोग अपने बिस्तर एवं कमरे में कैद हो जाते हैं, वहीं एक निर्धन विधवा महिला ने इस उम्र में स्वाधीनता का ऐसा बिगुल बजाया कि अंग्रेजों के छक्के छूट गए। उनका नाम मातंगिनी हाजरा था। उनकी उम्र बेशक 62 हो गई थी, लेकिन स्वाधीनता के आंदोलन में कूदने से वे स्वयं को नहीं रोक सकीं। अपने क्षेत्र में आंदोलन की कमान थामी, तिरंगा हाथ में लिया और 72 साल की होते-होते अपनी जान की बाजी लगा दी। वे पूरी तरह से गांधीवादी बन गईं, एक चरखा ले लिया, खादी पहनने लगीं और तन-मन से लोगों की सेवा में ऐसी जुट गईं और देशवासियों के मन में तन, मन, धन से ऐसा स्वाभिमान जगाया कि स्वाभिमान मातंगिनी 'बूढ़ी गांधी' के नाम से मशहूर हो गईं।

वर्तमान बांग्लादेश और तत्कालीन पूर्वी बंगाल के मिदनापुर जिले के होगला ग्राम के एक अत्यंत निर्धन परिवार में 19 अक्तूबर, 1870 को मातंगिनी हाजरा का जन्म हुआ था। उन्हें बाल विवाह का दंश झेलना पड़ा। घोर गरीबी के कारण मात्र 12 वर्ष की आयु में उनका विवाह ग्राम अलीनाम के 62 वर्षीय विधुर त्रिलोचन हाजरा से कर दिया गया। वे 18 वर्ष की उम्र में निस्संतान बाल विधवा हो गईं। सौतेले बच्चों ने उन्हें कभी स्वीकार नहीं किया। वे नजदीकी शहर तामलुक में एक झोंपड़ी बनाकर रहने लगीं और मजदूरी कर जीवन-यापन करने पर मजबूर हो गईं। ऐसे ही अकेले रहते-रहते उनको 44 साल और बीत गए। अपने गाँव और घर से बाहर की उनकी जिंदगी बड़ी सीमित थी।

62 साल की उम्र तक तो मातंगिनी हाजरा को यह भी नहीं पता था कि स्वाधीनता आंदोलन है क्या ? लेकिन जब उन्हें अंग्रेजी हुकूमत के अत्याचार दिखे और लोगों से उन्हें गांधीजी के बारे में पता चला तो वे इस ओर अग्रसर हुईं। वर्ष 1932 में जब एक दिन वंदे मातरम् का उद्घोष करते हुए सविनय अवज्ञा आंदोलन का एक जुलूस उनके घर के पास से निकला तो 62 साल की मातंगिनी ने बंगाली परंपरा के अनुसार शंख ध्वनि से

उसका स्वागत किया और जुलूस के साथ चल दीं। तामलुक के कृष्णगंज बाजार में हुई एक सभा में मातंगिनी ने सबके साथ स्वाधीनता संग्राम में तन-मन-धन से संघर्ष करने की शपथ ली। उन्होंने नमक बनाकर नमक विरोधी कानून भी तोड़ा, गिरफ्तार हुईं और वृद्धावस्था में भी कई किलोमीटर तक नंगे पैर यात्रा कर अपने साथियों के मनोबल को नई ऊँचाई दी। मातंगिनी हाजरा को बूढ़ी गांधी की उपाधि मिलने की कहानी भी बहुत रोचक है।

अनपढ़ मातंगिनी पर जल्दी ही देशभक्ति का रंग पूरी तरह चढ़ गया। उनका अपना कोई परिवार नहीं था तो वे दुःख-दर्द में हर महिला की सहायता करने लगीं। उसी वक्त इलाके में चेचक, हैजा जैसी बीमारियाँ फैल गईं। बिना बच्चों वाली मातंगिनी सबके लिए माँ बन गईं और महिलाओं को स्वाधीनता आंदोलन से जोड़ने के काम में जुट गईं। धीरे-धीरे अन्य महिलाएँ भी उनके साथ प्रदर्शनों में हिस्सा लेने लगीं। जनवरी 1933 में 'करबंदी आंदोलन' को दबाने के लिए बंगाल के तत्कालीन गवर्नर एंडरसन तामलुक आए तो उनके विरोध में प्रदर्शन हुआ। वीरांगना मातंगिनी हाजरा सबसे आगे काला झंडा लिये डटी थीं। वे ब्रिटिश शासन के विरोध में नारे लगाने लगीं। इस पर पुलिस ने उन्हें गिरफ्तार कर लिया और छह माह का सश्रम कारावास देकर मुर्शिदाबाद जेल में बंद कर दिया। जेल में वे अन्य गांधीवादियों के संपर्क में आ गईं। जेल से बाहर आकर उन्होंने एक चरखा ले लिया और खादी पहनने लगीं तो लोग उन्हें बूढ़ी गांधी के नाम से पुकारने लगे।

जब उनकी उम्र 72 पार कर चुकी थी, तब उन्होंने तामलुक में 'भारत छोड़ो आंदोलन' की कमान सँभाल ली। तय किया गया कि मिदनापुर के सभी सरकारी कार्यालयों और थानों पर तिरंगा फहराकर अंग्रेजी राज खत्म कर दिया जाए। सितंबर 1942 में एक दिन एक बड़ा जुलूस तामलुक की कचहरी और पुलिस लाइन पर कब्जा करने के लिए आगे बढ़ा। मातंगिनी इसमें सबसे आगे रहना चाहती थीं, किंतु पुरुषों के रहते एक महिला को संकट में डालने के लिए कोई तैयार नहीं हुआ। करीब छह हजार समर्थकों के इस जुलूस में ज्यादातर महिला स्वयंसेवक थीं, जिनका नेतृत्व मातंगिनी ने किया, लेकिन जैसे ही जुलूस आगे बढ़ा, अंग्रेजी सेना ने बंदूकें तान लीं और प्रदर्शनकारियों को रुक जाने का आदेश दिया। इससे जुलूस में खलबली मच गई और लोग बिखरने लगे। ठीक इसी समय जुलूस के बीच से निकलकर मातंगिनी सबसे आगे आ गईं। मातंगिनी लोगों का उत्साह कम होते नहीं देखना चाहती थीं। उन्होंने तिरंगा झंडा अपने हाथ में ले लिया और कहा कि मैं फहराऊँगी तिरंगा, आज मुझे कोई नहीं रोक सकता। वंदे मातरम् के उद्घोष के साथ वे आगे बढ़ीं। वे पुलिस की चेतावनी पर भी नहीं रुकीं। लोग उनकी ललकार सुनकर फिर से एकत्र हो गए। इस पर अंग्रेजी सेना ने

चेतावनी दी और फिर गोली चला दी। पहली गोली मातंगिनी के पैर में लगी। फिर भी वे आगे बढ़ती गईं तो उनके हाथ को निशाना बनाया गया, लेकिन उन्होंने तिरंगा नहीं छोड़ा। इस पर तीसरी गोली उनके सीने पर मारी गई। इस तरह आजादी के आंदोलन की यह वीरांगना भारतमाता के चरणों में शहीद हो गई। इस बलिदान से पूरे क्षेत्र में इतना जोश उमड़ा कि दस दिन के अंदर ही लोगों ने अंग्रेजों को खदेड़कर वहाँ स्वाधीन सरकार स्थापित कर दी, जिसने कई महीनों तक काम किया।

मातंगिनी हाजरा ने गांधीजी के असहयोग, सविनय अवज्ञा आंदोलन, भारत छोड़ो आंदोलन और नमक सत्याग्रह में सक्रिय भूमिका निभाई। एक राष्ट्रवादी के रूप में वे बहिष्कार और प्रतिरोध की रणनीति के साथ गांधीवादी कार्य–पद्धति में पूर्ण आस्था रखती थीं। उनके एक आह्वान पर हजारों महिलाएँ घरों से निकलकर मार्च में शामिल हो जाती थीं।

□

57

वीरांगना क्रांतिकारी बीना दास

यदि वक्त के पहिए को घुमाया जाए तो हम पाएँगे कि परतंत्रता की बेड़ियों को तोड़ने में भारतीय वीरांगनाएँ न सिर्फ पुरुषों के साथ-साथ कंधे-से-कंधा मिलाकर चलीं, बल्कि अपना सर्वस्व अर्पित कर एक नया मुकाम हासिल किया। हालाँकि स्वतंत्रता के बाद इस देश का दुर्भाग्य रहा कि हम इतिहास में दफन उन वीरांगनाओं की शौर्य गाथाओं को जनमानस तक नहीं पहुँचा पाए और इतिहास चंद कहानियों में सिमटकर रह गया। आज आपको परिचित कराते हैं—बंगाल की वीरांगना क्रांतिकारी बीना दास से, जिन्होंने मात्र 21 वर्ष की आयु में बंगाल के गवर्नर स्टेनली जैक्सन पर गोली चला दी थी।

बीना दास का जन्म 24 अगस्त, 1911 को बंगाल के कृष्णानगर में हुआ था। बीना के पिता बेनी माधव दास सुप्रसिद्ध अध्यापक थे। उनके शिष्यों की फेहरिस्त में नेताजी सुभाष चंद्र बोस का नाम भी सम्मिलित है। उनकी माता सरला दास सामाजिक कार्यों में संलग्न रहीं, साथ ही वे निराश्रित महिलाओं के लिए 'पुण्याश्रम' नामक एक संस्था की संचालिका भी थीं। दरअसल इस आश्रम का मुख्य कार्य क्रांतिकारियों की सहायता करना था। इसमें क्रांतिकारियों के लिए शस्त्रों का भंडारण किया जाता था, जिससे ब्रिटिश सरकार को उसी की भाषा में जवाब दिया जा सके।

वीरांगना बीना दास ने अपनी प्रारंभिक शिक्षा पूर्ण करने के पश्चात् आगे की पढ़ाई के लिए बेथ्यून कॉलेज में दाखिला लिया। वर्ष 1926 में शरत चंद्र चट्टोपाध्याय ने 'पाथेर दाबी' नामक उपन्यास लिखा। इस उपन्यास को लिखने का मूल उद्देश्य भारतीय जनमानस को अंग्रेजों के खिलाफ एकजुट करना था। यही कारण रहा कि ब्रिटिश शासन द्वारा इस उपन्यास को प्रतिबंधित कर दिया गया, लेकिन प्रतिबंध लगने के कारण भारतीय युवकों में पाथेर दाबी को पढ़ने की उत्सुकता और बढ़ गई। इसका प्रथम संस्करण महज सात दिन में ही गुप्त रूप से बिक गया। क्रांति की ज्वाला अपने हृदय में जलाए हुए बीना दास भला इसको पढ़ने से कैसे पीछे रह सकती थीं! अतएव प्रतिबंधित होने के बावजूद

उन्होंने गुप्त रूप से उपन्यास की एक प्रति प्राप्त कर ली।

बीना दास ने अपनी मैट्रिक की पढ़ाई न करके उपन्यास को पढ़ना ज्यादा उचित समझा। हालाँकि इससे उनकी परीक्षा पर काफी प्रभाव पड़ा। उपन्यास का प्रभाव इस कदर था कि जब उनसे अंग्रेजी की परीक्षा में पसंदीदा उपन्यास के बारे में पूछा गया तो उन्होंने 'पाथेर दाबी' का विस्तार से वर्णन कर दिया। इसके परिणामस्वरूप उन्हें बहुत कम अंक प्राप्त हुए।

दो वर्ष पश्चात् वे सुभाष चंद्र बोस द्वारा स्थापित 'बंगाल वॉलंटियर कार्प्स' में सम्मिलित हो गईं। वहीं पर कार्य करते हुए वे सहपाठी रहीं क्रांतिकारी सुहासिनी गांगुली की सहायता से 'बंगाल रिवॉल्यूशनरी पार्टी' में शामिल हुई। यह समूह गुप्त रूप से अंग्रेजों के विरुद्ध कार्य कर रही थी। इससे जुड़े क्रांतिकारियों ने अंग्रेजों की नाक में दम कर रखा था।

6 फरवरी, 1932 को बंगाल के गवर्नर स्टेनली जैक्सन को विश्वविद्यालय में दीक्षांत समारोह में आमंत्रित किया गया। यह सूचना प्राप्त होते ही बीना दास ने जैक्सन को मारने की योजना बनाई। उसी दीक्षांत समारोह में उन्हें अपनी डिग्री भी लेनी थी। अतः उन्होंने अपने युगांतर पार्टी के क्रांतिकारियों से राय-मशविरा करके यह निर्णय लिया कि डिग्री लेते समय वे जैक्सन को गोली का निशाना बनाएँगी। जैसे ही गवर्नर जैक्सन भाषण देने के लिए खड़ा हुआ, बीना दास ने तुरंत ही उस पर रिवॉल्वर से गोली चला दी। गोली उसके कान को छूकर निकल गई और वह बच गया। उन पर मुकदमा चलाकर अगले ही दिन नौ वर्ष की जेल की सजा सुना दी गई।

वर्ष 1937 में प्रांतीय सरकार के गठन के पश्चात् राजबंदियों को जेल से मुक्त कराने का आदेश दिया गया। परिणामस्वरूप वे भी जेल से रिहा हुईं। फिर वे 'भारत छोड़ो आंदोलन' में सम्मिलित हो गईं, किंतु अंग्रेजों में उनके नाम का भय इस कदर व्याप्त था कि उन्हें तीन साल तक नजरबंद रखा गया।

इसके पश्चात् उन्होंने युगांतर के सदस्य रहे ज्योतिष भौमिक से विवाह किया। फिर बीना दास राजनीति में सक्रिय हो गईं। वे वर्ष 1946 से 1951 तक बंगाल विधानसभा के सदस्य के रूप में भी चुनी गईं।

स्वाधीनता के लिए सर्वस्व समर्पित करनेवाली इस वीरांगना के जीवन का अंतिम दौर बहुत कष्टप्रद रहा। कहते हैं कि उनका मृत शरीर 26 दिसंबर, 1986 को छिन्न-भिन्न अवस्था में सड़क के किनारे मिला। पुलिस द्वारा लगभग एक माह तक छानबीन के पश्चात् पुष्टि की गई कि यह शव बीना दास का ही है। महान् क्रांतिकारी के जीवन का अंत इतना दुःखदायी होगा, इसकी कल्पना भी किसी ने नहीं की थी।

□

58

तिरुप्पुर कुमारन

(क्रांतिकारी जिन्होंने मौत को गले लगाया, पर राष्ट्रीय ध्वज को धरती पर गिरने नहीं दिया)

देश को अंग्रेजों की गिरफ्त से आजाद कराने के लिए हजारों क्रांतिकारियों ने अपने प्राणों की आहुति दी। देश के कोने-कोने से आजादी की हुंकार उठी थी, न जाने कितनी शहादतों के बाद हमें यह आजादी मिली थी। आजादी के कुछ मतवालों की कहानियाँ तो हम मुँह जबानी जानते हैं, वहीं कुछ इतिहास की पुस्तकों में कहीं गुम हो गए हैं।

पराधीन भारत के तमिलनाडु स्थित चेन्निमलई, ईरोड (Chennimalai, Erode) में कुमारन 4 अक्तूबर, 1904 को पैदा हुए। जन्म के बाद उनका नाम ओ.के.एस.आर. कुमारस्वामी मुदालियर (OKSR Kumaraswamy Mudaliar) रखा गया। आगे चलकर लोग उन्हें प्रेम से तिरुपुर कुमारन बुलाने लगे।

उनसे भारतीयों की हालत देखी नहीं गई। अंग्रेजी हुकूमत के खिलाफ विचारों ने बचपन से ही उनके मन में घर बनाना शुरू कर दिया। कुमारन अपने देशवासियों के साथ हो रहे रंगभेद, अत्याचार से बेहद विचलित हो गए और आजादी की लड़ाई में कूद पड़े। कुमारन का परिवार हथकरघा बुनाई (Handloom Weaving) करता था। सिर्फ 5 साल की उम्र में ही उन्हें स्कूल छोड़ना पड़ा।

19 साल की उम्र में परिवार की इच्छाओं के आगे कुमारन को घुटने टेकने पड़े। उन्होंने विवाह कर लिया। कुमरन इस दौरान कताई के एक कारखाने में असिस्टेंट बन चुके थे।

आजादी की लौ को कई दिशाओं से हवा मिल रही थी। कुमारन पर भी इसका असर पड़ा। वे महात्मा गांधी के विचारों और आदर्शों से बेहद प्रभावित हुए। कुमारन ने भी बापू के आह्वान पर विरोध-प्रदर्शन, सत्याग्रह आदि में हिस्सा लेना शुरू किया।

कुमारन की आजादी की लड़ाई की बढ़ती गतिविधियों ने उनके परिवार की भी

चिंताएँ बढ़ा दीं। परिवार के सदस्य उनसे अकसर मिलने पहुँच जाते और उनसे क्रांति में हिस्सा न लेने की अपील करते। सहकर्मियों ने भी कुमारन को समझाने-बुझाने की कोशिश की।

कुमारन पर परिवार के सदस्यों की चिंताओं का कोई असर नहीं हुआ। उन्होंने देश को आजाद कराकर ही दम लेने की ठान ली थी। कुमारन ने 'देशबंधु यूथ एसोसिएशन' (Desh Bandhu Youth Association) की नींव रखी। इस संगठन में पूरे तमिलनाडु के युवा शामिल हुए और सभी का एक ही लक्ष्य था—'अंग्रेजों से देश की आजादी'। इस संगठन से कई युवा प्रेरित हुए।

11 जनवरी, 1932 को अंग्रेजों के खिलाफ विरोध मार्च निकाला गया। बॉम्बे में महात्मा गांधी ने विरोध-प्रदर्शन शुरू किया तो अंग्रेजों ने उन्हें कारावास में डाल दिया। श्री सत्य साईं बाल विकास में छपे एक लेख के अनुसार, गांधीजी की गिरफ्तारी के विरोध में देश भर में प्रदर्शन हुए और दंगे भड़क गए। तिरुपर में थ्यागी पी.एस. सुंदरम (Thyagi P.S. Sundaram) ने भी देशभक्ति मार्च निकाला। इस प्रदर्शन में लोगों ने हाथों में राष्ट्रीय ध्वज लिया हुआ था, जिस पर अंग्रेजों ने प्रतिबंध लगाया था।

राष्ट्रीय ध्वज पकड़े हुए क्रांतिकारी तिरुपुर कुमारन पर अंग्रेजों ने लाठीचार्ज शुरू किया, लेकिन वे अपनी जगह से नहीं हिले। कुमारन धरती पर गिर पड़े, लेकिन उन्होंने ध्वज को जमीन छूने नहीं दी और सीने से लगाए रखा।

□

59

प्रफुल्ल चंद्र पटनायक

(कविताओं से जंगल में खिलाया क्रांति का कमल)

कवि प्रफुल्ल चंद्र पटनायक ने लंबे समय तक संथाल परगना में पहाड़िया और संथाल युवाओं का एक ग्रुप बनाकर अंग्रेजी सत्ता के खिलाफ शिक्षा युद्ध किया। इस कारण उनको जिंदा या मुर्दा पकड़ने के लिए ब्रिटिश सरकार ने पाँच सौ रुपए का इनाम रखा था। अंग्रेजों के विरुद्ध आंदोलन करते हुए वे दो बार जेल गए और बहुत सी कठोर यातनाएँ सहीं। प्रफुल्ल के पिता भागीरथी पटनायक पक्के गांधीवादी थे और स्वाधीनता संग्राम में उनका भी अप्रतिम योगदान रहा। यही कारण रहा कि प्रफुल्ल ने जीवन भर अंग्रेजों का विरोध किया।

प्रफुल्ल क्रांतिकारी होने के साथ ही कवि भी थे। उन्होंने जयशंकर प्रसाद की 'कामायनी' पर 'हंस' में लंबा लेख लिखा था। 'गांधी का पुनर्जन्म', 'स्वर्ण कुंडल' कविता-संग्रह समेत उनकी अनेक गद्य रचनाएँ भी प्रकाशित हुईं। 'मिट्टी बुला रही है' प्रफुल्ल का सबसे प्रसिद्ध कविता-संग्रह है। इसकी संक्षिप्त भूमिका में रामधारी सिंह 'दिनकर' लिखते हैं—"श्री प्रफुल्ल चंद्र पटनायक की आत्मा में मैंने एक धधकती आग और उसी की बगल में कुछ ओस एवं फूल भी देखे हैं। हिंदी आकाश में एक उज्ज्वल नक्षत्र उतर रहा है। धरती के दरवाजे पर एक ऐसी घटा उठती जा रही है, जिसमें रस और बिजली दोनों का निवास है। पटनायक की एक विशेषता यह भी है कि वे जन्मत: हिंदीभाषी न होकर उड़िया हैं। हिंदी अपने लिए सेवक उत्पन्न कर रही है। मेरा आशीर्वाद है कि आगे चलकर उनकी वाणी सागर सी गंभीर और जंगलों सी हरी-भरी हो।"

प्रफुल्ल चंद्र पटनायक का जन्म 1 जनवरी, 1917 को ओडिशा के संबलपुर जिले में हुआ था। 13 साल की उम्र में प्रफुल्ल ने बरगढ़ में एक विशाल सभा में अंग्रेजों के विरुद्ध आवाज बुलंद कर लोगों को चौंका दिया। जनसभा के बाद प्रफुल्ल को कटक से गिरफ्तार कर लिया गया और 10 बेंत की सजा दी गई। इस घटना के बाद प्रफुल्ल ने खुलकर ब्रिटिश हुकूमत के खिलाफ आवाज उठानी शुरू कर दी। सन् 1933 में सत्याग्रह

करते हुए प्रफुल्ल को गिरफ्तार कर पटना के कैंप जेल में बंद किया गया। उन्होंने चार महीने सजा काटी। जेल से बाहर आने के बाद प्रफुल्ल ने फिर से पढ़ाई शुरू की और मैट्रिक पास की। वर्ष 1939-40 में ओडिशा की प्रसिद्ध साहित्य पत्रिका 'सहकार' में कई संग्रामी लेख भी लिखे। बाद में प्रफुल्ल ने अपनी कर्मभूमि झारखंड (तत्कालीन बिहार) को बनाया।

सन् 1942 में देश में जब भारत छोड़ो आंदोलन चल रहा था, तब संथाल परगना में प्रफुल्ल चंद्र ने आंदोलन को धार दी। आदिवासियों को स्वाधीनता आंदोलन से जोड़ा। पकड़े गए तो 21 साल की सजा सुनाई गई। सन् 1945-46 में जब बहुत से आंदोलकारियों को जेल से छोड़ा गया, तब प्रफुल्ल चंद्र को छोड़ने से बिहार के तत्कालीन गवर्नर थॉमस जॉर्ज रदरफोर्ड ने मना कर दिया। उस दौरान बिहार की मध्यवर्ती सरकार के तत्कालीन प्रधानमंत्री डॉ. श्रीकृष्ण सिंह ने प्रफुल्ल चंद्र की मदद की और उन्हें भागलपुर सेंट्रल जेल से 29 जनवरी, 1946 को रिहा कराया। रिहाई के बाद प्रफुल्ल ने डॉ. श्रीकृष्ण से मुलाकात कर समाज-सेवा में खुद को समर्पित कर दिया और देवघर हिंदी विद्यापीठ के सह-संपादक नियुक्त हुए, जिसके संपादक थे डॉ. राजेंद्र प्रसाद। विद्यापीठ के कामों से समय निकालकर वे आदिवासियों की उन्नति के लिए सदैव प्रयासरत रहे। स्वतंत्रता संग्राम के दौरान जेल में मिली यातना के कारण उनकी दोनों आँखों की रोशनी कम हो गई।

□

60

प्रकाशवती पाल

(दिल्ली षड्यंत्र केस की नायिका)

प्रसिद्ध क्रांतिकारी यशपाल की पत्नी प्रकाशवती पाल अपने बचपन से ही स्वतंत्रता आंदोलन के प्रति समर्पित थीं। उनका बचपन का नाम 'प्रकाशो' था। प्रकाशो को क्रांतिकारियों की मदद करना अच्छा लगता था। स्कूल से भागकर चोरी-छिपे क्रांतिकारियों की मदद करने में उन्हें बड़ा आनंद आता था। वे इसे मातृभूमि की सेवा ही समझती थीं। एक दिन यशपाल नामक क्रांतिकारी से प्रकाशो की भेंट हुई तो वे क्रांतिकारी पार्टी में सम्मिलित हो गईं।

इसी बीच 15 वर्ष की आयु में प्रकाशो की सगाई कर दी गई। घर में हँसी-खुशी का माहौल था। उसी समय उनके पिताजी को एक पत्र मिला, जिसमें प्रकाशो से पूछा गया था कि घर छोड़कर कब तक आने का इरादा है। बस क्या था, घर में तूफान खड़ा हो गया। पिताजी बहुत क्रोधित हुए तथा प्रकाशो से पूछने लगे, 'कब जाना चाहती हो ? कहाँ जाना चाहती हो ? तुम्हारा क्या इरादा है ? जहाँ जाना चाहती हो, चली जाओ, जाओ, मरो, अभी चली जाओ।' प्रकाशो एकदम स्तब्ध रह गई। पिता ने सोचा कि अभी या बाद में माफी माँग लेगी और बात यहीं खत्म हो जाएगी। परंतु ऐसा नहीं हुआ। घर में रिश्तेदारों के सामने प्रकाशो एकदम शांत हो गई और चुप लगा गई।

परंतु उसी दिन शाम को अपने पड़ोसी की छत से होती हुई नंगे पाँव सीढ़ियों से उतरकर बाहर गई। चौराहे पर ताँगा लेकर पार्टी के दफ्तर के बजाय सीधे दुर्गा भाभी के घर पहुँच गई। इस प्रकार उन्हें पार्टी में सम्मिलित कर लिया गया। दुर्गा भाभी एक समर्पित कार्यकर्त्री थीं। उन्होंने प्रकाशो के कपड़े बदलवाकर घूँघट निकलवाया तथा उन्हें अपने साथी इंद्रपाल के घर भिजवा दिया। इस प्रकार प्रकाशो के घरवालों को कोई सुराग नहीं मिला।

यहाँ पहुँचकर उन्होंने यशपाल से साफ-साफ कह दिया, 'मैं घर वापस बिल्कुल नहीं जाऊँगी तथा पार्टी का कार्य करूँगी। हर खतरे का सामना करूँगी।' फिर प्रकाशो

की ट्रेनिंग शुरू हुई। साथियों के पास से ढेरों क्रांति साहित्य उनके पास आने लगा। रूसी क्रांति तथा आयरलैंड संघर्ष की खबरों से सीख लेते हुए उन्होंने स्वयं को तैयार किया। मदनलाल ढींगरा तथा भीकाजी कामा आदि उनके प्रेरणास्रोत बने। यशपाल भी उनके लिए नई-नई पुस्तकें लाने लगे। एक बार यशपाल ने उनकी बाँह में गोली दागकर उनकी परीक्षा ली, परंतु प्रकाशो इस परीक्षा में सफल रहीं। इसी घटना के बाद वे मन में यशपाल से प्रेम करने लगीं। वे सुखदेवराज से चिढ़ती थीं, क्योंकि वह पार्टी को हमेशा नुकसान पहुँचाता रहता था।

प्रकाशवती ने स्वतंत्रता आंदोलन में क्रांतिकारियों का साथ दिया तथा प्रत्येक योजना में सम्मिलित हुईं। दिल्ली षड्यंत्र केस में उन्हें 1934 में जेल यातना भोगनी पड़ी। अगस्त 1936 में जेल से बाहर आने के बाद उन्होंने कैदी यशपाल से शादी कर ली। यह शादी बरेली केंद्रीय कारागार में जेलर ने कराई। उसके बाद यशपाल की रिहाई तक वे दंत चिकित्सा का प्रशिक्षण लेकर आत्मनिर्भर हो गई थीं।

1938 में यशपाल को आर्थिक चिंताओं से मुक्त रखने के लिए उन्होंने 'विप्लव' के प्रकाशन का दायित्व लिया। यशपालजी भी लिखने का कार्य करने लगे। एक निर्भय महिला लेखिका के रूप में उनका योगदान 'लाहौर से लखनऊ तक' उनकी संस्मरण पुस्तक तथा छोटे-छोटे लेखों तक ही सीमित है, तथापि स्वतंत्रता आंदोलन के क्रांतिकारियों की सहायता के लिए उनका नाम अविस्मरणीय रहेगा।

□

61

श्री बसावन सिंह

श्री बसावन सिंह का जन्म वैशाली जिले के हाजीपुर प्रखंड के जमालपुर गाँव में एक गरीब किसान परिवार में हुआ था, वे एक मेधावी छात्र थे, जिन्हें प्राथमिक और माध्यमिक विद्यालय दोनों में छात्रवृत्ति मिली। इसके बाद उन्होंने दीधी हाई स्कूल से मैट्रिक की परीक्षा 1926 में प्रथम श्रेणी से पास की और जी.बी. कॉलेज में पढ़ाई शुरू की। यहीं से वे क्रांतिकारियों के संपर्क में आए। 1925 में वे हिंदुस्तान सोशलिस्ट रिपब्लिक आर्मी में शामिल हो गए। हिंदुस्तान रिपब्लिक सोशलिस्ट एसोसिएशन में शामिल होने के कारण उनको जी.बी. कॉलेज से निकाल दिया गया और इस तरह उनकी औपचारिक शिक्षा रूक गई। तब वे बिहार विद्यापीठ सदाकत आश्रम में शामिल हो गए, जहाँ उन्होंने युवाओं के एक छोटे समूह के साथ गहन सैन्य प्रशिक्षण लिया। वे काकोरी तिरहुत और डेलुआहा षड्यंत्र के मामले में सह-अभियुक्त थे। इससे उन्हें 7 साल जेल की सजा सुनाई गई। लेकिन जेल जाने के 3 दिन बाद ही जून 1930 में वे बागीपुर सेंट्रल जेल से भाग गए। उन्हें फिर से गिरफ्तार कर लिया गया और भागलपुर सेंट्रल जेल भेज दिया गया।

भागलपुर जेल में इन लोगों के साथ अमानवीय आचरण किया जाता था। इस अमानवीय परिस्थिति के खिलाफ विरोध-प्रदर्शन के रूप में उन्होंने आमरण अनशन प्रारंभ किया। उपवास के बारहवें दिन उन्हें सेंट्रल जेल से जेल के अस्पताल में स्थानांतरित कर दिया गया। अस्पताल में उन्हें जबरन खिलाए जाने की कोशिश की गई, पर सारे प्रयास असफल रहे। लोगों की भारी भीड़ प्रतिदिन जेल के दरवाजे पर जमा रहती थी। उनका उपवास तुड़वाने के लिए बिहार के तत्कालीन मंत्री सर गणेश दत्त ने उनकी माँ श्रीमती दौलत खेर से आग्रह किया। उनकी माँ जब उपवास के 50वें दिन अस्पताल गईं तो उन्होंने अपनी माँ से आशीर्वाद लिया, किंतु उपवास नहीं तोड़ा। अब उनके साथ जेल के कुछ राजनीतिक कैदी भी उपवास पर आ गए और अपनी एकजुटता प्रदर्शित की। अंततः 58वें दिन उन्हें गांधीजी का यह संदेश मिला कि उनकी

सभी माँगें मान ली गई हैं, तब उन्होंने अपना उपवास तोड़ा। खराब स्वास्थ्य के कारण उन्हें जून 1936 में जेल से रिहा कर दिया गया, लेकिन उनके आंदोलन को प्रतिबंधित कर दिया गया। बसावन सिंह ने किसी भी प्रतिबंध को नहीं माना और प्रतिबंधों के उल्लंघन के कारण उन्हें फिर से गिरफ्तार कर लिया गया। बसावन सिंह के पास फोटोग्राफिक मेमोरी थी।

1936 से वे ट्रेड यूनियन आंदोलन में सक्रिय हो गए और मृत्युपर्यंत 1989 तक सक्रिय रहे। दिसंबर 1936 में वे कांग्रेस सोशलिस्ट पार्टी में शामिल हो गए और श्रम सचिव नियुक्त कर दिए गए। श्रम सचिव के रूप में उन्होंने बिहार के कोयला क्षेत्रों, चीनी मिलों, अभ्रक खानों और रेलवे में ट्रेड यूनियन की स्थापना की। 1937 में 'जपला मजदूर संघ' का गठन किया। 1937 में ही बुलिया मजदूर संघ और गया कपास व जूट मिल में लेबर यूनियन का गठन किया। द्वितीय विश्वयुद्ध के दौरान वे बिहार के पहले व्यक्ति थे, जिन्हें 26 जनवरी, 1940 को पलामू के हुसैनाबाद में भारत अध्यादेश के तहत गिरफ्तार किया गया था और 18 महीने के बाद रिहा किया गया था। भारत छोड़ो आंदोलन के दौरान वे भूमिगत होकर गोलीबारी और गोला-बारूद इकट्ठा करने के लिए अफगानिस्तान चले गए। उन्होंने 9 अगस्त, 1942 के बॉम्बे के कांग्रेस सत्र में भाग लिया और भूमिगत होकर आंदोलन का संचालन किया। उन्हें दिल्ली में 8 जनवरी, 1943 को गिरफ्तार किया गया और 3 अप्रैल, 1946 को मुक्त किया गया, जिसके बाद भी उन्होंने अपना राष्ट्रवादी और ट्रेड यूनियन का काम जारी रखा।

द्वितीय विश्वयुद्ध के बाद ट्रेड यूनियन आंदोलन बसावन सिंह के अथक प्रयासों से काफी सशक्त हो गया। उन्होंने विभिन्न क्षेत्रों, जैसेकि चीनी, कोयला, सीमेंट, अभ्रक, विस्फोटक, अल्युमिनियम, लोहा व इस्पात उद्योग, रेलवे, डाकघर और बैंकों में श्रमिकों को संगठित किया। वे 'हिंद मजदूर सभा' के संस्थापकों में से एक थे। आजादी से पहले बसावन सिंह ने लोकतांत्रिक समाजवाद के लिए निष्पक्ष उत्साह के साथ काम किया, क्योंकि वे मानते थे कि ट्रेड यूनियनवाद सामाजिक परिवर्तन और सामाजिक न्याय के प्रमुख कारणों में से एक था। ऐतिहासिक भारत छोड़ो आंदोलन में बसावन सिंह ने एक उल्लेखनीय और प्रेरणादायक भूमिका निभाई। अनेक वर्षों तक जेल में रहने के बाद उन्हें अप्रैल 1947 में रिहा किया गया। स्वतंत्रता-प्राप्ति के पश्चात् वे सोशलिस्ट पार्टी की राष्ट्रीय कार्यकारिणी के सदस्य थे। वे 1939 से 1977 तक सोशलिस्ट पार्टी के अध्यक्ष के रूप में कार्य करते रहे। वे 1952 के पहले आम चुनावों में और 1952 से 1962 तक एक महत्त्वपूर्ण विपक्षी नेता बने। 1962 से 1968 तक विधान परिषद् के सदस्य रहे। 1967 की गठबंधन सरकार में सबसे शक्तिशाली कैबिनेट मंत्रियों में से एक बने। 1975 में आपातकाल के दौरान आंदोलन का संचालन करते हुए 20 महीने

तक भूमिगत रहे। 1970 में वे डेहरी ऑन सोन से चुने गए और फिर से श्रम, योजना और उद्योग मंत्रालय में कैबिनेट मंत्री बने। 7 अप्रैल, 1989 को उनका निधन हो गया। बसावन सिंह के नाम पर 23 मार्च, 2000 को भारत सरकार ने एक स्मारक डाक टिकट जारी किया। हाजीपुर अनवर चौक के नजदीक एक इनडोर स्टेडियम भी उनके नाम पर है। पटना में बसावन पार्क भी उनके नाम से जाना जाता है।

□

62

श्री रघुवंश राय

स्वर्गीय रघुवंश राय सीतामढ़ी जिले के मसौली गाँव के रुन्नी सैदपुर प्रखंड के रहनेवाले थे। एक नवयुवक के रूप में उन्होंने स्वतंत्रता संग्राम में भाग लेना शुरू कर दिया था। उनके रग-रग में स्वतंत्रता के प्रति दीवानगी थी। वे गरम दल की विचारधारा से प्रभावित थे। क्रांतिकारी विचारधारा का यह नवयुवक सशस्त्र क्रांति के माध्यम से ही देश में स्वतंत्रता लाने की बात किया करता था। उनके क्रांतिकारी जीवन का मुख्य भाग भूमिगत रहकर ही बीता था। वे भूमिगत रहकर क्रांतिकारी परचे बाँटने का काम करते थे।

1937 में जब एक बार चौक पर झंडा फहरा रहे थे तो पुलिस ने उन्हें गिरफ्तार कर लिया और उनको भागलपुर जेल भेजा जाने लगा। इसी समय उनके बहनोई की मृत्यु हो गई, तब उनकी माँ ने उन्हें सरकार से माफी माँगने को कहा, ताकि उन्हें जेल न भेजा जाए। उनके बड़े भाई जो पुलिस में थे, उन्होंने भी उन्हें जेल जाने से बहुत रोका और सरकार से माफी माँगने को कहा, किंतु उन्होंने माफी नहीं माँगी। झंडा फहरानेवाले 9 में से 8 लोगों ने माफी माँग ली, किंतु उन्होंने माफी माँगने के बजाय जेल जाना उचित समझा और हँसते-हँसते जेल के लिए रवाना हो गए। जेल जाने पर उन्हें किसी प्रकार का गम नहीं था। जेल में रहकर भी वे भारतमाता की आजादी के लिए प्रयासरत रहते थे। जेल में इन पर काफी अत्याचार किया जाता था। कई दिनों तक खाना नहीं दिया जाता था, सिर्फ पीने के लिए माँड़ दिया जाता था। उनकी पिटाई भी की जाती थी। परंतु माँड़ पीकर भी यह उफ तक नहीं करते थे और भारतमाता की आजादी के नारे लगाते रहते थे।

1937 से 1947 तक वे जेल में बंद रहे। स्वतंत्रता-प्राप्ति के पश्चात् ही उनको रिहा किया गया। उन्होंने आजादी की खुली हवा में साँस ली।

आजाद भारत में उन्होंने समाज-सेवा का कार्य करना शुरू कर दिया। गंदगी से सख्त नफरत करनेवाले रघुवंश बाबू जहाँ कहीं भी गंदगी देखते थे, स्वयं सफाई करना

शुरू कर देते थे। वे हिंदी भाषा के बड़े प्रेमी थे और अंग्रेजी भाषा के विरोधी थे। निज भाषा की उन्नति को वे देश की उन्नति का मूल मंत्र मानते थे। स्त्रियों की बहुत इज्जत करते थे। उनका कहना था कि प्रत्येक स्त्री में एक माँ बसती है।

स्वतंत्रता आंदोलन में उनके योगदान को देखते हुए उन्हें आजादी के पच्चीसवें साल में इंदिरा सरकार द्वारा ताम्रपत्र प्रदान किया गया। सीतामढ़ी में स्तंभ पर उनका नाम भी उत्कीर्ण है। 30 मार्च, 2018 को 104 वर्ष की आयु में उनका निधन हो गया।

□

63

देशाभिमानी दुर्गा

(फ्रॉक वाली नन्ही मास्टरनी)

'टिकट दिखाइए।' वर्ष 1923 में जब पं. जवाहरलाल नेहरू आंध्र प्रदेश के राजमुंदरी जिले के काकीनाडा में कांग्रेस के अधिवेशन के दौरान दक्षिण भारत हिंदी प्रचार सभा द्वारा आयोजित हिंदी साहित्य सम्मेलन की प्रदर्शनी देखने आए हुए थे तो उनसे टिकट की माँग की थी कांग्रेस की 14 वर्षीया वॉलंटियर दुर्गाबाई ने। ऐसा नहीं था कि दुर्गाबाई उन्हें पहचानती नहीं थी, पर नियम तो नियम। उनका जन्म 1909 में आंध्र प्रदेश के काकीनाड़ा में हुआ था।

महात्मा गांधी से उनकी पहली भेंट भी कम दिलचस्प नहीं थी। गांधीजी ने हिंदी के प्रचार-प्रसार को राष्ट्रीय आंदोलन का अंग बनाया हुआ था। जिन दिनों बालिकाओं के लिए शिक्षा वर्जित मानी जाती, उन दिनों दुर्गाबाई ने एक पड़ोसी अध्यापक से हिंदी पढ़कर ऐसी योग्यता हासिल कर ली थी कि 12 वर्ष की उम्र में उन्होंने काकीनाडा में बालिकाओं के लिए एक हिंदी विद्यालय की शुरुआत कर दी थी, जिसमें उन्होंने पाँच सौ से अधिक महिलाओं को हिंदी लिखना और पढ़ना सिखाने के साथ कांग्रेस की स्वयंसेविका भी बनाया। वर्ष 1921 में इसी पाठशाला का निरीक्षण करने कस्तूरबा, जमनालाल बजाज और सी.एफ. एंड्रूज के साथ गांधीजी भी आए थे और वे सभी फ्रॉक पहने हुए नन्ही मास्टरनी को देखकर अवाक् रह गए थे।

जिले के काकीनाडा में रामाराव व कृष्णवेनम्मा के घर जनमी दुर्गाबाई की जिंदगी झंझावातों में बीती। महज आठ वर्ष की उम्र में उनका विवाह जमींदार सुब्बाराव से हो गया, लेकिन गृहस्थ जीवन शुरू करने से पहले ही उन्होंने खुद को बाल विवाह के इस बंधन से आजाद कर लिया। तब उनकी उम्र थी केवल 15 वर्ष। दांपत्य का सुख उन्हें मिला, पर 44 की उम्र में, जब उन्होंने स्वतंत्र भारत के पहले वित्तमंत्री चिंतामणि देशमुख से सिविल मैरिज की, जिसमें गवाह के रूप में उपस्थित थे प्रधानमंत्री पं. जवाहरलाल नेहरू।

आंध्र प्रदेश से स्वाधीनता समर में सर्वप्रथम कूदनेवाली पहली महिला थीं दुर्गाबाई। बापू के सत्याग्रह, नमक आंदोलन और सविनय अवज्ञा आंदोलन में भाग लेने के दंडस्वरूप ब्रिटिश राज ने वर्ष 1930 से 1933 के बीच उन्हें तीन बार जेल में डाला। खूनी कैदियों के बीच जब वे वेल्लोर की जेल में थीं तो उन्होंने 15 जुलाई, 1909 को आंध्र प्रदेश के राजमुंदरी में कुछ निरपराध महिला बंदिनियों की दुर्दशा देखी। बीस वर्ष की आयु में तो दुर्गाबाई के तूफानी दौरों और धुआँधार भाषणों की धूम मच गई थी। उनकी अद्‌भुत संगठन क्षमता व भाषण कला को देखकर लोग चकित रह जाते थे। उनके साहसपूर्ण दृढ़ व्यक्तित्व को देखकर लोग उन्हें 'जोन ऑफ आर्क' के नाम से पुकारते थे। इस प्रकार वे दक्षिण के घर-घर से निकलकर पूरे देश में विख्यात हो गई थीं।

'नमक सत्याग्रह' के दौरान दुर्गाबाई 1930 से 1933 के बीच तीन बार जेल गईं। उनको असहनीय यातनाएँ, जैसे तेज धूप में खड़े रहना, भूखा रहना, मिर्च पिसवाना आदि दी गईं, परंतु उन्होंने जेल से मुक्ति के लिए क्षमा नहीं माँगी। जेल से छूटने के बाद उन्होंने आगे की पढ़ाई की। एम.ए. की पढ़ाई पूरी की, फिर एल-एल.बी. की और वकील बनीं। वे कई महिला संगठनों से जुड़ी रहीं, जैसे 'अखिल भारतीय महिला परिषद्', 'आंध्र महिला सभा', 'विश्वविद्यालय महिला संघ', 'नारी रक्षा समिति' और 'नारी निकेतन' आदि।

यही वक्त था, जब उन्होंने कानून की पढ़ाई करने की ठानी, ताकि महिलाओं को मुफ्त में कानूनी मदद दे पाएँ। दुर्गाबाई की सामाजिक गतिविधियों की शुरुआत अत्याचारी पतियों के सामाजिक बहिष्कार और देवदासी प्रथा के विरोध से शुरू हुई थी। वे कई समाज-सेवी और महिलाओं के उत्थान से संबंधित संस्थाओं की सदस्य रहीं। उन्होंने अनेक विद्यालय, कॉलेज, चिकित्सालय, नर्सिंग विद्यालय तथा तकनीकी विद्यालय स्थापित किए। उन्होंने ब्लाइंड रिलीफ एसोसिएशन की अध्यक्ष के रूप में नेत्रहीनों के लिए विद्यालय, छात्रावास तथा तकनीकी प्रशिक्षण केंद्र खोले। वर्ष 1958 में भारत सरकार द्वारा स्थापित राष्ट्रीय महिला शिक्षा परिषद् की भी वे पहली अध्यक्ष बनीं, जिसमें उन्होंने लड़कियों के लिए मुफ्त शिक्षा और आरक्षण संबंधी सिफारिशें कीं। वंचितों और महिलाओं के बजटीय प्रविधान के लिए वे मंत्रियों को निरंतर सचेत करती थीं।

दुर्गाबाई देशमुख को 'पद्म विभूषण', 'नेहरू साक्षरता पुरस्कार', 'पाल जी हाफमैन पुरस्कार', 'यूनेस्को पुरस्कार', 'जीवन गौरव' सहित बहुत से राष्ट्रीय और अंतरराष्ट्रीय पुरस्कार मिले। दिल्ली का दुर्गाबाई देशमुख मेट्रो स्टेशन उन्हीं के नाम पर है। जुझारूपन से लेडी ऑफ आयरन, वक्तृत्व कला से जोन ऑफ आर्क और कृतित्व

से सामाजिक कार्य की जननी कहलानेवाली दुर्गाबाई की पुस्तक 'द स्टोन दैट स्पीक' उनके जीवन-संघर्ष का बयान है। मदुरै जेल में कालकोठरी की सजा के दौरान उनकी मस्तिष्क की नसों पर आघात लगा था और मधुमेह के कारण आखिरी दिनों में नेत्रज्योति भी चली गई थी। 9 मई, 1981 को आंध्र प्रदेश के श्रीकाकुलम जिले के नरसनपेटा में उन्होंने अपना नश्वर शरीर त्यागा।

□

64

रानी गाइदिन्ल्यु

(नागालैंड की स्वतंत्रता की देवी)

नागालैंड की रानी गाइदिन्ल्यु भारत की आजादी के लिए संघर्ष करनेवाले स्वतंत्रता सेनानियों में एक अद्वितीय स्थान रखती हैं। उन्हें नागालैंड की रानी लक्ष्मीबाई भी कहा जाता है। उनका जन्म 26 जनवरी, 1915 को तमेंगलोंझ जिले के नुनकाओ नामक गाँव में हुआ था। बचपन से ही उनके मन में देश-प्रेम की भावना जाग्रत् हो चुकी थी। देश-प्रेम की भावना से वशीभूत होकर उन्होंने काफी कम उम्र में ही क्रांतिकारी आंदोलन में भाग लेना शुरू कर दिया था। वे अपने चचेरे भाई जादोनांग के आंदोलन से जुड़ गईं, जिसका लक्ष्य प्राचीन नागा, धार्मिक मान्यताओं को फिर से बहाल करना और उन्हें एक नई जिंदगी प्रदान करना था।

हालाँकि शुरुआत में यह आंदोलन धार्मिक प्रकृति का था, लेकिन धीरे-धीरे यह राजनैतिक स्वातंत्र्य चेतना से जुड़ गया और अंग्रेजों के खिलाफ मोर्चा खोल दिया तथा मणिपुर और नागा क्षेत्रों में काफी व्यापक होने लगा। इस आंदोलन ने अंग्रेजों को बाहर खदेड़ना शुरू कर दिया। यह आंदोलन रानी गाइदिन्ल्यु के नेतृत्व में गति पकड़ने लगा। वे इस आंदोलन की आध्यात्मिक और राजनीतिक उत्तराधिकारी बन गईं। उनकी ख्याति तेजी से फैलने लगी और उन्हें विख्यात 'चेराचनदिन्ल्यु' का अवतार माना जाने लगा।

रानी ने अपने समर्थकों और स्थानीय नागा नेताओं के साथ मिलकर अंग्रेजों का जोरदार विरोध किया। उन्होंने नागाओं की पैतृक परंपराओं को बढ़ावा देना शुरू किया एवं नागाओं द्वारा दूसरे धर्म अपनाने का भी विरोध करना शुरू कर दिया। रानी के इन कार्यों से ब्रिटिश सरकार परेशान हो उठी।

रानी गाइदिन्ल्यु ने महात्मा गांधी के आंदोलन के बारे में सुनकर ब्रिटिश सरकार को किसी प्रकार का कर न देने की घोषणा की। धीरे-धीरे आंदोलनकारियों ने मणिपुर और नागालैंड से अंग्रेजों को पूरी तरह खदेड़ दिया। ब्रिटिश प्रशासन, जो उनकी गतिविधियों से पहले ही बहुत परेशान था, अब और सतर्क होकर उनके पीछे लग गया।

इस समय उनकी उम्र मात्र 16 वर्ष थी, परंतु उन्होंने चार हजार सशस्त्र नागा सिपाहियों का सफल नेतृत्व किया और भूमिगत होकर गुरिल्ला युद्ध का संचालन करती रहीं। इन सिपाहियों को लेकर वे निरंतर अंग्रेजों को परेशान करती रहीं। उनकी नजर में वे एक खूँखार नेता बन चुकी थीं। अंग्रेज सरकार ने असम राइफल्स की दो टुकड़ियाँ उनको और उनकी सेना को पकड़ने के लिए भेजीं। उन्हें पकड़ने में मदद करनेवालों को इनाम भी देने की घोषणा कर दी गई। आंदोलन को दबाने के लिए गाँव के गाँव जलाकर राख कर दिए गए। किंतु इससे लोगों का आक्रोश एवं उत्साह दबने के बजाय और बढ़ गया। उन्होंने असम राइफल्स की सरकारी चौकी पर हमला कर दिया। इसी दौरान रानी गाइदिन्ल्यु ने स्थान बदलकर छापामार प्रहार करते हुए एक बड़ा किला बनाने का निश्चय किया, ताकि उनके साथी छिपकर रह सकें। लेकिन यह पूरा न हो सका और अंग्रेज सरकार ने अचानक आक्रमण कर 17 अप्रैल, 1932 को उन्हें और उनके समर्थकों को गिरफ्तार कर लिया।

कई महीनों तक मुकदमा चला। रानी को आजीवन कारावास की सजा दी गई और उन्हें इंफाल जेल में रखा गया। 1937 में जब नेहरूजी असम गए तो उन्हें उनकी वीरता के बारे में पता चला तो उन्होंने उनको 'नागाओं की रानी' की संज्ञा दी। नेहरूजी ने उनकी रिहाई के लिए बहुत प्रयास किया, परंतु अंग्रेज रानी से बहुत भयभीत थे और उन्हें अपने लिए खतरा मानते थे, इसलिए उन्हें रिहा नहीं किया गया। उन्हें रिहाई तब मिली, जब देश स्वतंत्र हो गया।

रानी गाइदिन्ल्यु ने इस दिश की आजादी के लिए अपना बचपन और जवानी का त्याग कर दिया। इस अप्रतिम त्याग के लिए उन्हें कभी भुलाया नहीं जा सकता है। उनके महत्त्वपूर्ण योगदान के लिए उन्हें प्रधानमंत्री की ओर से ताम्रपत्र और राष्ट्रपति की ओर से पद्मभूषण सम्मान उपाधि देकर उन्हें सम्मानित किया गया था। सन् 1983 में उन्हें विवेकानंद सेवा पुरस्कार भी दिया गया था।

□

65

बाजी राउत

(सबसे कम उम्र के सेनानी, जो वीरगति को प्राप्त हुए)

ओडिशा के इतिहास में कभी भी न भूलनेवाली तारीख 11 अक्तूबर, 1938 है। आज से करीब 84 वर्ष पहले इसी तारीख को फिरंगी सैनिकों ने ढेंकानाल जिले में कहर बरपाया था, जिसमें नीलकंठपुर गाँव के 12 साल के एक किशोर बाजी राउत की क्रूर अंग्रेजों ने गोली मारकर हत्या कर दी थी। आजादी की लड़ाई के इतिहास में बाजी राउत देश के सबसे कम उम्र के शहीद हैं। देश को हिला देनेवाली इस घटना ने स्वतंत्रता आंदोलन की चिनगारी को ज्वाला में तब्दील कर दिया था।

बाजी राउत का जन्म 1926 में ओडिशा के ढेंकानाल के एक छोटे से गाँव में हुआ था। बाजी ने छोटी सी उम्र में ही अपने पिता को खो दिया था। उन्हें अकेले उनकी माँ ने पाला था।

ढेंकानाल का राजा शंकर प्रताप सिंहदेओ था, जो गाँव के गरीब लोगों की कमाई को लूटने के लिए कुख्यात था। इसी शोषण की शिकार बाजी की माँ भी थीं। उनकी माँ पड़ोस के गाँवों में जाकर अपनी आजीविका कमाती थीं। वे लोगों के घरों में चावल आदि साफ करके अपना घर चलाती थीं। लोगों के अंदर राजा के प्रति गुस्सा हर बीतते दिन के साथ बढ़ता ही जा रहा था।

आखिर एक दिन ऐसा भी आया, जब लोगों के सब्र की सीमा नहीं रही। गाँववालों ने इससे त्रस्त होकर विद्रोह कर दिया। इस चिनगारी को सुलगानेवाले ढेंकानाल शहर के ही बैष्णव चरण पटनायक थे। 'वीर बैष्णव' के नाम से प्रसिद्ध पटनायक को गाँववाले बहुत स्नेह और इज्जत देते थे।

उन्होंने राजा के खिलाफ झंडा उठाया और 'प्रजामंडल' की स्थापना की। 'प्रजामंडल' का अर्थ है 'लोगों का आंदोलन', इसके जरिए वे राजा के शोषण के खिलाफ विद्रोह कर रहे थे। इसी 'प्रजामंडल' में उन्होंने एक और विंग की स्थापना की।

उन्होंने इस विंग का नाम 'बानर सेना' रखा। इस विंग में सभी बच्चे शामिल थे और अपनी कम उम्र के बावजूद बाजी राउत भी इस विंग में शामिल हो गए।

पटनायक ने एक योजना बनाई, उन्होंने भारतीय रेलवे में पेंटर के तौर पर काम करना शुरू कर दिया। उन्होंने यह काम सिर्फ अपने एक छिपे हुए उद्देश्य के लिए किया था। पेंटर के रूप में वे एक जगह से दूसरी जगह जाया करते थे, जिसके लिए उन्हें रेलवे पास मिला हुआ था। अपने इस प्लान के जरिए वे ज्यादा-से-ज्यादा लोगों के साथ मिलने में कामयाब हो रहे थे। वे जिस किसी से भी मुलाकात करते, उसे राजा के खिलाफ भड़काया करते कि वह कैसे गरीब लोगों का खून चूस रहा है।

पटनायक ने अपना नेटवर्क फैला लिया था। उन्होंने कटक की नेशनल कांग्रेस के नेताओं से भी मुलाकात की। उन्होंने उन नेताओं का ध्यान अपने राज्य की दयनीय हालत की ओर दिलाना चाहा। अपने द्वारा की गई कई कोशिशों के बाद उन्होंने मार्क्सवादी क्रांतिकारी विचार पढ़ने शुरू कर दिए। मार्क्स के विचारों से वे इतने प्रभावित हुए कि उन्होंने अपने गाँव के ही हारा मोहन पटनायक के साथ मिलकर 'प्रजामंडल आंदोलन' की स्थापना की।

यह आंदोलन धीरे-धीरे जन-जन तक पहुँचने लगा। जब इस आंदोलन ने जोर पकड़ा तो पड़ोसी राजाओं ने ढेंकनाल के राजा की मदद के लिए कदम बढ़ाए। वे जनता के इस विद्रोह को निर्ममता से कुचल देना चाहते थे। कई पड़ोसी राजाओं ने सैन्यबल भी भिजवा दिए, ताकि वे जनता के विद्रोह की चिनगारी को बुझा सके। इसके साथ ही अंग्रेजों ने भी कलकत्ता से अपनी सेना का एक दस्ता भिजवा दिया। अंग्रेजों ने तकरीबन 250 बंदूकधारियों को वहाँ भेज दिया, इस तरह राजा की मदद के लिए वे भी मैदान में कूद पड़े।

ढेंकानाल के राजा ने तानाशाही का रुख अख्तियार करते हुए लोगों के आंदोलन को बुरी तरह से रौंदना चाहा। वह लोगों के बीच डर का माहौल बना देना चाहता था, ताकि लोग अपने विद्रोह से पीछे हट जाएँ।

इसके बाद राजा शंकर प्रताप ने लोगों पर 'राज-भक्त कर' या 'ईमानदारी कर' भी लगाना शुरू कर दिया। इसके बाद जो लोग यह कर नहीं चुका पाते थे, उनके घरों को हाथियों से कुचलवा दिया जाता था। उनकी संपत्ति जब्त कर ली जाती।

इस बात से ओडिशा के लोग और भी ज्यादा आक्रोशित हो गए। 'प्रजामंडल आंदोलन' और भी अधिक भड़क गया। यह पहले से भी अधिक मजबूती से उभरा अब राजा इस जन आंदोलन से बहुत ज्यादा परेशान हो गया था। जनता ने उसके शोषण के

खिलाफ उसकी नाक में दम कर दिया था। इसके बाद उसने आंदोलन के नेता वीर बैष्णव को ही सीधे तौर पर निशाना बनाया। उसने उनकी सारी पुरखों की जमीन जब्त कर ली।

इसके अलावा, सितंबर 1938 में हारा मोहन के घर भी अचानक छापा मारते हुए उन्हें और अन्य नेताओं को गिरफ्तार कर लिया गया। लेकिन पटनायक वहाँ से भागने सफल हो गए। जब इस बात का पता अधिकारियों को चला तो वे आग-बबूला हो गए और तेजी से उनकी खोज में लग गए। उनके कानों में खबर पड़ी कि वीर भुबन नाम के गाँव में छिपे हैं। खबर लगते ही राजा ने इस गाँव पर अंग्रेजी सैन्यबल के साथ हमला कर दिया। वे उन गाँववालों से वीर का पता माँग रहे थे। लेकिन गाँववालों ने अपनी जबान नहीं खोली, जिसके बदले में राजा ने उनके घर तहस-नहस कर दिए। 10 अक्तूबर, 1938 को अधिकारियों के कानों में खबर लगी कि वीर नदी को पार करते हुए इस गाँव से भी फरार हो गए हैं। वे गाँववालों की सुरक्षा के लिए ब्राह्मणी नदी में तैरकर दूसरी ओर भाग गए। इस बात की भनक लगते ही सैन्यबल को उनके पीछे लगा दिया गया। लेकिन उस सैन्य टुकड़ी को रोकने के लिए गाँववाले सामने आकर खड़े हो गए।

पुलिस कुछ लोगों को पकड़कर भुवनेश्वर थाना ले आई, लेकिन उनकी रिहाई की माँग जोर पकड़ने लगी। पुलिस ने प्रदर्शन कर रहे लोगों पर अंधाधुंध गोलियाँ चला दीं। इस गोलीबारी में दो लोगों की मौत भी हो गई। इससे वहाँ उपस्थित भीड़ बुरी तरह बौखला गई। उन्होंने अंग्रेजी फौज को दौड़ा लिया। अपने को घिरता देख अंग्रेज सिपाहियों ने वहाँ से भागने में ही अपनी खैर समझी।

11 अक्तूबर, 1938 की रात को इस तरह सैन्य टुकड़ी ब्राहणी नदी के नजदीकी घाट पर नाव के पास जा पहुँची। उस समय मात्र 12 वर्षीय बाजी राउत घाट पर सुरक्षा के लिए तैनात था। उस दिन बहुत तेज बारिश हो रही थी। बाजी को यह आदेश मिला हुआ था कि दुश्मन सैन्य टुकड़ी उस नाव से नदी के पार न जा पाए। वह नाव में ही सो रहा था।

वह लोगों को नदी पार कराने का काम करता था। अंग्रेजों ने इस बालक को नदी पार कराने का हुक्म दिया। बाजी ने सेना के जुल्मों की कहानी सुन रखी थी। उसने सेना को पार उतारने से साफ इनकार कर दिया। सैनिकों ने उसे मारने की धमकी दी। अंग्रेजी पलटन की बेचैनी देखकर बाजी को अहसास हो गया कि जरूर उन्होंने कुछ भारी गड़बड़ी की है, इसलिए उसने अंग्रेजी फौज को साफ मना कर

दिया। अंग्रेज सिपाही उसकी कम उम्र को देख उसकी वीरता और देशभक्ति का आकलन नहीं कर पा रहे थे। बाजी के मन में देशभक्ति की भावना कूट-कूटकर भरी थी, जिसका परिणाम यह निकला कि उसने बलिदान देना स्वीकार किया, पर अंग्रेजों के आगे झुकना नहीं।

अंग्रेजों के बार-बार आदेश देने के बावजूद बाजी ने उन्हें मना कर दिया। इसके बाद अंग्रेजी सैनिक बौखला गए। उन्होंने बाजी के सिर पर बंदूक की बट इतनी जोर से मारी कि उनके सिर फूट गया।

बाजी के ऊपर किया गया प्रहार इतना तेज था कि वह जमीन पर गिर गया। बावजूद इसके वह जोर-जोर से चिल्लाता रहा, ताकि गाँववालों को सैनिकों के आने की खबर लग जाए।

अंग्रेजी सैनिक यहीं नहीं रुके। उन्होंने एक बार फिर उनके सिर पर प्रहार किया। इसके बाद निर्दयी सैनिकों ने उस पर गोली चला दी, लेकिन बाजी की आवाज गाँव तक पहुँच गई। उसके कई साथी और शुभचिंतक, जैसे लक्ष्मण मलिक, फाग साहू, हर्षी प्रधान, नाता मलिक वहाँ पहुँच गए। जब उन्हें बाजी राउत के साथ हुई घटना का पता चला तो उनके गुस्से की सीमा नहीं रही। सभी गाँववाले गुस्से में घटनास्थल पर दौड़ते हुए आए। जब ब्रिटिश सैनिकों ने उन्हें आते हुए देखा तो वे डर गए। इसके बाद वे गाँव से दूर अपनी जान बचाते हुए भागने लगे। वे बाजी की नाव में सवार होकर भागने लगे, जाते-जाते उन्होंने गोलियाँ भी बरसानी शुरू कर दीं, जिसमें चार और लोगों की मौत हो गई।

बाजी राउत और अन्य शहीदों के शवों को दाह-संस्कार के लिए कलकत्ता की गलियों से होते हुए मान-सम्मान के साथ ले जाया गया। उन्हें देखने के लिए हजारों की संख्या में लोग उमड़े। आंदोलनकारी आक्रोशित हो उठे। यहीं से स्वतंत्रता आंदोलन की क्रांतिकारी इबारत शुरू हो गई। कटक के खाननगर के श्मशान में इस वीर बालक को मुखाग्नि दी गई। तब ढेंकानाल कटक जिले में आता था। एक कवि ने इस भावपूर्ण घटना पर लिखा—

"बंधु यह चिता नहीं है,
यह देश का अँधेरा मिटाने की मुक्ति की मशाल है।"

वहीं कवि कालिंदी चरण पाणिग्रही ने लिखा—

"आओ लक्षन, आओ नट, रघु, हुरुसी प्रधान, बजाओ तुरी, बजाओ बिगुल,
मरा नहीं है, मरा नहीं है, बारह साल का बाजिया मरा नहीं।"

आज भी नीलकंठपुर के लोग 11 अक्तूबर को बाजी की याद में एक सभा करके उसके बलिदान को याद करते हैं।

बाजी राउत के नन्हे से शव से लोगों का दिल पसीज उठा। यह कुरबानी एक छोटे से बच्चे की थी, जिसने महज 12 वर्ष की उम्र में अपने देश एवं उसकी आजादी के मायनों को समझा और बिना किसी डर के अंग्रेजों से लोहा लिया।

□

66

अक्कम्मा चेरियन

अक्कम्मा चेरियन तत्कालीन त्रावणकोर (केरल), की एक भारतीय स्वतंत्रता कार्यकर्त्री थीं। वे इतनी लोकप्रिय थीं कि त्रावणकोर की झाँसी रानी के नाम से जानी जाती थीं। उनका जन्म 14 फरवरी, 1909 को थॉममन चेरियन और अन्नाममा करिपापारंबिल की दूसरी बेटी के रूप में कांजिरापल्ली, त्रावणकोर में एक नसरानी परिवार (करिपापारंबिल) में हुआ था। उन्होंने गवर्नमेंट गर्ल्स हाई स्कूल, कांजीरापल्ली और सेंट जोसेफ हाई स्कूल, चंगनाचेरी में शिक्षा प्राप्त की। उन्होंने सेंट टेरेसा कॉलेज, एर्नाकुलम से इतिहास में बी.ए. किया।

1931 में अपनी शिक्षा पूरी करने के बाद उन्होंने सेंट मैरी इंगलिश मीडियम स्कूल, एडक्कारा में एक शिक्षक के रूप में काम किया, जहाँ वे बाद में प्रधानाध्यापिका बन गईं। उन्होंने इस संस्था में करीब छह साल तक काम किया और इस दौरान उन्होंने ट्राई ट्रेनिंग कॉलेज से एल.टी. की डिग्री भी हासिल की।

फरवरी 1938 में त्रावणकोर राज्य कांग्रेस का गठन किया गया और अक्कम्मा ने स्वतंत्रता के संघर्ष में शामिल होने के लिए अपना शिक्षण कार्य छोड़ दिया।

राज्य कांग्रेस के तहत त्रावणकोर के लोगों ने एक जिम्मेदार सरकार के लिए आंदोलन शुरू किया। त्रावणकोर के दीवान सी.पी. रामास्वामी अय्यर ने आंदोलन को दबाने का फैसला किया। 26 अगस्त, 1938 को उन्होंने राज्य कांग्रेस पर प्रतिबंध लगा दिया, जिसने तब सविनय अवज्ञा आंदोलन का आयोजन किया था। राज्य कांग्रेस का पहला वार्षिक सम्मेलन प्रतिबंध के बावजूद वट्टियूरकावु में आयोजित किया गया था। प्रदेश कांग्रेस के लगभग सभी नेताओं को गिरफ्तार कर जेल भेज दिया गया। अक्कम्मा को उनकी बहन रोसम्मा पुन्नोस के साथ 24 दिसंबर, 1939 को गिरफ्तार किया गया और उन्हें जेल में डाल दिया गया। उन्हें एक साल के कारावास की सजा सुनाई गई। जेल में उनका जानबूझकर बहुत अपमान किया गया और उन्हें धमकाया गया। जेल अधिकारियों द्वारा दिए गए निर्देश के चलते कुछ

कैदियों ने उनके खिलाफ अभद्र शब्दों का प्रयोग किया। इस मामले को पट्टम ए. थानु पिल्लई द्वारा गांधीजी के संज्ञान में लाया गया था। इसके अध्यक्ष पट्टम ए. थानु पिल्लई सहित प्रमुख राज्य कांग्रेस नेताओं को गिरफ्तार कर सलाखों के पीछे डाल दिया गया। राज्य कांग्रेस ने तब आंदोलन के अपने तरीके को बदलने का फैसला किया। इसकी कार्यसमिति भंग कर दी गई। राष्ट्रपति को उच्च शक्तियाँ और अपने उत्तराधिकारी को मनोनीत करने का अधिकार दिया गया। राज्य कांग्रेस के ग्यारह (अध्यक्षों) को एक-एक करके गिरफ्तार किया गया। ग्यारहवें अध्यक्ष कुट्टनाद रामकृष्ण पिल्लई ने अपनी गिरफ्तारी से पहले अक्कम्मा चेरियन को बारहवें अध्यक्ष के रूप में नामित किया था।

अक्कम्मा चेरियन ने राज्य कांग्रेस पर प्रतिबंध हटाने के लिए थंपनूर से महाराजा चिथिरा थिरुनल बलराम वर्मा के कौडियार पैलेस तक एक जन रैली का नेतृत्व किया। आंदोलनकारी भीड़ ने दीवान सी.पी. रामास्वामी अय्यर को बर्खास्त करने की माँग की, जिनके खिलाफ राज्य कांग्रेस के नेताओं ने कई आरोप लगाए थे। ब्रिटिश पुलिस प्रमुख ने अपने आदमियों को 20,000 से अधिक लोगों की रैली में गोली चलाने का आदेश दिया। अक्कम्मा चेरियन ने हुंकार भरकर अंग्रेजों को चेतावनी दी कि 'मैं नेता हूँ; दूसरों को मारने से पहले मुझे पहले गोली मारो।' उनके शब्दों को सुनकर जनता उन्मत्त हो उठी। जन भावनाओं का सैलाब देखकर पुलिस अधिकारियों को अपना आदेश वापस लेने के लिए मजबूर होना पड़ा। खबर सुनते ही गांधीजी ने उन्हें 'त्रावणकोर की झाँसी रानी' के रूप में सम्मानित किया। 1939 में उन्हें निषेधाज्ञा के उल्लंघन के लिए गिरफ्तार किया गया।

अक्तूबर 1938 में राज्य कांग्रेस की कार्य समिति ने अक्कम्मा चेरियन को देसेविका संघ (महिला स्वयंसेवी समूह) को संगठित करने का निर्देश दिया। उन्होंने विभिन्न केंद्रों का दौरा किया और महिलाओं से देसेविका संघ के सदस्य के रूप में शामिल होने की अपील की।

जेल से छूटने के बाद अकम्मा राज्य कांग्रेस की पूर्णकालिक कार्यकर्त्री बन गईं। 1942 में वे इसकी कार्यवाहक अध्यक्ष बनीं। अपने अध्यक्षीय भाषण में उन्होंने 8 अगस्त, 1942 को भारतीय राष्ट्रीय कांग्रेस के ऐतिहासिक बंबई अधिवेशन में पारित 'भारत छोड़ो प्रस्ताव' का स्वागत किया। उन्हें गिरफ्तार कर लिया गया और उन्हें एक साल की कैद की सजा दी गई। 1946 में प्रतिबंध के आदेशों का उल्लंघन करने के लिए उन्हें गिरफ्तार किया गया और छह महीने के लिए जेल में डाल दिया गया। 1947 में उन्हें फिर से गिरफ्तार कर लिया गया, क्योंकि उन्होंने सी.पी. रामास्वामी अय्यर की स्वतंत्र त्रावणकोर की इच्छा के खिलाफ आवाज उठाई थी,

लेकिन वे सत्य कहने से कभी नहीं हिचकीं और अखंड भारतवर्ष की संकल्पना में सदैव विश्वास किया।

5 मई, 1982 को अक्कम्मा चेरियन की मृत्यु हो गई। तिरुवनंतपुरम के वेल्लायाम्बलम में बनी उनका स्मृति मंदिर आज भी उनके निडर व्यक्तित्व की कहानी कह रहा है।

□

67

डॉ. लक्ष्मी सहगल

नेताजी सुभाष चंद्र बोस की आजाद हिंद फौज की महिला ब्रिगेड रानी लक्ष्मीबाई रेजिमेंट की कैप्टन डॉ. लक्ष्मी सहगल ने देश-सेवा के लिए अपना सर्वस्व समर्पित कर दिया। स्वाधीनता के अमृत महोत्सव के मौके पर उनकी स्मृतियों को सहेजने के साथ उनके आदर्शों को जीवन में उतारने का संकल्प जरूरी है।

युद्ध के मैदान में महिलाओं की तैनाती को लेकर तब संशय की स्थिति थी, लेकिन उनकी ताकत को आजाद हिंद फौज (आई.एन.ए.) के अगुवा नेताजी सुभाष चंद्र बोस ने समय रहते पहचान लिया था। भारत की स्वाधीनता के लिए जब नेताजी विदेश से ताकत जुटा रहे थे, तब उन्होंने आजाद हिंद फौज में महिलाओं को शामिल करना जरूरी समझा। उन्होंने 'रानी लक्ष्मीबाई रेजिमेंट' बनाई। इस रेजिमेंट की मुखिया को दक्षिण भारत की युवा डॉ. लक्ष्मी सहगल के नाम से जाना जाता है। इस रेजिमेंट ने आजाद हिंद फौज के पुरुष साथियों के साथ कंधे-से-कंधा मिलाकर युद्धभूमि में अद्‍भुत शौर्य दिखाया। 24 अक्तूबर, 1914 में मद्रास (अब चेन्नई) में जनमी लक्ष्मी के पिता एस. स्वामीनाथन मद्रास हाई कोर्ट में जाने-माने वकील थे, जबकि माँ ए.वी. अम्मूकुट्टी सामाजिक कार्यकर्ता व स्वतंत्रता सेनानी थीं। लक्ष्मी बचपन से ही माँ के प्रगतिशील विचारों से प्रभावित थीं। उन्होंने अपने एक साक्षात्कार में बताया था कि समाज के जिस वर्ग के लोगों की छाया को उस दौर में अशुभ माना जाता था, एक दिन वह उनमें से एक लड़की का हाथ पकड़कर घर ले आई और उसके साथ खेलने लगी। यह देखकर दादी आग-बबूला हो गईं। लक्ष्मी को भी काफी गुस्सा आया। आखिर में जीत लक्ष्मी की ही हुई। वहाँ से उन्होंने अन्याय के खिलाफ न झुकने के अपने व्यक्तित्व का परिचय दे दिया था। उसके बाद महात्मा गांधी से प्रेरित होकर 'स्वदेशी' का नारा बुलंद करते हुए उन्होंने विदेशी कपड़ों की होलिका जलाई।

वर्ष 1938 में उन्होंने मद्रास मेडिकल कॉलेज से एम.बी.बी.एस. की डिग्री ली। स्त्रीरोग और प्रसूति रोग चिकित्सा में उन्होंने विशेषज्ञता हासिल की। उसके बाद वे

सिंगापुर चली गईं। वहाँ पर उन्होंने क्लीनिक खोला। जहाँ मजदूरों और गरीबों का इलाज किया। वे 1941 में रास बिहारी बोस द्वारा स्थापित 'इंडिया इंडिपेंडेंस लीग' से जुड़ीं। साम्यवाद से उनका परिचय सरोजिनी नायडू की बहन सुहासिनी नांबियार के माध्यम से हुआ था। साम्यवादी आंदोलन पर एडगर स्नो की पुस्तक 'रेड स्टार ओवर चाइना' ने भी उनके विचारों को दिशा दी।

1942 में सिंगापुर पर जापान के कब्जे के दौरान डॉ. लक्ष्मी ने युद्धबंदियों को चिकित्सा सहायता प्रदान की। सुभाष चंद्र बोस ने जुलाई 1943 में सिंगापुर का दौरा किया और आजाद हिंद फौज के साथ लीग का नेतृत्व सँभाला। नेताजी के करिश्माई नेतृत्व से लक्ष्मी काफी प्रभावित हुई। जब नेताजी ने झाँसी की रानी लक्ष्मीबाई के नाम पर आजाद हिंद फौज की 'ऑल वूमेन इनफैंट्री रेजिमेंट' का गठन किया तो डॉ. लक्ष्मी बड़े उत्साह के साथ रेजिमेंट में शामिल हुईं। उन्हें कमांडिंग ऑफिसर नियुक्त किया गया, जिसमें 1,200 महिलाएँ शामिल थीं। वर्ष 1944 में रेजिमेंट ने बर्मा में अंग्रेजों के खिलाफ गुरिल्ला युद्ध लड़ा। कैप्टन लक्ष्मी को ब्रिटिश सशस्त्र बलों ने जुलाई 1945 में जबरन भारत भेज दिया गया। भारत लौटने पर वे आजाद हिंद फौज के निराश्रित परिवारों के लिए धन जुटाने में सक्रिय रहीं।

डॉ. लक्ष्मी ने 1947 में आजाद हिंद फौज में तैनात कर्नल प्रेम सहगल से विवाह कर लिया था। उसके बाद वे लाहौर से आकर कानपुर में बस गए। देश विभाजन से दुःखी कैप्टन लक्ष्मी ने बड़ी संख्या में पाकिस्तान से कानपुर आए शरणार्थियों के लिए खुद को समर्पित कर दिया। 1971 में भारत-पाक युद्ध के दौरान वे बंगाल की जन राहत समिति में शामिल हो गईं और पूर्वी बंगाल (अब बांग्लादेश) से भारत आए लाखों शरणार्थियों के लिए पश्चिम बंगाल में राहत शिविर और चिकित्सा सहायता का प्रबंध किया। 23 जुलाई, 2012 को उनका निधन हो गया। डॉ. लक्ष्मी सहगल ने अपने अनुभवों को 'ए रिवॉल्यूशनरी लाइफ : मेमायर्स ऑफ ए पॉलिटिकल ऐक्टिविस्ट' (1997) में लिखा है।

□

68

श्री सत्यनारायण कुँवर पंथ

(केले के स्तंभों को बाँधकर बम चलाने की प्रैक्टिस करनेवाला क्रांतिकारी)

स्वतंत्रता की बलिवेदी पर अपना सर्वस्व न्योछावर कर देनेवाले स्वतंत्रता सेनानी स्वर्गीय सत्यनारायण कुँवर पंथ की कहानी आज के नवयुवकों के खून में भी उबाल ला देती है। वे एक ऐसे क्रांतिकारी थे, जिन्होंने अपनी पत्नी के साथ मिलकर अपने कार्यकलाप से अंग्रेजों के छक्के छुड़ा दिए थे। उनके द्वारा गुप्त रूप से चलाए जानेवाले प्रशिक्षण शिविरों में दूर-दराज के स्वतंत्रता सेनानी आकर शस्त्र-प्रशिक्षण लेते थे।

उनका जन्म महुआ के करिहो गाँव में 1901 में स्वर्गीय रोहन कुँवर के घर में हुआ था। वे बचपन से ही पढ़ाई-लिखाई में तेज थे। उन्होंने वैशाली जिले के एकमात्र हाई स्कूल (हाजीपुर हाई स्कूल) से मैट्रिक पास किया था। इसके पश्चात् उनका नामांकन कोलकाता के प्रेसीडेंसी कॉलेज में हुआ। यह वही प्रेसीडेंसी कॉलेज था, जहाँ के शिष्य बाबू राजेंद्र प्रसाद थे, यहीं उनके हृदय में प्रथम बार देश के लिए मर-मिटने की कोपलें फूटीं। यहाँ उनका संपर्क कोलकाता के स्वतंत्रता सेनानियों से हुआ। ये क्रांतिकारी महात्मा गांधी की विचारधारा के विपरीत अंग्रेजों को परेशान करके क्रांतिकारी गतिविधियों से गुलामी की बेड़ी काटने को तत्पर रहते थे।

गोली और बम से भारत को आजादी दिलाने के उनके कार्य में प्रमुख सहयोगी के रूप में भगत सिंह और बटुकेश्वर दत्त थे। कौनहारा घाट स्थित प्रशिक्षण शिविर में भगत सिंह और बटुकेश्वर दत्त भी आए थे। यह प्रशिक्षण शिविर महुआ और लालगंज के स्वतंत्रता सेनानियों की देखरेख में चलता था। इस प्रशिक्षण शिविर की देखरेख शेरे बिहार योगेंद्र शुक्ला, बैकुंठ शुक्ला, दीप नारायण सिंह, किशोरी प्रसत सिंह, पं. जयनंदन झा जैसे स्वतंत्रता सेनानी करते थे।

उनके पौत्र रिटायर्ड डी.एस.पी. जी.एम. कुमार बताते हैं कि उनके प्रशिक्षण का

तरीका भी अनोखा था। वे लोग केले के कई स्तंभों को बाँधकर गंडक नदी में बहा देते थे और नदी किनारे से उस पार बम मारकर टारगेट करने का अभ्यास करते थे। जी.एम. कुमार बताते हैं कि उनकी पत्नी राजवती देवी भी स्वतंत्रता कार्य में हाथ बटाती थीं। कौनहारा घाट पर चल रहे प्रशिक्षण शिविर में वे प्रशिक्षणार्थियों के लिए खाना बनाकर ले जातीं थीं। इस कार्य में उन्हें स्वर्गीय बैकुंठ शुक्ला की पत्नी राधिका देवी का भी सहयोग मिलता था।

सन् 1939 में श्री सत्यनारायणजी को ग्लैंड टीबी हो गई। राजेंद्र प्रसाद की देखरेख में उनका इलाज पटना में कराया गया। परंतु दुर्भाग्यवश टीबी ठीक नहीं हो सकी और 1942 के असहयोग आंदोलन के दौरान उनकी मृत्यु हो गई।

मात्र 22 वर्ष की अवस्था में अंग्रेज सरकार की चूलें हिला देनेवाले इस स्वतंत्रता सेनानी की मृत्यु भी उनके कार्यों को रोक नहीं सकी। इसके बाद उनकी पत्नी राजवती देवी ने उनके कार्यों को बखूबी अंजाम दिया।

शोध-प्रबंध : श्रीमती प्रतिमा सिन्हा, लाइब्रेरियन,
इंडियन इंस्टीट्यूट ऑफ होटल मैनेजमेंट, हाजीपुर

□

69

के. केलप्पन

(व्यक्तिगत सत्याग्रह आंदोलन में केरल के प्रथम सत्याग्रही)

केरल के पुनर्जागरण के प्रमुख नेताओं में से एक के. केलप्पन की समाज-सुधारक और स्वतंत्रता सेनानी होने के कारण राज्य पर एक अमिट छाप आज भी अंकित है। 24 अगस्त, 1889 को कालीकट के एक छोटे से गाँव में जनमे केलप्पन ने दो लड़ाइयाँ लड़ीं—एक सामाजिक सुधारों के लिए और दूसरी अंग्रेजों के खिलाफ। उनके नजरिए और उनके गैर-विवादी दृष्टिकोण के कारण उन्हें 'केरल का गांधी' का नाम दिया गया।

उन्नीसवीं और 20वीं सदी की शुरुआत भारत के लिए एक बहुत बुरा दौर था। केलप्पन का प्रोफेशनल जीवन, जो एक शिक्षक के रूप में और फिर एक प्रधानाध्यापक के रूप में हुआ था, ने एक नया मोड़ तब लिया, जब उन्होंने गांधीजी के नेतृत्व वाले असहयोग आंदोलन का हिस्सा बनने का फैसला लिया। उसके बाद से वे चरैवेति-चरैवेति आगे बढ़ते गए। उन्हें कोई रोक न सका और केलप्पन ने पय्यानूर तथा कालीकट में नमक सत्याग्रह का नेतृत्व किया। वे गांधीजी द्वारा शुरू किए गए व्यक्तिगत सत्याग्रह आंदोलन में केरल के पहले सत्याग्रही के रूप में चुने गए। 1932 में वायकॉम सत्याग्रह और गुरुवायुर सत्याग्रह ने केलप्पन को केरल के स्वतंत्रता संग्राम में सबसे आगे लाकर खड़ा कर दिया। 1942 में उन्हें भारत छोड़ो आंदोलन में भाग लेने के लिए जेल में डाल दिया गया। भारत के स्वतंत्रता संग्राम में अपनी भूमिका के अलावा उन्होंने समाज के दबे-कुचले लोगों के उत्थान के लिए भी प्रयास किए। उन्होंने अस्पृश्यता मिटाने के लिए कड़ी मेहनत की और हरिजनों के उत्थान के लिए काम किया। उन्होंने केरल में कई हरिजन छात्रावास और स्कूल भी स्थापित किए। वे स्वदेशी आंदोलन में सबसे आगे थे। उन्होंने खादी और ग्रामोद्योग का विकास करने की पूरी कोशिश की।

भारत की स्वतंत्रता के लिए अपनी निस्स्वार्थ प्रतिबद्धता के अलावा के. केलप्पन की प्रमुख उपलब्धियों में से एक गुरुवायुर जनमत-संग्रह है। 1920 के दशक के अंत

में गुरुवायुर मंदिर में प्रवेश के अधिकार को लेकर एक आंदोलन हुआ था। चूँकि उस समय निचली जातियों के मंदिर में प्रवेश पर प्रतिबंध था, केलप्पन ने इस मंदिर प्रवेश के विरोध में एक आंदोलन का नेतृत्व किया। उन्होंने अस्पृश्यता के उन्मूलन की भी माँग की। 1931 में इस प्रसिद्ध मंदिर के सामने केलप्पन के नेतृत्व में एक सत्याग्रह शुरू हुआ। केलप्पन के साथ पद्मनाभन, ए.के. गोपालन और एन.पी. दामोदरन जैसे कई अन्य नेता भी शामिल हुए। लगभग दस महीने तक यह आंदोलन चलता रहा, जिसके बाद जब कोई प्रगति नहीं हुई तो केलप्पन ने 21 सितंबर, 1932 को मंदिर के सामने अनशन शुरू कर दिया। अनशन ने उस माहौल में जान डाल दी। देश भर के नेताओं ने उनसे अनशन तोड़ने की याचना की और अंत में गांधीजी के कहने पर 2 अक्तूबर, 1932 को केलप्पन ने अपना अनशन तोड़ दिया। मंदिर में प्रवेश के सवाल पर उनके विचार जानने के लिए हिंदुओं के बीच एक जनमत संग्रह कराया गया। यह जनमत संग्रह पोन्नानी तालुक में कराया गया था, जहाँ वह मंदिर स्थित है। नियमित मंदिर जानेवालों में से 77 प्रतिशत से अधिक लोगों ने सभी के लिए मंदिर में प्रवेश के पक्ष में मतदान किया। हालाँकि इसके परिणामस्वरूप सभी हिंदुओं के लिए तुरंत गुरुवायुर मंदिर नहीं खोला गया, लेकिन इस पूरे आंदोलन ने देश में एक मजबूत जनमत बनाने में मदद की, जो सभी के लिए मंदिर में प्रवेश और अस्पृश्यता के उन्मूलन के पक्ष में था। 1946 में गुरुवायुर मंदिर को अंततः सभी जातियों के लिए खोल दिया गया। इस जनमत संग्रह ने सवर्णों और उच्च जाति समूहों के स्वामित्व वाले कई निजी मंदिरों के दरवाजे अपनी जाति या वर्ग के अलावा जनता के लिए खोलने का मार्ग प्रशस्त किया।

केलप्पन एक समाज-सुधारक और स्वतंत्रता सेनानी थे। नायर सर्विस सोसाइटी (एन.एस.एस.) के संस्थापक सदस्य और अध्यक्ष के रूप में उनके सुधारवादी नजरिए की आज भी सराहना की जाती है। स्वतंत्रता के बाद उन्होंने मलयालम भाषी लोगों की तीन रियासतों के एकीकरण में प्रमुख भूमिका निभाई, जिसे अब हम केरल के रूप में जानते हैं। वे केरल में लगभग सभी गांधीवादी संगठनों के अध्यक्ष थे। इतिहास उन्हें एक ऐसे निस्स्वार्थ व्यक्ति के रूप में याद करता है, जिन्हें कभी सत्ता या पद की चाह नहीं थी, जो गांधीजी के आदर्शों को कायम रखते थे और सेवक का जीवन व्यतीत करते थे। 7 अक्तूबर, 1971 को उनका निधन हो गया।

□

70

जानकी देवर

(मलाया-पुत्री, जो आई.एन.ए. में द्वितीय शीर्ष सैन्य अफसर बनी)

मलाया में भारतीय स्वतंत्रता की अलख जगानेवाली वीरांगना पुआन श्री दतिन जानकी देवर (25 फरवरी, 1925–9 मई, 2014), जिन्हें जानकी अथी नहप्पन के नाम से जाना जाता है, मलेशियाई भारतीय कांग्रेस की संस्थापक सदस्य थीं और मलेशियाई (तत्कालीन मलाया) स्वतंत्रता की लड़ाई में शामिल शुरुआती महिलाओं में से एक थीं।

जानकी का जन्म मलाया के एक संपन्न तमिल परिवार में हुआ। उनकी परवरिश राजकुमारियों जैसी हुई, किंतु जब वे केवल 16 वर्ष की थीं, तब उन्होंने सुभाष चंद्र बोस की भारतीयों से भारतीय स्वतंत्रता के लिए अपनी लड़ाई के लिए जो कुछ भी कर सकते थे, देने की अपील सुनी। उन्होंने तुरंत अपनी सोने की बालियाँ उतारकर उन्हें दान कर दीं। वे आजाद हिंद फौज की झाँसी रानी रेजिमेंट की महिला विंग में शामिल होने के लिए दृढ़ थीं। किंतु उनके परिवार, विशेष रूप से उनके पिता को यह पसंद नहीं था, लेकिन जानकी के काफी समझाने के बाद आखिरकार वे राजी हो गए।

भारतीय स्वतंत्रता के लिए लड़ने के लिए मलाया के जापानी कब्जे के दौरान आयोजित भारतीय राष्ट्रीय सेना में शामिल होनेवाली वे पहली महिला थीं। विलासिता में पली-बढ़ी जानकी के लिए शुरू में सैन्य जीवन की कठोरता अनुकूल नहीं थी। किंतु उन्होंने धीरे-धीरे सैन्य जीवन को अपना लिया और रेजिमेंट में पूरे मनोयोग से अपनी सेवा देने लगी। उनका कॅरियर आगे बढ़ गया। वे रेजिमेंट की कमान में द्वितीय शीर्ष प्रमुख बनीं।

भारतीय राष्ट्रीय कांग्रेस की लड़ाई उन्हें काफी प्रेरक लगी और तत्कालीन मलाया में भारतीय कांग्रेस चिकित्सा मिशन में वे शामिल हो गईं। 1946 में जानकी देवर नहप्पन ने जॉन थिवी को मलय भारतीय कांग्रेस की स्थापना में मदद की, जिसे

भारतीय राष्ट्रीय कांग्रेस के अनुरूप बनाया गया था। पार्टी ने थिवी को अपने पहले अध्यक्ष के रूप में देखा, बाद में वे मलेशियाई संसद् के दीवान नेगारा में सीनेटर बनीं। द्वितीय विश्वयुद्ध के बाद वे एक कल्याणकारी समाज-सेविका के रूप में उभरीं।

भारत सरकार ने उन्हें 2000 में राष्ट्र के चौथे सर्वोच्च नागरिक सम्मान 'पद्मश्री' से सम्मानित किया।

□

71

कनकलता बरुआ

असम की स्वतंत्रता सेनानी, जिसे असम की लक्ष्मीबाई के नाम से जाना जाता है, वे आजादी की घोर दीवानी रही हैं। असम के वारंगकड़ी गाँव में कृष्णकांत बरुआ के घर 22 दिसंबर, 1924 को उनका जन्म हुआ था। उनकी माता का नाम कर्णेश्वरी देवी था। जब वे मात्र 5 वर्ष की थीं तो उनकी माता का देहांत हो गया। इस तरह कनकलता अल्पायु में ही अनाथ हो गईं। उनके पालन-पोषण का दायित्व नानी के कंधों पर आ गया। नानी के घर में रहते हुए वे घर के कार्यों के साथ-साथ अपनी पढ़ाई भी पूरी करती रहीं। किंतु उन्हीं कठिन परिस्थितियों के मध्य उनका झुकाव स्वतंत्रता आंदोलन की तरफ होता गया।

यह मई की बात है, जब गमेरी गाँव में रैयत सभा का आयोजन किया गया। उस समय साल 1931 में कनकलता की आयु मात्र 7 वर्ष की थी। उन्होंने अपने मामा देवेंद्रनाथ और यदुराम बोस के साथ उस सभा में भाग लिया। इस सभा का आयोजन विद्यार्थियों ने किया था और उसके अध्यक्ष प्रसिद्ध नेता ज्योति प्रसाद अग्रवाल थे। राजस्थान के रहनेवाले ज्योति प्रसाद असम के प्रसिद्ध कवि और नवजागरण के अग्रदूत थे। उनके गीतों से कनकलता भी प्रभावित हुईं और उनके बालमन में राष्ट्रभक्ति का बीज अंकुरित हुआ।

सन् 1931 में रैयत अधिवेशन में भाग लेने के कारण राष्ट्रद्रोह के आरोप में उन्हें बंदी बना लिया गया, जिसके परिणामस्वरूप असम में क्रांति की आग चारों ओर फैल गई। महात्मा गांधी के असहयोग आंदोलन का भी इसमें काफी बल मिला। असम के शीर्ष नेताओं को पकड़कर जेल में डाल दिया गया।

अंत में ज्योति प्रसाद अग्रवाल को असम के स्वतंत्रता आंदोलन का नेतृत्व सँभालना पड़ा। शासन के दमनचक्र के साथ आंदोलन भी बढ़ता गया। असम को विदेशी अत्याचार से मुक्त कराने के लिए युवा कनकलता के मन में स्वतंत्रता की भावना बलवती हो उठी। इसी समय तक वे विवाह के योग्य हो चुकी थीं, किंतु वे अपने विवाह की अपेक्षा भारत की आजादी को अधिक महत्त्वपूर्ण मानती थीं। इसके लिए वे कुछ भी करने को तत्पर

थीं। इसी समय एक गुप्त सभा में 20 सितंबर, 1942 को तेजपुर की कचहरी पर तिरंगा झंडा फहराने का निर्णय लिया गया। कनकलता के दिल में जोश हिलोरें मार रहा था। वे उस सुबह अपने गंतव्य की ओर चल पड़ीं। 82 बलिदानी सदस्यों का दल, जो तेजपुर में तिरंगा फहराने जा रहा था, का नेतृत्व कनकलता कर रही थीं। इसी दौरान कुछ पुरुष नेताओं को संदेह हुआ कि कनकलता और उनके साथी कहीं भाग न जाएँ, इस बात का भान होते ही कनकलता शेरनी के समान गरज उठीं—'हम युवतियों को अबला समझने की भूल मत कीजिएगा आत्मा अमर है, नाशवान तो मात्र शरीर है। हम किसी से क्यों डरें। करेंगे या मरेंगे। स्वतंत्रता हमारा जन्मसिद्ध अधिकार है।' इस प्रकार के नारों से आकाश को गुँजाती हुई वे थाने की ओर बढ़ने लगीं। यह दस्ता धीरे-धीरे थाने के करीब पहुँच गया और इस दल का प्रत्येक सदस्य सबसे पहले झंडा फहराने को बेचैन था।

जुलूस को रोकने के लिए थाने का प्रभारी पी.एस. सोम उनके सामने आ खड़ा हुआ। कनकलता ने कहा, 'हमारा रास्ता मत रोकिए। हम आपसे संघर्ष करने नहीं आए हैं। हम तो थाने पर तिरंगा फहराकर स्वतंत्रता की ज्योति जलाने आए हैं। उसके बाद हम लौट जाएँगे।'

लेकिन थाना प्रभारी ने उन्हें डाँटते हुए कहा, 'यदि तुम लोग एक इंच भी आगे बढ़े तो गोलियों से भून दिए जाओगे।' इसके बावजूद कनकलता आगे बढ़ती गईं और बोलीं, 'हमारी स्वतंत्रता की ज्योति बुझ नहीं सकती। तुम गोलियाँ चला सकते हो, पर हमें कर्तव्य विमुख नहीं कर सकते।' ऐसा कहकर जैसे ही वे आगे बढ़ीं, उनकी छाती पर एक गोली लगी। यह गोली वोजी कछारी नामक सिपाही ने चलाई थी। गोली लगने पर कनकलता गिर पड़ीं, किंतु उन्होंने तिरंगे को झुकने नहीं दिया। उनके हाथ से तिरंगा लेकर बलिदानी युवक आगे बढ़ते गए और उसे एक के बाद दूसरे हाथ में थामते हुए अंत में रामपति राजरबोवा ने थाने पर झंडा फहरा दिया।

झंडा फहराने के दौरान ही कनकलता की मृत्यु हो गई। क्रांतिकारी उनके शव को अपने कंधों पर उठाकर उनके घर तक ले गए और उनका अंतिम संस्कार वारंगवाड़ी में किया गया।

इस तरह अपने प्राणों की आहुति देकर उन्होंने स्वतंत्रता संग्राम को अभूतपूर्व मजबूती दी। स्वतंत्रता सेनानियों में उनके बलिदान से नया जोश उत्पन्न हुआ। उनका बलिदान हमारी स्वतंत्रता की नींव का पत्थर है। उनकी याद में वारंगवाड़ी में कनकलता मॉडल गर्ल्स हाई स्कूल की स्थापना की गई है, जो कनकलता के आत्म-बलिदान की याद दिलाता है।

□

72

ऊषा मेहता
(भूमिगत रेडियो प्रसारण करनेवाली पहली महिला क्रांतिकारी)

भारत के 1942 के भारत छोड़ो आंदोलन के दौरान भूमिगत प्रसारण में पहल करनेवाली क्रांतिकारी विचारधारा वाली महिला का नाम ऊषा मेहता है। ऊषा मेहता ने भूमिगत रेडियो की स्थापना करके स्वतंत्रता आंदोलन को गति व शक्ति प्रदान की। अल्पायु में उन्होंने बड़ा जोखिम उठाकर अपने काम को सफलतापूर्वक अंजाम दिया।

ऊषा मेहता का जन्म 25 मार्च, 1920 को महाराष्ट्र के सतारा में हुआ था। नौ वर्ष की आयु में खिलौनों से खेलने की जगह उन्होंने पिस्तौल आदि खिलौनों से खेलना शुरू कर दिया। ऊषा मेहता हमेशा क्रांतिकारी किशोर-किशोरियों की खबरें सुनकर उत्तेजित हो जाती थी। जब गांधीजी ने महिलाओं तथा युवावर्ग का आह्वान किया तो 11 वर्षीय किशोरी ऊषा स्वतंत्रता सेनानियों की अग्रिम पंक्ति में जा खड़ी हुई। वे एक जुलूस में शामिल होकर एक दिन के लिए जेल भी गईं। उन्होंने विल्सन कॉलेज, सूरत से बी.ए. किया तथा बंबई विश्वविद्यालय से एल-एल.बी. की डिग्री हासिल की। उसके बाद उन्होंने एम.ए. में प्रवेश लिया, परंतु 1942 में अंग्रेजो, भारत छोड़ो आंदोलन में सम्मिलित होने के कारण उन्होंने अपनी पढ़ाई छोड़ दी।

उनके पिता एक जज थे। उन्होंने ऊषा को काफी समझाया-बुझाया, परंतु इसका उन पर कोई प्रभाव नहीं पड़ा, बल्कि उन्होंने अपने पिता से स्पष्ट कह दिया कि मैं एक गुप्त रेडियो स्थापित करके स्वतंत्रता आंदोलन को पूरे देश में फैलाने का काम करूँगी। उन्होंने कहा, 'मैं देशवासियों तक अपनी और भूमिगत नेताओं की आवाज पहुँचाने के लिए एक गुप्त रेडियो जरूर चलाऊँगी, चाहे उसके लिए मुझे कुछ भी करना पड़े और कैसे भी कष्ट झेलने पड़ें।' इसके बाद उन्होंने अपना घर छोड़ दिया। घर छोड़ते समय उन्होंने अपने पिता से कहा, 'पिताजी, मैं इसलिए घर छोड़कर जा रही हूँ कि आप पर

कोई आँच न आए। आगे जो हो।' इसके बाद ऊषा मेहता सलाह-मशविरा करने और पैसे का प्रबंध करने के लिए घर से चल दीं।

ऊषा मेहता ने अपनी एक रिश्तेदार महिला से इस कार्य के लिए पैसा तथा कुछ आभूषण प्राप्त कर लिये। उनके एक विश्वासपात्र बाबूभाई प्रसाद उनकी मदद के लिए आए। एक गुप्त ट्रांसमीटर विट्ठल भाई झावेरी ने भी लगाया। उधर डॉ. राममनोहर लोहिया के साथी भी एक गुप्त रेडियो चला रहे थे, पर इन तीनों में से ऊषा मेहता और बाबूभाई प्रसाद का रेडियो सबसे अधिक सक्रिय हुआ। इसके अपने ट्रांसमीटिंग स्टेशन और रिकॉर्डिंग स्टेशन थे। अपने गुप्त संदेश थे। अपनी वेब लाइन थी। ऊषा मेहता ने 14 अगस्त, 1942 से अपना गुप्त प्रसारण आरंभ कर दिया। 9 अगस्त, 1942 को आंदोलन प्रारंभ ही हुआ था। इतना बड़ा गुप्त कार्य और कुल पाँच दिन की तैयारी ऊषा मेहता के उत्साह का अंदाज इसी से लगाया जा सकता है। ऐसे समय जब पूरी सरकारी मशीनरी गुप्त रेडियो की खोज के लिए सतर्क थी और आसपास लोगों की धरपकड़ जारी थी, यह कोई आसान काम नहीं था। खतरा भाँपते हुए इन लोगों को हर 15 दिन बाद अपनी जगह बदलनी पड़ती थी, ताकि किसी को संदेह न होने पाए।

ऊषा मेहता अपने रेडियो के माध्यम से 'अंग्रेजो, भारत छोड़ो' का नारा लगाती रहीं। इस रेडियो द्वारा अंग्रेजी सरकार के बर्बर व्यवहार, कांग्रेस संगठन की सूचनाएँ आदि प्रसारित होती थीं। डॉ. लोहिया तथा अरुणा आसफ अली के संदेश, अपीलें तथा आह्वानों का भी प्रसारण होता रहता था। अंग्रेज सरकार इस गुप्त रेडियो का पता लगाने के लिए परेशान थी। आखिर एक दिन अंग्रेज सरकार को इसका पता चल ही गया। 12 नवंबर की रात छापा मारकर यह गुप्त स्टेशन पकड़ लिया गया। इस रेडियो स्टेशन की सारी संपत्ति जब्त कर ली गई। बाबूभाई और ऊषा दोनों 'रेडियो षड्यंत्र केस' में गिरफ्तार कर लिये गए। वैसे तो वे लोग मानसिक रूप से इसके लिए पहले से ही तैयार थे। उन्हें पूछताछ के लिए अंग्रेज सरकार ने 6 माह तक जेल में रखा तथा उनके साथ बर्बरतापूर्वक व्यवहार किया। उन पर इकतरफा मुकदमा चलाया गया। उन्हें चार वर्ष की कड़ी कैद की सजा सुनाई गई।

वर्ष 1946 में वे जेल से रिहा हुईं तो उन्होंने अपना अध्ययन आगे बढ़ाया। एम.ए. की उपाधि प्राप्त की। इसके बाद वर्ष 1953 में उन्होंने 'महात्मा गांधी की सामाजिक और राजनीतिक विचारधारा' पर शोध करके पी-एच.डी. की उपाधि प्राप्त की। बाद में वे बंबई विश्वविद्यालय में राजनीतिशास्त्र की प्रवक्ता बनीं, साथ ही सार्वजनिक क्षेत्र में निरंतर कार्यरत रहीं। वे कांग्रेस समाजवादी पार्टी की एक प्रमुख सदस्या के रूप में विख्यात रहीं, परंतु कभी भी कोई अतिरिक्त सुविधा की माँग नहीं की। वे एक निर्भीक वक्ता थीं। वे देश-सेवा में इतनी समर्पित थीं कि उन्होंने विवाह भी नहीं किया।

राष्ट्रीय मुद्दों पर ऊषा मेहता समय-समय पर अपने विचार विभिन्न पत्र-पत्रिकाओं के माध्यम से प्रकट करती रहीं। अंग्रेजी, गुजराती तथा हिंदी भाषा पर समान अधिकार था। वे एक प्रखर वक्ता थीं तथा प्रभावशाली लेखिका थीं। उन्हें राष्ट्रभाषा हिंदी से गहरा लगाव था कि उन्होंने मुंबई की सभी हिंदीभाषी संस्थाओं का एक महासंघ ही बना डाला और आजीवन उसकी अध्यक्षा रहीं।

वे बंबई विश्वविद्यालय और एस.एन.डी.टी. महिला विश्वविद्यालय में अध्यापन कर पदोन्नति प्राप्त करती हुई राजनीति व नागरिक प्रशासन विभाग की विभागाध्यक्ष व प्रोफेसर पद तक पहुँचीं। उनका नाम कई प्रसिद्ध संस्थाओं से जुड़ा है, जैसे—अध्यक्ष, मणिभवन गांधी संग्रहालय, गांधी स्मारक निधि, मातृभाषा मंच, स्वतंत्रता सेनासभा, मुंबई, एशियन बुक ट्रस्ट आदि। वे कई महत्त्वपूर्ण संस्थाओं की सदस्या भी रहीं—इंडियन इंस्टीट्यूट ऑफ एडवांस्ड स्टडी, चयन समिति बजाज पुरस्कार की तरह अनेक सरकारी-गैर-सरकारी सलाहकार समितियों, न्यासों, विश्वविद्यालय समितियों की सदस्य रहीं। उन्होंने अपने जीवनकाल में लगभग 15 पुस्तकें लिखीं।

ऊषा मेहता आजीवन देश के लिए समर्पित रहीं। वे गुजराती भाषी थीं। अत: उन्होंने अपना अधिकांश लेखन गुजराती व अंग्रेजी भाषा में किया, तथापि राष्ट्रभाषा के पद पर वे हिंदी को ही सुशोभित करना चाहती थीं। वे इसके लिए सदैव संघर्षरत रहीं। उनके महान् सेवाओं को देखते हुए उन्हें स्वतंत्रता सेनानी 'ताम्रपत्र' के अतिरिक्त कई पुरस्कारों से सम्मानित किया गया। जनवरी 1998 के गणतंत्र दिवस पर उन्हें 'पद्म विभूषण' अलंकरण से सम्मानित करने की घोषणा की गई तथा 12 अप्रैल, 1998 को तत्कालीन राष्ट्रपति महोदय द्वारा उन्हें नई दिल्ली में यह सम्मान सादर प्रदान किया गया। परंतु उनका काम सभी पुरस्कारों से बड़ा है और उनके लिए जनता का प्यार व सम्मान उन्हें सभी पुरस्कारों-सम्मानों से ऊपर लगता है। उनका निधन 80 वर्ष की आयु में 11 अगस्त, 2000 को हुआ। उनका योगदान देशवासियों के दिलों में सदैव स्मरणीय रहेगा।

□

73

वीर लखन नायक

(मलकानगिरी का गांधी)

लक्ष्मण नायक एक आदिवासी नेता और स्वतंत्रता सेनानी थे। दक्षिण उड़ीसा में आदिवासियों के अधिकारों के लिए वे कार्यरत थे। उनका जन्म 22 नवंबर, 1899 को कोरापुट में मलकानगिरी के तेंटुलिगुमा में हुआ था। उनके पिता पदलम नायक थे, जो भूयान जनजाति से संबंध रखते थे।

नायक ने अपने और अपने लोगों के लिए अकेले दम पर ब्रिटिश सरकार के खिलाफ मोर्चा खोला। अंग्रेजी सरकार की बढ़ती दमनकारी नीतियाँ जब भारत के जंगलों तक भी पहुँच गईं और जंगल के दावेदारों से ही उनकी संपत्ति पर लगान वसूला जाने लगा तो नायक ने अपने लोगों को एकजुट करने का अभियान शुरू कर दिया।

नायक ने अंग्रेजों के खिलाफ अपना एक क्रांतिकारी गुट तैयार किया। आम आदिवासियों के लिए वे एक नेता बनकर उभरे। उनके कार्यों की वजह से पूरे देश में उन्हें पहचाना जाने लगा। इसी के चलते कांग्रेस ने उन्हें अपने साथ शामिल करने के लिए पत्र लिखा।

कांग्रेस की सभाओं और प्रशिक्षण सत्रों के दौरान वे गांधीजी के संपर्क में आए। बताया जाता है कि वे गांधीजी से काफी प्रभावित थे। उनके दिल में राष्ट्रवाद की भावना जाग्रत् होने लगी। इसके बाद वे न केवल आदिवासियों के लिए, अपितु सभी देशवासियों की उन्नति के लिए समर्पित हो गए।

अब कांग्रेस के अभियानों में आदिवासी समाज भी बढ़-चढ़कर हिस्सा लेने लगा था। वे गांधीजी का चरखा साथ लेकर आदिवासी गाँवों में एकता व शिक्षा के लिए लोगों को प्रेरित करते थे। उन्होंने ग्रामीण इलाकों में बदलाव लाने में अहम भूमिका निभाई। उन्हें प्यार से 'मलकानगिरी का गांधी' कहा जाने लगा।

महात्मा गांधी के कहने पर उन्होंने 21 अगस्त, 1942 को जुलूस का नेतृत्व किया और मलकानगिरी के मथिली पुलिस स्टेशन के सामने शांतिपूर्वक प्रदर्शन किया। पर

पुलिस ने प्रदर्शनकारियों पर अंधाधुंध गोलीबारी की, जिसमें 5 प्रदर्शनकारियों की मौत हो गई और 17 से ज्यादा घायल हो गए।

ब्रिटिश सरकार ने उनके बढ़ते प्रभाव को देख उन्हें हत्या के झूठे आरोप में फँसा दिया। उन्हें गिरफ्तार कर लिया गया और फाँसी की सजा सुनाई गई। 29 मार्च, 1943 को बहरामपुर जेल में उन्हें फाँसी दे दी गई। अपने अंतिम समय में उन्होंने बस इतना ही कहा था—

> *"यदि सूर्य सत्य है और चंद्रमा भी है तो यह भी उतना ही सच है कि भारत भी स्वतंत्र होगा।"*

□

74

नीरा आर्य

(देश की पहली महिला जासूस)

आजाद हिंद फौज में रानी झाँसी रेजिमेंट की सिपाही नीरा आर्य ने नेताजी सुभाष चंद्र बोस की जान के दुश्मन बने अंग्रेज सरकार में सी.आई.डी. इंस्पेक्टर अपने पति श्रीकांत जयरंजन को मार डाला था। वे अंग्रेजों की जासूसी भी करती थीं।

स्वाधीनता के अमृत महोत्सव वर्ष में देश के लिए सर्वस्व न्योछावर करनेवाले गुमनाम स्वतंत्रता सेनानियों को याद किया जा रहा है। इनमें बहुत सी वीरांगनाएँ भी शामिल हैं। ऐसी ही एक वीरांगना थी नीरा आर्य। बागपत के खेकड़ा (उत्तर प्रदेश के बागपत जिले में) में 5 मार्च, 1902 को जनमी नीरा आर्य जब मात्र आठ वर्ष की थीं, तब महामारी के चलते उनकी माता लक्ष्मी देवी और पिता महावीर का देहांत हो गया था। छोटे भाई बसंत की जिम्मेदारी भी उन्हीं पर आ गई। उन दिनों खेकड़ा में आर्य समाज के एक सम्मेलन में भाग लेने कलकत्ता (अब कोलकाता) से आए सेठ छज्जूमल ने नीरा व उनके भाई को गोद ले लिया था, इससे नीरा की शिक्षा-दीक्षा कलकत्ता में हुई।

25 दिसंबर, 1928 को नीरा का विवाह कलकत्ता में ही श्रीकांत जयरंजन से हुआ, जो अंग्रेज सरकार के गुप्तचर विभाग में अफसर थे। नीरा को विवाह के बाद पता चला कि उनके पति कई स्वतंत्रता सेनानियों को पकड़वा चुके हैं। इसी बीच उन्हें यह भी जानकारी हुई कि उनके पति अंग्रेज अफसरों के साथ मिलकर नेताजी सुभाष चंद्र बोस की हत्या की योजना बना रहे हैं। इस पर भड़की नीरा ने पति से दो टूक कह दिया कि सरकारी नौकरी और मुझमें से किसी एक को चुन लो। पति ने जब नौकरी को चुना तो उसी क्षण नीरा आर्य ने ससुराल को छोड़ दिया।

इसके बाद नीरा कलकत्ता से दिल्ली के शाहदरा में अपने धर्मपिता आचार्य चतुरसेन के पास आ गईं। शाहदरा में रहते हुए नीरा बच्चों को संस्कृत व अंग्रेजी का ट्यूशन पढ़ाने लगीं। इसी दौरान नीरा खेकड़ा के सांकरौद गाँव में लगनेवाले तीज मेले में गईं।

मेले में ही नीरा को अपने एक परिचित रामसिंह के आजाद हिंद फौज में शामिल होने व सिंगापुर जाने की जानकारी हुई। इस पर नीरा ने रामसिंह से सिंगापुर चलने और आजाद हिंद फौज में शामिल होने की इच्छा जताई। रामसिंह ने हामी भर दी। इसके बाद नीरा अपने छोटे भाई बसंत व बागपत के सरदार सिंह तूफान, रतन सिंह, रामलाल, उमराव सिंह, मुरारी आर्य, कर्ण सिंह तोमर, लहरी सिंह, सिरदारे और गिरवर सिंह आदि के साथ सिंगापुर पहुँचीं और आजाद हिंद फौज की रानी झाँसी रेजिमेंट में भर्ती हो गईं।

नीरा आर्य ने रेजिमेंट की प्रथम कमांडर लक्ष्मी सहगल व सचिव मानवती आर्या के नेतृत्व में सैन्य प्रशिक्षण प्राप्त किया। 22 अक्तूबर, 1943 को सुभाष चंद्र बोस ने रानी झाँसी रेजिमेंट की विधिवत् घोषणा की। नीरा आर्य की काबिलीयत को देखते हुए उन्हें गुप्तचर विभाग में अंग्रेजों की जासूसी करने की जिम्मेदारी दी गई। इसी कारण उन्हें देश की पहली महिला जासूस भी कहा जाता है।

गुप्तचर विभाग के प्रमुख पवित्र मोहन राय के आदेश पर नीरा आर्य ने अपनी सहेली सरस्वती राजामणि, जानकी, बेला, दुर्गा आदि के साथ जासूसी की जिम्मेदारी सँभाली। उन्होंने लड़कों की वेशभूषा में अंग्रेज अधिकारियों के घरों में काम करना शुरू कर दिया।

इस बीच जासूसी करते हुए दुर्गा पकड़ी गई। लेकिन नीरा हिम्मत नहीं हारी और अपनी मित्र सरस्वती के साथ किन्नरों की वेशभूषा में सिंगापुर में बंदीगृह के नजदीक पहुँची। नशीला पदार्थ खिलाकर अंग्रेज अधिकारियों को वश में कर कर दुर्गा को छुड़ा लिया।

जब नीरा अपनी मित्र सरस्वती और दुर्गा के साथ आजाद हिंद फौज के बेस पहुँचीं तो नेताजी सुभाष चंद्र बोस ने तीनों की बहादुरी की खूब प्रशंसा की। इसके बाद नीरा आर्य को कैप्टन बनाया गया, साथ ही सुभाष चंद्र बोस की सुरक्षा की जिम्मेदारी भी नीरा आर्य को मिल गई।

नीरा आर्य ने अपनी आत्मकथा 'मेरा जीवन संघर्ष' में लिखा है कि एक रात वे कैंप में नेताजी की सुरक्षा में तैनात थीं, तभी उन्हें नजदीक किसी के होने का अहसास हुआ। उन्होंने चेतावनी दी तो उनके पति श्रीकांत जयरंजन हाथ में रिवॉल्वर लेकर खड़े हो गए। श्रीकांत ने नेताजी पर गोली चला दी, लेकिन गोली उनके ड्राइवर निजामुद्दीन को लगी। इस पर नीरा ने पतिहंता के कलंक को स्वीकार करते हुए वहीं रायफल की संगीन से पति को मार डाला।

बाद में नीरा आर्य ने आजाद हिंद फौज के लिए जासूसी का काम बखूबी निभाया। हालाँकि 3 मई, 1945 को अंग्रेजों ने उन्हें गिरफ्तार कर लिया। उन्हें कलकत्ता की जेल

में रखा गया। यहाँ उन पर अनगिनत अत्याचार किए गए। उन्हें कालापानी भी भेजा गया, लेकिन वहाँ से वे अपने दो साथियों के साथ किसी प्रकार भाग निकलीं।

बागपत के खेकड़ा निवासी साहित्यकार और लेखक तेजपाल धामा बताते हैं कि देश को आजादी मिलने के बाद नीरा आर्य ने हैदराबाद मुक्ति संग्राम में भी खास भूमिका निभाई थी। 26 जुलाई, 1998 को नीरा आर्य ने बीमारी के चलते अस्पताल में अंतिम साँस ली। उन्होंने पत्नी मधु के साथ मिलकर नीरा आर्य द्वारा हैदराबाद में बिताए दिनों पर एक पुस्तक लिखी, जिसका नाम है—'आजाद हिंद फौज की पहली महिला जासूस'। नीरा आर्य के नाम पर केरल में एक सड़क है और उनके नाम पर राष्ट्रीय स्तर का 'नीरा आर्य पुरस्कार' भी प्रदान किया जाता है। उनकी जयंती पर खेकड़ा, बागपत में हर वर्ष एक आयोजन होता है। खेकड़ा स्थित आर्य समाज मंदिर परिसर में नीरा आर्य की याद में एक स्मारक बनाने की योजना पर भी काम चल रहा है।

□

75

ब्रिगेडियर राजेंद्र सिंह जंवाल

(प्रथम महावीर चक्र विजेता जम्मू के सपूत ने बचाया कश्मीर को)

श्रीनगर, रावलाकोट, मुजफ्फराबाद और उसके बाद चकोटी तक कब्जा कर चुके छह हजार से ज्यादा कबाइलियों व छह जैक के गद्दार जवानों के संग 23 अक्तूबर, 1947 को जब पाक सेना ने श्रीनगर की तरफ कदम बढ़ाए तो उन्हें जरा भी गुमान नहीं था कि आगे खून के आँसू रुलानेवाला एक अदम्य योद्धा खड़ा होगा।

उसी रणबाँकुरे की याद दिलाता मूक स्मारक स्थल लाल चौक से करीब 60 किलोमीटर दूर श्रीनगर-उड़ी राजमार्ग पर स्थित है। ब्रिगेडियर राजेंद्र सिंह ने तीन दिन तक दुश्मन का कड़ा मुकाबला करते हुए कश्मीर पर रातोरात कब्जा करने की उसकी मंशा पर पानी फेर दिया था। देश के पहले महावीर चक्र विजेता और कश्मीर के रक्षक कहलानेवाले ब्रिगेडियर राजेंद्र सिंह जंवाल ने 68 साल पहले 27 अक्तूबर, 1947 को यहीं कबाइलियों का मुकाबला करते हुए शहादत पाई थी।

जम्मू के जी.जी.एम. साइंस कॉलेज से ग्रैजुएशन करनेवाले ब्रिगेडियर राजेंद्र सिंह ने 14 जून, 1921 को जम्मू-कश्मीर आर्म्ड फोर्स में कमीशन लिया था और मई 1942 में ब्रिगेडियर की रैंक पर पहुँचे थे। 25 सितंबर, 1947 को वे मेजर जनरल रैंक पर पदोन्नत हुए।

22 अक्तूबर को महाराज हरिसिंह ने जब मुजफ्फराबाद पर पाक सेना के कब्जे की खबर सुनी तो उन्होंने खुद दुश्मन से मोर्चा लेने का फैसला करते हुए सैन्य वरदी पहनकर ब्रिगेडियर राजेंद्र सिंह को बुलाया। सिंह ने महाराजा को मोर्चे से दूर रहने के लिए मनाते हुए खुद दुश्मन का आगे जाकर मुकाबला करने का निर्णय लिया।

राजेंद्र सिंह महाराजा के साथ बैठक के बाद जब बादामी बाग पहुँचे तो वहाँ 150 के करीब सिपाही मिले। इनमें भी अधिकांश रसोइए, धोबी और सेना में अन्य सेवाएँ देने वाले थे।

23 अक्तूबर, 1947 की सुबह उड़ी पहुँचे ब्रिगेडियर राजेंद्र सिंह ने उड़ी नाले पर एक प्लाटून को तैनात किया व उसके बाद खुद गढ़ी के लिए रवाना हो गए। गढ़ी में दुश्मन के साथ खूरेंज झड़प हुई। हालाँकि दुश्मन को भारी नुकसान पहुँचा, लेकिन वह हावी होने लगा। स्थिति की विकटता को समझते हुए ब्रिगेडियर ने पीछे हटने और कबाइलियों को उड़ी के पास रोकने का फैसला किया। उन्होंने सैन्य मुख्यालय को संपर्क कर अपने लिए अतिरिक्त कुमुक माँगी, क्योंकि उनके साथ जो जवान आए थे, उनमें से अधिकांश खेत रहे थे।

मुख्यालय में मौजूद ब्रिगेडियर फकीरसिंह ने उन्हें 70 आदमी भेजने का यकीन दिलाया। इसी दौरान महाराजा ने खुद मुख्यालय में कमान सँभालते हुए कैप्टन ज्वालासिंह को एक लिखित आदेश के संग उड़ी भेजा। इसमें कहा गया था कि ब्रिगेडियर राजेंद्र सिंह को आदेश दिया जाता है कि वे हर हाल में दुश्मन को आखिरी साँस और आखिरी जवान तक उड़ी के पास ही रोके रखें।

कैप्टन सिंह 24 अक्तूबर की सुबह एक छोटी सैन्य टुकड़ी के संग उड़ी पहुँचे। उन्होंने सैन्य टुकड़ी ब्रिगेडियर राजेंद्र सिंह को सौंपते हुए महाराजा का आदेश सुनाते हुए खत थमाया। हालात को पूरी तरह से विपरीत और दुश्मन को मजबूत समझते हुए ब्रिगेडियर ने कैप्टन नसीबसिंह को उड़ी नाले पर बने एक पुल को उड़ाने का हुक्म सुनाया, ताकि दुश्मन को रोका जा सके। इससे दुश्मन कुछ देर के लिए रुक गया, लेकिन जल्द ही वहाँ गोलियों की बौछार शुरू हो गई। करीब दो घंटे बाद दुश्मन ने फिर हमला बोल दिया।

इस पर राज्य के सैन्य प्रमुख ने महाराजा के आदेश को भुलाकर उड़ी से हटने और माहूरा में दुश्मन को रोकने का फैसला किया। वे 24 अक्तूबर की रात को 10 बजे माहूरा पहुँचे और वहाँ उन्होंने मोर्चाबंदी कर ली। अगली सुबह सात बजे दुश्मन ने फिर धावा बोल दिया, लेकिन जवाब इतना कड़ा मिला कि दुश्मन को अपने कुछ जवानों को झेलम के रास्ते आगे बढ़कर ब्रिगेडियर राजेंद्र सिंह पर नजदीक से हमला करने का आदेश देना पड़ा।

दुश्मन की इस चाल को भाँपते हुए ब्रिगेडियर सिंह के आदेश पर कैप्टन ज्वालासिंह ने सभी पुलों को उड़ा दिया। यह काम शाम साढ़े चार बजे तक समाप्त हो चुका था। लेकिन कई कबाइली पहले ही इस तरफ आ चुके थे। इसके बाद ब्रिगेडियर ने रामपुर में दुश्मन को रोकने का फैसला किया और रात को ही वहाँ पहुँचकर उन्होंने अपने लिए खंदकें खोदीं।

रातभर खंदकें खोदनेवाले जवानों को सुबह तड़के ही दुश्मन की गोलीबारी झेलनी पड़ी। मोर्चाबंदी इतनी मजबूत थी कि पूरा दिन दुश्मन गोलाबारी करने के बावजूद एक

इंच आगे नहीं बढ़ पाया। दुश्मन की एक टुकड़ी ने पीछे से आकर सड़क पर अवरोधक तैयार कर दिए, ताकि महाराजा के सिपाहियों को वहाँ से निकलने का मौका नहीं मिले।

ब्रिगेडियर राजेंद्र सिंह को दुश्मन की योजना का पता चल गया। उन्होंने 27 अक्तूबर की सुबह एक बजे अपने सिपाहियों को पीछे हटने और सेरी पुल पर डट जाने को कहा। पहला अवरोधक तो उन्होंने आसानी से हटा लिया, लेकिन बोनियार मंदिर के पास दुश्मन की फायरिंग की चपेट में आकर राज्य के सिपाहियों के वाहनों का काफिला थम गया।

पहले वाहन का चालक दुश्मन की फायरिंग में शहीद हो गया। इस पर कैप्टन ज्वालासिंह ने अपनी गाड़ी से नीचे आकर जब देखा तो पहले तीनों वाहनों के चालक मारे जा चुके थे, लेकिन उन्हें ब्रिगेडियर राजेंद्र सिंह नजर नहीं आए, वे अपने वाहन चालक के शहीद होने पर खुद ही वाहन लेकर आगे निकल गए थे। सेरी पुल के पास दुश्मन की गोलियों का जवाब देते हुए वे बुरी तरह जख्मी हो गए।

उनकी दाईं टाँग पूरी तरह जख्मी थी। उन्होंने उसी समय अपने जवानों को आदेश दिया कि वे पीछे हटें और दुश्मन को रोकें। उन्हें जब सिपाहियों ने उठाने का प्रयास किया तो वे नहीं माने। उन्होंने कहा कि वे उन्हें पुलिया के नीचे आड़ में लिटाएँ और वे वहीं से दुश्मन को रोकेंगे। 27 अक्तूबर, 1947 की दोपहर को सेरी पुल के पास ही उन्होंने दुश्मन से लड़ते हुए वीरगति प्राप्त की।

अलबत्ता 26 अक्तूबर, 1947 की शाम को जम्मू-कश्मीर के भारत में विलय को लेकर समझौता हो चुका था और 27 अक्तूबर को जब राजेंद्र सिंह शहीद हुए तो उस समय कर्नल रंजीत राय भारतीय फौज का नेतृत्व करते हुए श्रीनगर हवाई अड्डे पर पहुँच चुके थे।

हालाँकि कई लोग कहते हैं कि ब्रिगेडियर राजेंद्र सिंह ने उड़ी से हटकर महाराजा के आदेश का उल्लंघन किया था। युद्ध विशेषज्ञों का दावा है कि अगर वह पीछे नहीं हटते तो कबाइली 23 अक्तूबर की रात को ही श्रीनगर में होते। ब्रिगेडियर राजेंद्र सिंह ने जो फैसला लिया था, वह कोई चालाक और युद्धक रणनीति में माहिर व्यक्ति ही ले सकता था। उनके इसी फैसले और शहादत के कारण कश्मीर पाकिस्तान का हिस्सा बनने से बचा रहा।

ब्रिगेडियर राजेंद्र सिंह को मरणोपरांत देश के पहले 'महावीर चक्र' से सम्मानित किया गया। फील्ड मार्शल के.एम. करिअप्पा ने 30 दिसंबर, 1949 को जम्मू संभाग में बगूना-सांबा के इस सपूत की वीर पत्नी रामदेई को सम्मानित किया।

□□□